ASFALTENGELEN

Johanna Holmström

Asfaltengelen

UIT HET ZWEEDS VERTAALD DOOR
JANNY MIDDELBEEK-OORTGIESEN

Roman

Uitgeverij Atlas Contact
Amsterdam/Antwerpen

Dit boek kwam mede tot stand dankzij een subsidie van het FILI
– Finnish Literature Exchange

De vertaler ontving voor deze vertaling een werkbeurs van het
Nederlands Letterenfonds

N ederlands
 letterenfonds
dutch foundation
for literature

Oorspronkelijke titel *Asfaltsänglar*
Oorspronkelijke uitgave Schildts & Söderströms, Helsingfors
Omslagontwerp Marry van Baar
Omslagbeeld © Dan Mountford
Foto auteur Riikka Hurri
Typografie binnenwerk Perfect Service, Schoonhoven
Drukkerij Koninklijke Wöhrmann, Zutphen

ISBN 978 90 254 4229 3
D/2015/0108/535
NUR 302

www.atlascontact.nl

Voor alle meiden die ooit in een veel te kort rokje de straat op zijn gegaan

Only God can judge me, is that right?
Nobody else, nobody else
All you other motherfuckers get out my business

— 2 PAC

oktober 2005

Samira

HOOFDSTUK I

Samira in de Jungfrugränden

Elke getrouwde vrouw is een hoer.

Dat zei Samira voor ze haar tas over haar schouder slingerde en met resolute stappen uit de Jungfrugränden verdween, haar handen in de zakken van haar korte zwarte leren jack en haar kin diep begraven in een blauwe sjaal. Haar donkere, wild krullende haar hing losgeschud over haar schouders. Haar hoge hakken ketsten tegen het asfalt.

Herfst. Stil gloeiende esdoorns, lijsterbessen en leugens, en 's ochtends dampende linten van rijp op het gras.

Achter café Valkeat Yöt, waar de hobbyalcoholisten in hun eerste glas van die dag zaten te staren, stond de taxi al te wachten.

Ze ging sneller lopen. Legde het laatste stukje op een drafje af. Wurmde haar tas op de achterbank en zichzelf op de bijrijdersstoel. De taxi rolde weg, eerst langzaam, maar na de verkeersdrempel bij de bushalte accelereerde hij en verdween.

oktober 2007

Leila

HOOFDSTUK 2

Hoe de overblijfselen van Samira's leven worden verborgen en weer gevonden

Als ik op een nacht niet kan slapen begraaf ik Samira's leven in het gras onder ons balkon. Het metalen blad van de spade hakt zich diep de grond in en ik zweet in mijn donsjack wanneer ik de zak in het gat laat vallen. Dat vul ik daarna met een dikke laag aarde.

Aan de hemel zijn geen sterren te zien. Wel glimmen tv-schermen me tegemoet vanuit de in duisternis gehulde woonkamers van de rijtjeshuizen waar de gelukkige gezinnen wonen.

Bij de familie Jotunen is de luxaflex naar beneden, maar ik weet nog hoe Samira en ik altijd voor hun raam stonden te kijken naar talentenjachten zonder geluid. Haar wang zo dicht tegen de mijne dat onze adem zich vermengde.

De nacht is koel en de straatlantaarns zijn al vroeg aangegaan. Ik schop wat in de omgewoelde plek om die er niet verdacht te laten uitzien en klim langs dezelfde weg naar binnen als ik naar buiten gekomen ben. Via het balkon.

In mijn moeders kamer brandt licht. Ik hoor hoe ze op het toetsenbord van de computer zit te tikken, terwijl ze met haar zusters in de Finse *oemma* het *halal* en *haram* van het geloof bediscussieert. Zij kan ook niet slapen. Daarom blijft ze zolang ze het kan volhouden op om het *Qijam al-lejl* te bidden, een van de vrijwillige nachtgebeden. Om de tijd te verdrijven roddelt ze op internet.

Later hoor ik haar in de keuken rondlopen om alle messen en andere scherpe voorwerpen weg te halen die er voor het grijpen liggen. Ze bergt ze voor de nacht veilig op in de lades, want de profeet Mohammed heeft gezegd dat je dat moet doen.

De volgende ochtend is de grasmat onder ons balkon afgezet. Tussen de esdoorns zijn gele plastic linten gespannen waar POLITIE op staat. De bewoners van onze flat en de rijtjeshuizen ernaast staan rond het gat in de grond, een beetje zoals bij een begrafenis. Er wordt gefluisterd dat er in de buurt spullen zijn verdwenen, stereo-installaties, autobanden, een enkele hond, en de mensen verwachten dat ze zo meteen een pootje of een stuk rubber zullen zien.

Maar in plaats daarvan: een slappe witte plastic tas van Ali's Halal onder een dikke laag aarde. Verrast gemompel, geklik van aanstekers. De tabaksrook vlecht spiralen in de lucht. Terwijl ik aan de rand van de kring sta en in de capuchon van mijn jack probeer te verdwijnen, krijg ik de plastic zak aangereikt. Ik neem hem aan. Mijn hoofd gepast gebogen. Ontvanger van de overblijfselen van Samira en van de strenge vermaning dit niet weer te doen.

De herfst hangt al om de hoek en blaast kou op mijn huid. Net als mijn moeder, in een lange witte badjas die tot haar enkels reikt en met een tulband van een badlaken op haar hoofd. Ze staart de politieagenten aan met een gezicht waardoor die hun ogen neerslaan, ook al doen ze gewoon hun werk. Alsof zij degenen zijn die iets hebben gedaan wat niet mag, en niet ik.

Er is een tip binnengekomen, zegt de ene agent, er was iets aan de hand bij de afgezette rechthoek van half verdord gras.

'En dat is natuurlijk niet het enige. In de buurt zijn spullen verdwenen,' vervolgt de agent, nu met meer gezag. 'Autobanden en...'

'Autobanden! Het kind is nog niet eens vijftien, dat rent toch niet rond om autobanden te stelen!' roept mijn moeder.

'En ook andere dingen, roerend goed... dat kun je nooit zeker weten.'

'Nou, daar kunt u volkomen zeker van zijn, dat ik geen autodief heb opgevoed,' reageert mijn moeder.

'Zo ziet de situatie er momenteel uit,' constateert de agent.

Mijn moeder zwijgt even en zegt dan: 'Ik zou dolgraag willen weten wie jullie getipt heeft.'

'Ja... dat kunnen we helaas niet zeggen...' antwoordt de agent, maar mijn moeder heeft in haar ooghoek al een beweging waargenomen.

Markku Jotunen doet een paar stappen naar achteren en steekt een sigaret op. Mijn moeders ogen vernauwen zich.

'Als ik het niet dacht,' mompelt ze, terwijl ze zich omdraait om blikken als oorvijgen uit te delen aan de kring van buren die rond de verlepte rododendronstruik staan. Die is door de gemeente in de zomer geplant om de buurt wat gezelliger te maken, maar zal de winter nauwelijks overleven.

Dan gaat ze naar binnen. Ik loop achter haar aan. De plastic zak slaat tegen mijn benen. De verboden inhoud begint aan zijn laatste tocht de trap op en de keuken in.

'Ik dacht dat we deze hadden weggedaan,' zegt mijn moeder, terwijl ze de stapel foto's in haar armen laat zakken.

Onze lachende gezichten grijnzen ons tegemoet. Samira en ik, twee kinderen met bruine ogen, een regelmatig gebit en toegeknepen ogen. De zon slokt onze gezichten op in de donkere schaduwen.

Mijn moeder kijkt me aan met een blik die zich tot in mijn *nafs* lijkt uit te strekken.

'Jij weet net zo goed als ik dat we ze niet kunnen bewaren.'

'Maar ze zij...'

'Haram, Leila. Ze zijn haram. Hoelang heb je ze al?'

'Samira heeft ze gepakt. Toen jij ze had weggegooid. Ze ging ermee naar de vuilcontainer, maar ze kon het niet... Ze lagen bij haar totdat...'

Ik zit op mijn handen en ontwijk haar blik. Haar duim op mijn gezicht. Hij bedekt mijn gele badpak met blauwe stippen, de opblaasbare zwembandjes, mijn stokjes van beentjes die afgeknipt zijn waar het water ze inslikt.

Ik knijp mijn lippen op elkaar. Dan, de klik van een aansteker en een bleke vlam die langs de randen van onze kleurrijke *kodak moments* likt.

Samira in een balletpakje: verkoold. Ik op een dikke pony tegen een zomers groene achtergrond: as. Onze wangen tegen elkaar geperst, met een glimlach zo breed dat het pijn doet aan de kaken: verteerd door het vuur. Samira wuivend, een felrood sleetje in de hand, met een want zo zwaar van sneeuw dat hij er bijna afvalt, haar haren los over haar schouders en een bruin manchester jasje met capuchon en teddybont, ik, misschien een jaar oud, zittend met een bont pakketje in mijn armen, Samira die net heeft leren lopen, haar ronde gezicht met donkere ogen die naar de camera omhoogstaren, en mama en papa, een keer gelukkig, voor een glinsterende kerstboom met rode ballen.

Wanneer ik naar haar opkijk, zie ik dat zij haar lippen ook op elkaar knijpt, maar ze wendt zich af en laat onze herinneringen door het vuur in de gootsteen tot rook transformeren.

Zonder dat ze het tegen me hoeft te zeggen ga ik naar mijn kamer. Ik doe de kast open die eerst in de woonkamer stond. Daar stond de tv in voordat mijn moeder erachter kwam dat ook de beelden binnen in de tv verboden waren en dat het toestel daarom weg moest.

'Haram!' zegt mijn moeder. 'Verboden. De engelen betreden geen huis waarin afbeeldingen aanwezig zijn!'

En een huis dat door engelen verlaten is...

Mijn vader en ik probeerden te bepleiten dat de afbeeldingen in zekere zin niet ín de tv zaten, maar dat ze door het heelal zeilden en niet eens bestonden, maar mijn moeder antwoordde dat dat niet uitmaakte, aangezien de meeste beelden in de tv toch veel te zondig waren. Tamponreclames in de taal van de profeet zelf en Turkse popliedjes die allemaal alleen maar over *zinaa* gingen.

Apen en leeuwen in natuurprogramma's die verboden dingen deden en gevloek in tv-series. Mannen die in slaap vielen tijdens de pelgrimsgebeden bij de heilige steen Kaäba in Mekka en sportbeoefenaars in spandex die meer liet zien dan bedekte. Dus was het beter om helemaal niets te zien, maar in plaats daarvan aan God te denken, je te wijden aan *dzikr*. Zo oordeelde mijn moeder en ze bracht de tv vervolgens voor de laatste keer naar de kelder.

Wanneer mijn moeder iets besluit, verandert ze niet meer van gedachten en daarom is de plek waar de tv ooit stond nu leeg. In de kast liggen stapels foto's, die ik doorzoek totdat ik met eentje waarvan ik het bestaan bijna was vergeten in mijn hand blijf zitten.

Mijn vader en moeder op een strand, zowel wat tijd als plaats betreft ver weg. De lucht is lichtblauw. Paars aan de horizon. Ze hebben zich door de nacht heen geruzied en hun ogen staan chagrijnig en slaperig, zanderig van alles wat ze elkaar voor de voeten hebben gegooid sinds ze begonnen te schreeuwen.

Nu kruisen hun blikken elkaar. Ze hebben het er die nacht zonder kleerscheuren afgebracht en het licht keert terug. Het duurt niet lang meer of iedereen wordt wakker, de vogels tussen de bloesem in de kastanjebomen en daarna de taxichauffeurs die in hun wagens hebben zitten dutten. Maar nu is het nog of ze de enige mensen in de hele wereld zijn.

Om hen heen klinkt Stevie Wonders 'Ribbon in the Sky' en hun handen komen samen, houden elkaar even vast. Daarna glijden ze uiteen tot alleen de vingertoppen elkaar nog beroeren. Stevie valt in, maar heel zacht: '*If allowed, may I touch your hand, and if pleased, may I once again, so that you too will understand, there's a ribbon in the sky for our love.*'

Het is veel te vet aangezet om waar te zijn. Mijn moeder. Mijn vader. Het strand, en de ochtend die nooit aanbreekt. Zo heeft mijn vader het me verteld.

De foto is belangrijk. Die betekent dat mijn vader en moeder ooit gelukkig zijn geweest. Om je dat te herinneren heb je fotografisch bewijsmateriaal nodig. Ik heb er verschillende. Ze liggen veilig weggeborgen achter in de kast, waarin het zo'n zootje is dat zelfs mijn moeder, die normaal alles overdreven in de gaten houdt, het niet kan opbrengen die op te ruimen. Ze blijft er altijd zuchtend voor zitten en zegt dan maar: 'Leila...'

En ik antwoord: 'Ja, ja, ik zal het doen.'

En daar blijft het dan bij, tot ze weer in zo'n bui is.

'Geen engelen in een huis waarin afbeeldingen aanwezig zijn,' zegt mijn moeder.

Ik vraag haar of dat voor de hele flat geldt en hoe ze de mensen zover wil krijgen dat ze hun schotelantennes weghalen, die zo'n beetje bij elk balkon over de reling steken, of de buren gaat dwingen hun abonnement op de krant op te zeggen, wat ze zelf lang geleden al heeft gedaan. Ik vraag haar of de engelen het alleen niet naar hun zin hebben in kámers waarin afbeeldingen zijn, en zo ja, of dat dan betekent dat de engelen, die altijd op mijn schouders moeten zitten om mijn slechte en goede daden te noteren, niet in een kamer kunnen komen als daar afbeeldingen zijn. Ik vraag ook hoe ze dan, met hun notitieblokjes in de aanslag, bij elke mens kunnen zijn, moslim en niet-moslim, aangezien er in de meeste kamers namelijk wel afbeeldingen zijn. Ik herinner mijn moeder eraan dat ze zelf ook tijd in zulke ruimtes doorbrengt, in elk geval in de metro, waar op elke vrije zitplaats gratis kranten liggen, en op haar werk achter de computer, met alle cruisefolders in stapels op het bureau bij de klantenservice.

Maar mijn moeder laat zich niet verleiden in details te treden. Ze constateert gewoon dat ik me niet druk hoef te maken over het hoe, waar en waarom, want God ziet en hoort alles, vooral brutale vragen en meisjes die een grote mond opzetten tegen hun ouders.

Samira leerde me dat je alles wat je op straat vindt moet oppakken, omdat je nooit weet wanneer je het kunt gebruiken. Daarom liep zij altijd met een neergeslagen blik rond, gericht op haar zwarte gymschoenen, waarmee zij de ene straat na de andere af sjokte.

Spullen die op straat liggen hebben mensen altijd laten vallen, dus zijn het dingen die anderen nodig hebben en daarom zijn ze noodzakelijk, zei ze. Vervolgens pakte ze triomfantelijk een bruingele plastic kam op die half onder een hoop gele ritselende verdorde esdoornbladeren had gelegen en hield hem tegen het licht. Hij was maar een klein beetje beschadigd en er ontbraken geen tanden aan zoals bij andere kammen die je vindt vaak het geval is.

Net als Samira pak ik spullen die ik vind altijd op. Haarelastieken, zowel dikke als die heel mooie dunne waar je goed staarten mee kunt maken. Samira had zeker honderd van die dunne elastieken, maar ook dikke en zachte. Om het haar af en toe rust te geven, zei ze.

Elke keer dat ik een haarelastiek vind, denk ik dat zij het heeft verloren. Dan slaat mijn hart helemaal op hol en ik sla snel de hoek om, zodat ik haar nog zal zien, maar wanneer ik daar aankom, is de straat erachter altijd even leeg.

De leegte die Samira heeft nagelaten. Die is overal. Langzaam verspreidt die haar zinloosheid over alle dingen en laat ze verdwijnen.

Maar op het trottoir liggen nog steeds spullen die er een rommel van maken. Kammen, sieraden (vooral oorbellen; ik heb de grootste verzameling eenzame oorbellen), sleutels, nepnagels met gelijmde steentjes, paperclips, vlakgummetjes, veiligheidsspelden, reflecterende plaatjes, wanten (mijn verzameling losse wanten is minstens de op een na grootste in de wereld) en zelfs schoenen. Ik vraag me af hoe dat in zijn werk gaat: een schoen verliezen. En dan nog zonder dat je het merkt.

Mijn collectie waardeloze spullen bevat ook dingen die ooit van Samira zijn geweest, maar nu niet meer. Soms weet ik niet of ik die voor haar bewaar of dat ik ze heb overgenomen. Maar één ding is zeker: ze zaten ook in de plastic zak die ik begraven had met de bedoeling dat hij voor altijd onder een halve meter aarde zou rusten, maar die de volgende dag al werd opgegraven en die nu op de vloer van mijn kamer ligt.

Bovenop ligt een bloederig slipje met een gebruikt maandverband. Dat bloederige slipje was van mij. Dat had ik in één moeite door weggegooid, omdat de zak toch begraven en vergeten zou worden, en dat was beter dan proberen of ik het stiekem in de vuilniszak kon stoppen, onttrokken aan mijn moeders waakzame blik. Maar het liep nu eenmaal anders en vanwege het maandverband gaf de jongste politieagent een gil. Hij wendde zich af alsof hij moest overgeven, terwijl de oudste zijn lippen op elkaar kneep. Eigenlijk behoorlijk fake, aangezien ze in hun loopbaan vermoedelijk hoofden en andere lichaamsdelen op God mag weten welke vuilstort hebben opgegraven.

In zekere zin snap ik hun reacties wel. Toen ze in ons grasveld nog naar autobanden en schotelantennes aan het zoeken waren, dachten ze dat ik een jongen was. Tot de inhoud van die zak het tegendeel bewees.

Er zijn trouwens veel mensen die denken dat ik een jongen ben. En op de meeste dagen heb ik daar niets op tegen. Als ik mijn capuchon opheb en mijn blik naar de grond heb gericht, kun je niet echt verschil zien. Soms ga ik naar de Angel Bar waar de skinheads komen en dan sta ik aan de bar of bij de jukebox en zet ik een lagere stem op en praat ik net als zij. Ze hebben geen idee dat ik een meisje ben met behoorlijk veel zwart haar op haar hoofd, en ik wil ook niet weten wat ze zouden doen als ze het wisten.

Een dag of wat later is het grasveld nog steeds afgezet. Volgens mij probeert de politie de mensen af te leiden door net te doen of ze met iets bezig zijn, ook al laten ze zich niet meer zien onder ons balkon.

HOOFDSTUK 3

Alleen apen kunnen geen bus besturen

In ons gezin neem je de bus. Dat is niet omdat we zo ecologisch zijn of er een soort hippielevensstijl op na houden, maar we kunnen ons gewoon geen auto permitteren en die hebben we ook niet nodig. Mijn moeder zegt dat we ons gelukkig mogen prijzen dat we zo dicht bij zulk geweldig openbaar vervoer wonen, met de bushalte recht voor de deur en het metrostation op niet meer dan twintig steenworpen afstand, afhankelijk van hoe goed je kunt gooien.

Bovendien is mijn vader degene die de bus bestuurt. Vroeger was het wel eens leuk om te denken dat sommigen een lift naar school kregen van hun vader, terwijl mijn vader alle anderen een lift gaf. Nu mijn vader tegenwoordig bij Rashid op de bank slaapt en alleen maar ruzie met mijn moeder maakt en het verder ook allemaal ingewikkeld is, probeer ik als ik uit de metro kom meestal al van een afstand te kijken wie er rijdt. Als het mijn vader is, doe ik meestal net of ik ergens naartoe moet. Misschien naar de bieb. Of naar de kiosk aan de overkant van de straat. Wanneer de bus vertrokken is, neem ik gewoon de andere. De bus die aan de andere kant van de wijk stopt, zodat je een halve kilometer extra moet afleggen. Dan loop ik altijd via de winkel, om iets te kopen wat ik thuis kan laten zien om uit te leggen dat ik via de brood- of de koelafdeling ben gekomen of wat dan ook.

Maar op dagen dat de zon te laag staat of dat het regent zodat de voorruit van de bus helemaal streperig is, zie ik alleen maar een in het blauwzwart geklede arm met een opgenaaide reflecterende streep op de stof, of een pet die van iedereen zou kunnen zijn. Dan moet ik wel samen met de rest de straat oversteken en instappen.

Als mijn vader achter het stuur zit, kijk ik altijd heel lang naar mijn schoenen tot het tijd is om mijn pasje voor de kaartlezer te houden en dan gluur ik omhoog, heel snel, en knik ik en hij knikt haast ongemerkt terug. Soms pakt hij me bij mijn arm en fluistert hij iets wat ik aan mijn moeder moet doorgeven. Op zulke dagen probeer ik op een plek te gaan zitten waar hij me in zijn spiegel niet kan zien en vraag ik me af waarom hij nou uitgerekend op deze route moet rijden, terwijl hij weet dat mijn moeder me zodra ik thuis binnenstap zal vragen of papa de chauffeur was.

Maar het ergst is het toch om met mijn vader mee te rijden als hij kwaad is op de hele wereld en te hard rijdt. Dan kruip ik op mijn stoel in elkaar, span ik mijn buikspieren de hele weg aan en hou ik de stang zo stevig vast dat mijn hand er helemaal koud van wordt. Soms mompelt iemand iets over snelheidsmaniakken en verkeersregels, en dan zak ik nog dieper in mijn stoel en draai ik mijn hoofd naar de kant van de weg.

Op een keer bleef de bus op de rand van het trottoir steken en kon hij niet meer loskomen. Het was in de spits en de achterste deur kon niet meer dicht – die zat vast aan de stenen van de rand als een frambozenpit tussen je kiezen. De mensen hadden haast. Ze raakten geïrriteerd.

Eerst probeerden ze nog goede adviezen naar mijn vader te roepen, maar die werd algauw nerveus. Ik kon het aan zijn ogen zien; hij begon te zweten en prutste en manoeuvreerde, maar er gebeurde niets. De deur zat vast en de bus ging niet voor- of achteruit. Mijn vader trok zich niets aan van alle goede adviezen die met steeds nijdiger stemmen werden geroepen en zat te wurmen en beurtelings gas te geven en te remmen. De bus schoof naar voren en gleed weer terug. Gaf een decimeter mee en zakte daarna weer terug.

De minuten kropen voorbij. De stemming in de bus sloeg om.

Je kon het aan de gezichten zien. Mensen grijnsden naar elkaar. Toen zei iemand: 'Kutneger...', en anderen lachten en knikten.

Moeders met kinderen, gepensioneerden, jonge mannen in pak, iedereen had zitten wachten tot iemand moedig genoeg was om dit te zeggen en toen waren ze het gezellig met elkaar eens.

'Stomme aap. Rot op terug naar Afrika als je niet eens een bus kunt besturen.'

Iemand deed een aap na en ik wachtte af. Ik zag mijn vaders blik in de achteruitkijkspiegel. Heel even kruiste die de mijne en ik wist dat hij helemaal niets zou doen of zeggen. Niet wanneer ik erbij was. Ook al was dat wat ik het allerliefst wilde.

Toen de bus eindelijk loskwam en mijn vader met vals applaus en gefluit werd beloond, moest ik me verbijten om niet in huilen uit te barsten. Het was net als in het klaslokaal wanneer iemand de prullenbak omgekeerd op Anna's hoofd zette en ze daar maar zat zonder hem weg te halen, en iedereen in zijn handen klapte en tekeerging.

Ik sloeg mijn hand voor mijn mond en staarde naar buiten, naar de weg die steeds sneller langsgleed, toen de bus bevrijd weggaloppeerde naar zijn doel. Toen ik uitstapte, liep ik niet zoals anders naar de voorste deur en ik keek ook niet op. Ik stapte uit alsof ik een willekeurige passagier was en terwijl ik naar huis liep, hoopte ik dat mijn moeder er niet zou zijn.

HOOFDSTUK 4

Oma en Grizza

Als mijn moeder geen ruzie met mijn vader of met Samira maakt, doet ze het wel met oma. Ze maakte ook altijd ruzie met opa, maar die ging een paar jaar geleden in de zomer opeens dood en hun laatste ruzie bleef onbeëindigd. Toen opa doodging, had mijn moeder wekenlang een lege blik in haar ogen. Ze keek zoals ze kijkt wanneer mijn vader uit Dar El-Shams thuiskomt zonder het geld waarmee hij is vertrokken. Verneukt, op de een of andere manier, als ze naar de bankautomaat loopt en merkt dat de rekening is geplunderd.

Mijn moeder en opa hebben nooit de kans gekregen uitgeruzied te raken. Dat is met mijn moeder en oma wel anders. Die hebben veel tijd. Maar hoe ze ook ruziën, het is net of ze er nooit echt klaar mee zullen zijn. Elke keer dat we naar oma gaan, zegt mijn moeder dat deze keer... deze keer zal ze, *Insha'allah*,' haar goede humeur niet verliezen. Deze keer zal het, als God wil, écht, écht gezéllig worden.

En misschien gaat het 't eerste halfuur ook goed, als ze gewoon in de tuin wandelen en oma Gunni met haar nordicwalkingstokken naar de krokussen wijst die hun verbaasde blauwe kopjes uit de koude grond steken om te zien wie hun slaap verstoort. Het vervolg is ook mooi, als mijn moeder de berken inspecteert in de hoop dat die al beginnen uit te botten en ze God met een *Masja'allah* dankt voor al dat moois, maar wel zo zachtjes dat oma het niet zal horen, want oma houdt er niet van dat mijn moeder Arabisch praat, ook al is het de taal van God. Maar zodra we aan de koffietafel zijn gaan zitten betreedt een van hen, ongetwijfeld de ander, afhankelijk van aan wie je het zou vragen, meteen gevaarlijk terrein, en daarna is het een kwestie van verdedigingsmaatregelen, offensieven en algauw een complete kernoorlog.

Later moet worden uitgezocht wie wat heeft gezegd en wat heeft gedaan, en zit je daar als bij het oorlogstribunaal in Den Haag om middellange straffen voor oorlogsmisdaden uit te delen, terwijl die twee elkaar nog steeds door de vizierkijker zitten te begluren, klaar om af te vuren bij de geringste verkeerde grimas.

Ik weet eigenlijk niet wat de achtergrond van die ruzies is, en als ik het mijn moeder vraag, schudt ze alleen haar hoofd en zegt ze: 'Ze weet echt hoe ze iemand tot waanzin moet drijven. Ze weet precies wat ze moet zeggen om mij...'

Maar als je het aan oma vraagt, zegt ze: 'Ze is altijd al zo geweest. Zo gevoelig. Van kinds af aan. Je kon gewoon niets tegen haar zeggen of ze zat al op de kast.'

En toen Samira er nog bij was, zei die: 'Jemig! Ik wil hier niets mee te maken hebben! Snap dat dan!'

Mijn moeder zegt dat oma 'lastig' is. Dat ze jonger wil zijn dan ze in feite is. Dat ze het veel te leuk wil hebben op een helemaal verkeerde manier.

Oma is de zestig al gepasseerd, maar springt soms nog steeds, in de zomer vaker dan anders, met haar vriendinnen in een auto. Dan rijden ze met de wind in hun pas geverfde haren gillend en claxonnerend met z'n allen naar de stad om naar de kroeg te gaan. Ze drinken Mai Tai's en dansen. Volgens mij werkt vooral dat dansen als een rode lap op mijn moeder.

Bijna elke keer dat ik naar de Trix ga, zie ik types als mijn oma en haar vriendinnen. Ze zijn altijd het meest aangeschoten van iedereen. Ze dragen altijd de strakste kleren, met glitter en luipaardmotieven, en ze stellen zich altijd het ergst aan van iedereen. Bovendien doen ze alles helemaal fout bij de Trix. Wanneer de dj van die oud Finse rotmuziek draait, zodat de mensen zullen stoppen met dansen om wat te gaan drinken, rennen types als oma Gunni juist naar het midden van de dansvloer. Ze priemen met hun vinger in de lucht, en terwijl ze op het nummer 'Nahkatakkinen tyttö' van Dingo op en neer springen, knikken ze zo hard met hun hoofd dat hun haren in hun gezicht vallen.

Daarna is het net of ze een elektrische schok van een van de kabels rond de dj-*booth* hebben gekregen. Ze beginnen met hun hele lichaam te shaken. De mensen trekken zich verschrikt terug. Wij zitten altijd te lachen en te wijzen en elkaar te porren wanneer ze opeens spelen dat ze naar beneden duiken, met hun vingers hun neus dichtknijpen, kronkelend bewegen en met hun kont schudden.

Ik snap best dat mijn moeder niet wil dat iemand oma uitlacht. Ze heeft ondanks alles toch drie kinderen gebaard en opgevoed, en daar is mijn moeder er eentje van. Zo iemand moet met respect behandeld worden, zegt de profeet Mohammed. Maar oma wil genieten van het leven. Ze wil haar grijze haren bedekken, maar die zie je een paar maanden later bij de scheiding toch weer opblinken, en ze wil soms dronken worden op een doordeweekse dag, zonder aanleiding, gewoon om te voelen dat het bruist in haar lichaam. Ze wil foute kleding dragen en uitgaan en dansen, en zo hard en lelijk lachen dat de mensen zich omdraaien en kijken. Ik weet dat mijn moeder en oma hier ruzie over maken, maar het is niet hun favoriete onderwerp. Hun favoriete onderwerp, waar ze altijd op terugkomen, is mijn moeder.

De mensen zeggen van mijn moeder dat ze gelovig geworden is. Wanneer ze dat zeggen, gaan ze zachter praten en kijken ze eerst met een steelse blik om zich heen. Daarna mompelen ze dat in vertrouwen tegen iemand, zoals mensen doen wanneer ze zeggen dat iemand gek geworden is of als er iemand is doodgegaan. Zelf haalt mijn moeder haar neus op als ze het hoort. Ze zegt dat ze 'de weg terug naar God gevonden heeft'.

Ze zal in elk geval nooit zo worden als oma, en wanneer ik haar dat hoor zeggen, lach ik inwendig, want ik ken niemand die méér op oma lijkt dan mijn moeder op dat moment doet.

Iemand die gelovig wordt, neemt afstand van anderen. Die meet zich een omhulsel aan. In mijn moeders geval wordt dat omhulsel een *hidjab* genoemd.

Mijn moeder begon de hidjab te dragen toen ze een jaar met mijn vader in Dar El-Shams woonde, vlak na de geboorte van Samira.

'Dat was gemakkelijker. Het respect dat je kreeg, het respect...' verzucht ze.

En als je eenmaal de hidjab hebt aangetrokken moet je die niet weer uittrekken, laat mijn moeder niet na te benadrukken. Bekeren deed ze zich eigenlijk pas jaren later, maar toen ze naar Finland terugkeerde, bleef ze aan de hoofddoek vasthouden. Die is ook in de moeilijkste momenten haar steun en toeverlaat geweest, en hoe groter de weerstand waar ze tegenaan loopt, des te meer ze gesterkt wordt in haar overtuiging dat ze gelijk heeft. Het werk van mijn moeder komt tegenwoordig neer op het beantwoorden van telefoontjes van mensen die bellen om cruises te boeken naar Europese havensteden. Vroeger zat ze achter de balie en had ze rechtstreeks contact met de klanten, maar toen ze de hidjab begon te dragen wilde men niet meer dat de vrolijke reizigers haar zouden zien. Er werd van uitgegaan dat dat misschien een domper op de feestvreugde zou zetten, en daarna heeft ze zich moeten schikken in een lager loon en slechtere werktijden, maar dat compenseert ze door veel overuren te maken.

De eerste keer dat oma mijn moeder in de hidjab zag, bleef ze abrupt staan en stak ze vervolgens de straat over zonder te groeten.

Een paar dagen later ontving mijn moeder een ansichtkaart met het motief van een donkere, vormloze gedaante met een grijnzende mond en ronde oogjes. Op de kaart stond: 'Nu heeft het gevaar de Moeminvallei bereikt. Gefeliciteerd.'

Op de kaart stond Grizza afgebeeld, een van de Moemins. Mijn moeder scheurde de kaart in stukjes en gooide die in de prullenbak.

Mijn moeder zegt dat als je de hidjab draagt, je je niet meer druk hoeft te maken over hoe je eruitziet. Ze vertelt dat ze enorme bedragen bespaart sinds ze geen onnodige chemicaliën meer koopt die ook nog eens schadelijk zijn voor je gezondheid. Oma haalt haar neus op.

'Binnenkort kom je zeker in zo'n tent aan, en dan zie je er helemaal niet meer uit.'

Oma beweert dat mijn moeder altijd al iemand nodig had achter wie ze aan kon lopen. Eerst was het opa, die haar met de riem opvoedde, daarna was het mijn vader, en toen ze mijn vader niet meer kon volgen verzon ze gewoon dat ze God kon volgen. Mijn moeder antwoordt dat ze zich voor het eerst in haar leven helemaal vrij voelt.

Oma noemt mijn moeder een landverrader en ze zegt dat de suffragettes zich voor de paarden wierpen zodat geen vrouw ter wereld zich op die manier zou hoeven toetakelen. Ze gaat tekeer alsof mijn moeder de schuld is van zo'n beetje alle problemen die vrouwen in hun leven allemaal kunnen overkomen: verkrachting, ongelijke betaling, discriminatie op de werkvloer, kinderhuwelijken. Mijn moeder houdt haar sjaal voor oma op en schreeuwt dat het maar een stuk stof is.

'Een stuk stof dat je rond je hoofd wikkelt en dat vervolgens alle gedachten op hun plaats houdt,' zegt ze.

'Als het alleen maar een stuk stof is, zou je het net zo goed niet kunnen dragen,' antwoordt oma.

Mijn moeder vindt dat de hidjab de enige manier is waarop vrouwen zoals zij, degenen die toevallig niet tot de categorie 'zeer neukbaar' behoren, zich kunnen beschermen tegen al die rotblikken die hun vertellen dat ze er niet uitzien als die geretoucheerde veertienjarige modellen in de *Elle* en de *Vogue*, en dat God Zijn grote begrip en genade voor het vrouwelijke dilemma toont door te bepalen dat iedereen, jong en oud, zich van top tot teen moet bedekken. Een vrouw die kiest wat ze een man toestaat te zien en wat ze aan zijn blik onttrekt, is een revolutionair die de controle over haar eigen lichaam heeft genomen.

'Jullie verbrandden je bh en wij knopen doeken om ons hoofd. Om precies dezelfde reden. En nooit,' zegt ze, 'heb ik zo'n woede van mannen ondervonden als sinds ik begon te bepalen wat zij niet mogen zien.'

Oma daarentegen is van mening dat vrouwen in het leven, onder andere op de arbeidsmarkt, net zo goed een opmars kunnen maken door hun borsten naar voren te duwen, met hun nepwimpers te knipperen en hun roklengte nog wat meer omhoog te laten gaan. Mijn moeder briest en zegt dat ze liever haar hersens gebruikt, als dat tenminste geen privilege is dat alleen aan mannen is voorbehouden. Bovendien weet oma Gunni heel goed dat mijn moeders baas een vrouw is en die is vast niet bijzonder onder de indruk van een decolleté.

Soms wordt oma zo boos dat ze naar het balkon gaat om te roken, totdat de buren beginnen te klagen en zeggen dat ze chronisch moeten hoesten van alle rook die door hun ramen naar binnen komt. Oma schreeuwt dan dat ze toch zeker zelf ook roken, dus wat mankeert hun, verdomme!

Mijn moeder en oma kunnen echter nog zoveel ruziemaken, mijn moeder blijft haar hidjab dragen.

'Er zijn al genoeg naakte lijven in deze wereld. Ik vind niet dat ze dat van mij hoeven te zien,' zegt ze.

Toen ik jonger was, zat mijn moeder soms in van die reclamefolders te bladeren die vroeger altijd in de brievenbus in de hal vielen. Wanneer ze bij de bladzijden met ondergoed was aanbeland, schudde ze briesend haar hoofd. Als ik naast haar zat om over haar arm te gluren, keek ze me aan en terwijl ze mijn haar achter mijn oor streek, zei ze: 'Er zijn meerdere manieren om vrouw te zijn. Onthoud dat.'

Maar op een dag plakte ze een briefje op de brievenbus en toen kwamen er ook geen folders meer.

HOOFDSTUK 5

De toren van Babel

We wonen in de toren van Babel, de enige flat in een wijk met rijtjeshuizen. Mijn vader zegt dat de autoriteiten de mensen die het minder goed hebben daar plaatsen, zodat degelijke belastingbetalers met eigen ogen kunnen zien dat hun geld goed gebruikt wordt.

Op onze etage worden zeven verschillende talen gesproken. De politie surveilleert regelmatig in de buurt en één keer was er op onze etage een razzia. Toen renden de Somalische gezinnen gillend rond met klepperende sandalen en zwaaiend met hun paspoorten, maar de politie voerde ze toch af. Later mochten ze terugkeren en toen vertelde Fayzad van 42B aan mijn moeder dat ze niet eens de tijd hadden gekregen om in lades naar hun papieren te zoeken of ze werden al weggesleept.

Ons balkon kijkt uit op een kalig, vierkant stukje gras en de rijtjeshuizen tegenover ons. Daar wonen de gelukkigen. De gepensioneerden die er bijna in geslaagd zijn genoeg geld bij elkaar te sparen voor het geluk van een vrijstaand huis, maar die zijn blijven steken in een rijtjeshuis. De gezinnen die nog steeds een eenheid vormen, met een vader, moeder, hond, nieuwe auto en twee komma vijf kind.

Precies tegenover ons woont de familie Jotunen, maar vooral de auto van de familie Jotunen, een spiksplinternieuwe, waar Markku elke zaterdagochtend naar staat te koekeloeren. Daarna bespreekt hij zijn auto met de buren iets verderop, terwijl hij hem oppoetst met een droge doek en Windex uit een sprayflacon, die hij groetend opsteekt als Eerika en Sami van de Peltonens, die altijd identieke vrijetijdskleding dragen, joggend de deur uitkomen.

Het AOW'ers-geluk wordt in eerste instantie vertegenwoordigd door de oude hond van Harjula en door Harjula zelf. De hond houdt haar aangelijnd wanneer ze met haar grijze permanent en haar paarse donsjack bij haar tulpenbed staat. Soms is Harjula's haar ook paars, als ze het door de leerlingen van de kappersvakschool heeft laten doen. Dan zit ze er altijd aan te voelen, doet ze net of ze het met haar vingertoppen een beetje meer volume geeft en zegt ze: 'Ach ja, deze keer is het zo uitgepakt. Een beetje afwisseling kan nooit kwaad.'

Ook al is het altijd hetzelfde paars in hetzelfde permanent.

In de rijtjeshuizen woont ook het samengestelde gezin van Huopala, met zeven kinderen van verschillende leeftijd en nationaliteit. In hun gezin worden vier verschillende talen gesproken. In de weekenden komen er zowel vaders als moeders kinderen halen en brengen, dus het is moeilijk precies te zeggen wie bij welke ouders hoort, en welke broers en zussen halve en hele zijn. Wanneer ze scheiden, wordt er verhuisd.

In het rijtjeshuizengeluk verhuist er vaak iemand. Ik sta meestal voor het raam en zie ze verdwijnen. Moeder met de kinderhelften in een stevige greep en vader die met zijn handen in de zakken, hangend hoofd en gespannen kaken achter hen staat, de blik gevestigd op de kinderen, op de hond die zijn lijf helemaal slap houdt, en op de verhuiswagen die wegrolt met alles wat gisteren nog helemaal van hen samen was.

Mijn vader is bijna even vaak weggegaan als dat hij weer bij ons is ingetrokken. Momenteel overnacht hij, zoals hij het noemt, bij Rashid, maar deze keer blijft hij langer weg dan anders.

Wanneer mijn vader verhuist, verliezen we meestal het contact. Soms belt hij, maar de stilte aan de telefoon is vaak lang en moeizaam. Rashid woont in Espoo en ik ben niet de persoon die dure regionale ritjes gaat zitten maken alleen om mijn vader op te zoeken. Ik mag Rashid best, hoor, maar ik heb geen tijd en die heeft mijn vader ook niet. Hij moet natuurlijk gewoon aldoor werken, en dan ook nog op volslagen onmogelijke tijden. Om de haverklap zit hij op de nachtbus, om nog meer geld bij elkaar te schrapen dat hij naar de familie thuis kan sturen.

Elke keer dat mijn vader verdwijnt, bel ik Samira om verslag uit te brengen, en elke keer zegt ze: 'Geloof me, het is maar tijdelijk. Die twee zullen elkaar nooit met rust kunnen laten.'

En dat is in zekere zin best een geruststellende gedachte.

oktober 2005

Samira

HOOFDSTUK 6

De weggelopen bruid

Twee weken nadat Samira uit de Jungfrugränden was vertrokken verhuisde ze van de vrouwenopvang naar de flat die maatschappelijk werk voor haar geregeld had. Uitzicht op een geasfalteerde binnenplaats met rekken waarop de vloerkleden konden worden uitgeklopt, een hekwerk van kippengaas, een zandbak en een paar schommels. Een klein keukentje, niet groter dan een kookhoek. Een bad met brede randen waarop je brandende kaarsen kon zetten. Een magnetron en een afzuigkap. Twee kamers, ingebouwde kasten, een winkeltje beneden op de hoek en een geheim adres.

Ze liep door de kamers en bekeek de muren, de gladde, lichtgele, koele muren van een meter dik die geen enkel geluid doorlieten. Het was een oud gebouw. Een vesting waarin haar toekomst lag besloten. De situatie kwam haar maar al te bekend voor.

Achteraf leek het misschien wat overdreven, dat van dat opvanghuis voor vrouwen, dat moest Samira toegeven, maar ze wilde niet langer thuis wonen en zag geen andere uitweg. Toen ze haar vader had gevraagd of ze op zichzelf mocht gaan wonen, had hij dat geweigerd. Ze zei dat ze achttien was, dat je in Finland het huis uitging als je achttien werd. Maar toen had hij naar de deur gewezen en gezegd: 'Buiten is het Finland. Hier is het de Maghreb! Als je absoluut huur wilt betalen, dan kun je dat aan mij doen.'

Daar moest ze het mee doen.

Tijdens eenzame avonden voerde het verkeer beneden op straat haar in gedachten ver weg. Als ze naar het getoeter van de auto's luisterde, volgde ze het geluid helemaal tot in Dar El-Shams en kwamen er herinneringen boven.

In haar vaders buurt werd het startsein voor een bruiloft gegeven en iedereen was uitgenodigd. Honderden gasten, hele gezinnen en families. Over de weg was een tentzeil gespannen, met daaronder stoelen en lange tafels. Het maakte niet uit dat de straten achter de witte huizen met de platte daken geblokkeerd werden, want iedereen zou toch bij de bruiloft zijn. Toen de stoet met de bruid kwam aanrijden, glimmende gehuurde Mercedessen en een witte limousine, klonken de trommels al. De pulserende muziek zou drie dagen en drie nachten onafgebroken doorgaan, en het luide gegil van de vrouwen trilde boven het krankzinnige getoeter van de claxons uit. Er werd gedanst. Er werd met geweren in de lucht geschoten.

Eerder die dag waren de bruid en de bruidegom door een imam in de echt verbonden, zonder in dezelfde ruimte te verblijven of zelfs maar in dezelfde wijk. De vrouwen en mannen hadden hun eigen, gescheiden feesten. Nu zag het bruidspaar elkaar, niet voor het eerst. Ze hadden toestemming gekregen elkaar onder het waakzame oog van familieleden te ontmoeten. Maar toch. Twee mensen die elkaar nauwelijks kenden. Twee mensen die zeven, acht keer met elkaar hadden gepraat zouden nu aan een heel leven samen beginnen. Was zij nog maagd? In het beste geval. Was hij het? Waarschijnlijk niet. Wist hij iets van vrouwen? Niet meer dan zijn vader en diens vader vóór hem.

De muziek bonkte door en het zou niet lang meer duren of iedereen danste. Er was een bruiloft in de Maghreb en niemand kon gelukkiger zijn dan de bruid en haar bruidegom. Nog even.

Met knipperende ogen stond Samira over de straat uit te staren door de mist die het zicht belemmerde.

Er was geen dreiging geweest. Niet echt. Maar toen Samira zestien werd, was er iets veranderd in de manier waarop haar vader naar haar keek. Al die sluipende, speelse vragen waar hij haar altijd mee plaagde toen ze klein was.

'Heb je al een vriendje, Samira?'

En zij antwoordde opgewekt 'Natuurlijk!' en somde alle jongens in de klas op.

Toen ze wat ouder werd en begreep wat een vriendje was, moest ze altijd giechelen en wendde ze zich af als hij het vroeg.

Met de jaren kreeg 'Heb je al een vriendje, Samira?' een andere klank, gravend, aftastend, in afwachting van de dag waarop ze vuurrood zou worden.

Samira herinnerde zich haar nichtjes thuis in Dar El-Shams. Hoe die elke keer dat ze in veel te korte rokken thuiskwamen oorvijgen hadden gekregen. Huilend waren ze naar hun kamers gerend. Hun vaders reden overdag langzaam langs de poort van de school en keken zoekend rond. Zagen ze hun dochters Masja en Amira in de kluwens leerlingen in vormeloze, roze overgooiers, die alle schoolmeisjes verplicht waren te dragen? Als ze hen niet zagen, werden ze later thuis aan een verhoor onderworpen over waar ze om die en die tijd hadden gezeten. Als ze het niet meer wisten, kregen ze slaag. Zo werden de meisjes thuis in Dar El-Shams opgevoed, en zo was Farid opgevoed. Hij had dat allemaal zien gebeuren. Hoe zou hij anders kunnen zijn?

'Als het om dochters gaat, zijn alle mannen hetzelfde. Ze kunnen nog zo normaal overkomen, maar als het om meisjes gaat, krijgen ze kortsluiting in hun kop,' zei Samira's beste vriendin Jasmina.

En toch, ondanks dit alles hadden de nichtjes in Dar El-Shams het over niets anders dan over vriendjes. Ze waren al met de voorbereidingen voor hun bruiloft begonnen voordat ze hun eerste, enkellange *khimar* kregen, rond een jaar of twaalf, toen de jongens op de hoeken van de straten hen hoer begonnen te noemen. Toen ze eenmaal twintig jaar waren, waren ze duidelijk wanhopig. Wanneer Samira hen bezocht, pakten ze haar bij de armen en trokken ze haar mee naar hun kamer, ondertussen druk fluisterend over Abdel of Karim, die bij een telecommunicatiebedrijf in de stad werkte en die glimmende, dure schoenen droeg. Ze hielden haar polsen in een ijzeren greep. Met een ongeruste blik vroegen ze haar of zij al verloofd was of een vriendje had. Voor de nichtjes in Dar El-Shams was het huwelijk een vanzelfsprekendheid die je niet ter discussie stelde.

Maar Samira had nooit een vriendje. Ze stelde zich er niet eens eentje voor. Zolang ze zich kon herinneren had haar vader jongens als iets zo weerzinwekkends afgeschilderd dat ze zich moeilijk kon voorstellen dat hij er ooit zelf een was geweest. En zij, zij was een trotse en zelfstandige moslima. Om zich gewaardeerd te voelen had ze de aandacht van die minderwaardige wezens niet nodig. Ze had geen make-up of nieuwe kleren nodig als er weer eens een nieuwe wind waaide. Ze was goed zoals ze was, zei haar vader. En Samira geloofde hem.

Hij zei altijd dat hij blij was dat hij geen jongens had, maar alleen meisjes, net als de profeet. De kindertehuizen in de Maghreb puilden uit van de jongens die niemand wilde hebben. Jongens waren duur. Die moesten trouwen en een *mahr*, een bruidsschat, betalen. Vaak konden ze zich dat niet veroorloven en bleven ze thuis zitten. Hadden ze werk? Wat voor werk zou dat moeten zijn? Er waren geen banen, en een opleiding kreeg je alleen als je echt talent had, of connecties, zodat je een diploma kon kopen. Hun toekomst bestond dus uit de muren van het huis en een potje dammen, terwijl ze aan de hand van de sigarettenpeuken die om hen heen op de grond lagen de dagen telden.

'Jongens rennen als honden op straat rond,' zei Farid.

Maar dat rennen was nodig. Jongens die niet hadden rondgerend werden slechte echtgenoten voor goede moslimmeisjes. En ze vroeg niet: 'Maar *abi*. Hoe zit het dan met meisjes die niet hebben rondgerend?'

Want aan rondrennen hoefden meisjes niet eens te denken. Er waren speciale woorden voor zulke meisjes en die woorden wilde Samira niet over zichzelf horen.

Toen ze achttien werd, veranderde alles opeens. Toen moest ze gaan nadenken over trouwen, maar ze kon er zich totaal geen voorstelling van maken met wie dat dan zou moeten zijn. Toch zeker niet met een van die jongens voor wie haar vader haar had gewaarschuwd en die inmiddels waren opgegroeid en donzige jongemannen waren geworden die ze elke dag in de stad zag en van wie ze echt alles wist?

'Nee, natuurlijk niet,' zei hij.

Met een goede moslim, zoals hijzelf. Daar had je er een heleboel van in de Maghreb.

Ze was in de war. Die werkloze honden in Dar El-Shams? Ze voelde hoe de strop langzaam om haar hals werd aangehaald en de verwachtingen toenamen.

Farid begon namen te noemen. De zonen van zijn collega's, de neven van die zonen in de Maghreb.

'Ik zeg altijd tegen ze: eerst zien, dan geloven. Mijn Samira is te jong om te trouwen. Ze moet eerst studeren. Ze moet een beroep hebben. Daarna kunnen we erover gaan nadenken.'

In zijn woorden zat een vraag verborgen. Een vraag die zij knikkend beantwoordde.

'Zeker, eerst studeren. Daarna kunnen we erover nadenken.'

Ze wist dat ze de tijd aan haar kant had. Dat ze haar studie kon rekken zolang ze wilde. Dat ze veel sneller over haar houdbaarheidsdatum heen zou zijn dan Finse meisjes. De zonen van Farids goede vrienden en de neven van die zonen wilden namelijk geen echtgenote die al vijfentwintig was. Hoe ouder ze werd, hoe groter het risico dat ze al verbruikt was vóór het huwelijk. Ze wilden echtgenotes die nog geen twintig waren. Ze wilden echtgenotes die zo weinig mogelijk wisten. Een van haar neven zei dat een vrouw moest zijn als een jong poesje. Blind en hulpeloos.

'Typisch, hè!' brieste Jasmina toen ze dat hoorde. 'Eerst willen ze een intelligente en goedopgeleide vrouw zodat ze kunnen opscheppen dat ze dokter of jurist is, maar vervolgens moet ze de rest van haar leven haar mond blijven houden om niet slimmer over te komen dan haar man.'

Toen Farid plannen begon te maken voor Samira's huwelijk, kwamen de verhalen over de vrouwen in de familie in Dar El-Shams haar afgrijselijk helder voor de geest. Ze dacht aan Masja, de vrouw van opa's broer Khaled, die tweeëntachtig jaar was geworden. In die tweeëntachtig jaar verliet ze haar huis twee keer. De eerste keer toen ze als bruid haar ouders verliet om naar haar man te gaan en de tweede keer toen ze in een kist naar buiten werd gedragen. Beide keren was ze van top tot teen bedekt.

Jamila, een van de beste vriendinnen van Samira's nichtjes, was verliefd geworden op een student van haar eigen leeftijd, een jongeman die ingenieur zou worden en uit een heel normaal gezin kwam, er mankeerde absoluut niets aan hun compatibiliteit, behalve dan dat ze in het geheim verliefd op elkaar waren geworden. Onfatsoenlijk, vond de familie van Jamila. Toen ze op een middag met haar zussen in de woonkamer thee zat te drinken, kwam haar vader thuis om mee te delen dat ze getrouwd was en het huis onmiddellijk moest verlaten. Niemand wist aan wie ze was uitgehuwelijkt en waar het stel naartoe was verhuisd.

Het ergst verliep het voor Farids nichtje Hawa. Zij stierf op het platteland in het kraambed, alleen maar omdat haar man Rahman weigerde haar naar de enige beschikbare dokter te brengen. Ze mocht doodbloeden, omdat geen andere man dan hij haar onderlichaam mocht zien.

Soms probeerde Samira zich voor te stellen dat er echt vrouwen waren die hun hele leven lang alleen maar werden gezien door hun moeder, hun vader en hun broers en zussen, en misschien nog door een paar nichtjes. Vrouwen die niet aan de man waren gekomen en die compleet verborgen voor de buitenwereld leefden en stierven. Uitgehuwelijkt worden aan een vreemdeling was voor hen de enige manier om gezien te worden. Wanneer ze zo dacht, begon het in haar hoofd te tollen en ze vond dat Jasmina gelijk had als ze zei dat elke getrouwde vrouw een hoer was.

De keren dat Samira en Jasmina hun toekomstige huwelijksmogelijkheden hadden besproken, waren ze in hopeloze berusting tot de conclusie gekomen dat er nauwelijks een oplossing bestond waaraan geen geldtransactie voorafging. Ze konden zich geen wereld dromen waarin vrouwen niet te koop waren. Hun ouders zouden het nooit goedvinden dat ze trouwden met een man die hen niet kon onderhouden, en een man die het zich kon veroorloven hen te onderhouden zou ook een bruidsschat willen betalen. Het in ere houden van de traditie, werd dat genoemd, maar voor hen zou het goud om vingers en polsen een trieste herinnering zijn aan het feit dat de trots van de man gelegen was in het feit dat hij het zich kon veroorloven een echtgenote te kopen.

'Meisjes die worden weggegeven, trekken de verkeerde soort mannen aan. Dat is gewoon zo. Niemand, zelfs in de modernste families die ik ken niet, wil het risico nemen dat er over hen gepraat wordt en dat de mensen zeggen dat ze hun dochters gratis weggeven omdat ze anders zeker zouden overschieten,' zei Jasmina.

Samira was geneigd haar ook op dat punt gelijk te geven. Zij had moeten leven met Sarahs verbittering over het feit dat haar de bruidsschat door de neus was geboord toen ze akkoord ging met alles wat Farid wilde, helemaal gratis, omdat ze de grote vergissing beging dat ze van hem hield.

Maar in plaats van te zeggen 'Abi, ik ga nooit trouwen', pakte Samira haar koffers en vluchtte.

oktober 2007

Leila

HOOFDSTUK 7

In e-nummers zitten gewoon pure varkens verstopt

Wanneer mijn moeder over een religieus dilemma piekert, gaat ze, net als de meesten van haar zusters in het geloof, het internet op en als ze het antwoord heeft gevonden op wat ze zocht, belt ze de imam om zijn kijk op de zaak te horen. Als ze het niet met hem eens is, belt ze Fatima. Meestal belt ze hen allebei.

Mijn moeders bestaan komt voornamelijk neer op het zodanig navolgen van de profeet Mohammed als menselijk gezien maar mogelijk is. De profeet Mohammed was de perfecte mens, en aangezien wij een moslimgezin zijn, moet ieder van ons ernaar streven zo veel mogelijk op de profeet te lijken. Als we daarin slagen, kunnen de gevolgen alleen maar goed zijn. Een paar keer per maand gaat mijn moeder op zoek naar een nieuw brokje fijne informatie uit de Hadith, de overleveringen over het leven van de profeet, die zij op ons dagelijks leven probeert toe te passen, soms met mager resultaat. Mijn vader loopt in zijn onderbroek rond (haram!) en mompelt dat de profeet leefde in het Arabië van de zevende eeuw en dat er sindsdien het een en ander is veranderd, maar mijn moeder vindt dat je het toch moet proberen. Elke keer dat ze lucht krijgt van een nieuw wetenschappelijk inzicht, bijvoorbeeld dat het beter is je tanden te poetsen met een *miswaak*, zoals de profeet deed omdat de miswaak van nature antiseptisch is, leest ze het nieuwtje triomfantelijk voor aan mijn vader, die met zijn hoofd diep tussen zijn schouders getrokken zit te niksen met het eerste kopje koffie van de dag (haram!) en verlangt naar de eerste sigaret van de dag (haram!). Hij zegt dat zijn handen er behoefte aan hebben een ochtendkrant vast te houden, maar daar mag hij zich niet meer op abonneren.

'Haram, haram,' zegt mijn moeder, terwijl ze hem over zijn wang aait als ze een goede dag heeft.

De meeste dingen die mijn vader leuk vindt om te doen, bijvoorbeeld 's avonds de deur uitgaan en de kruimels op de keukentafel laten liggen, of toen we nog tv hadden gewoon op de bank zitten met de afstandsbediening in zijn hand, zijn namelijk verboden, dus mijn vader heeft het beter naar zijn zin op andere plekken, waar hij niet steeds over al die dingen hoeft na te denken.

'Het mooie van Finland is dat je er op je eigen manier moslim kunt zijn en zelf kunt kiezen hoe je het geloof wilt naleven,' zegt mijn vader altijd.

Maar dan zegt mijn moeder dat dat in zijn geval lijkt te betekenen dat je het dan helemaal niet naleeft. Mijn moeder heeft de Koran gelezen, van kaft tot kaft. Mijn vader niet. Bovendien heeft mijn moeder de Koran met de pen in de hand gelezen. Ze zegt dat het net is of mijn vader en zijn vrienden uit de Maghreb vinden dat het geloof bestaat uit vijf verplichte punten. Dat zijn de *salat* (het gebed), de *hadj* (de bedevaart), de *zakat* (het geven van aalmoezen), de *sjahada* (de geloofsbelijdenis) en het vasten tijdens de ramadan.

Nee, volgens mijn moeder geloven mijn vader en zijn vrienden dat de man het hoofd van het gezin is, dat de vrouw de hidjab moet dragen, dat het huwelijk het halve geloof is en je je dus over de rest niet druk hoeft te maken, dat kinderen het persoonlijke bezit van de man zijn, en dat je de midlifecrisis te lijf moet gaan met veelwijverij. Zelf is ze van mening dat bekeerlingen de enige hoop en toekomst van de ware islam vormen, want alleen de bekeerlingen zijn in staat onderscheid te maken tussen cultuur en religie.

'Als Farid gewoon wat beter zijn best zou doen om de profeet na te leven, zouden we totaal geen problemen hebben,' zegt ze altijd als ze Fatima belt.

Vervolgens somt ze op wat voor goeds de profeet allemaal deed, van huishoudelijk werk tot kinderverzorging. Ze heeft genoeg over de profeet en zijn huwelijk gelezen om te weten dat dit precies is zoals ze het zelf wil hebben, en aangezien ze al met een moslim getrouwd is, is het gewoon een kwestie van hem een beetje kneden.

Volgens mijn moeder is het probleem van de meeste moslimgezinnen, -staten en -culturen niet de islam, zoals men in de media probeert te beweren, maar eerder het gebrek aan islam. Een flinke portie stevige islam zou van ons allemaal betere mensen maken en we zouden als gezin hand in hand en stralend door de paarlemoerpoorten van de *jannah* lopen. Ze weet zeker dat als ze de voorbeelden van de profeet maar gewoon zorgvuldig genoeg volgt, ze gelukkig zal worden. En als zij gelukkig is, wordt de rest ook gelukkig. De werkelijkheid is echter anders en mijn vader biedt dapper weerstand aan de islamisering van ons huishouden.

Op de koelkast heeft mijn moeder een briefje geplakt met verboden E-nummers, die door de levensmiddelenindustrie worden gebruikt om in zo ongeveer alles varkens te kunnen verstoppen. Mijn vader zegt dat als zij haar tanden met een houten stokje gaat poetsen, hij de volgende keer dat hij moet poepen van plan is een kuil in het grasveld bij de rododendronstruik te graven.

Mijn moeder zegt dat de wc het terrein is van de moderne tijd en vervolgens plakt ze een briefje op de badkamerdeur met de juiste wc-instructies. Als mijn vader wat later uit de badkamer roept dat hij van plan is op een goede dag met dat briefje zijn kont af te vegen, antwoordt mijn moeder dat hij eerst punt vijf moet lezen, waarin staat dat je tijdens je wc-bezoek geen enkel geluid mag voortbrengen.

Behalve in E-nummers verliest mijn moeder zich ook in kledingvoorschriften, en er zijn dagen dat ik het vermijd om naar huis te gaan. Dagen waarop ik mijn moeders kamerrazzia's ontvlucht, waarbij ze elk kledingstuk uit mijn kast gooit om te controleren of ik wat nieuws heb gekocht, iets wat te strak is of te diep gedecolleteerd of waar plaatjes of teksten op staan die tot verboden gedachten kunnen leiden. Soms zijn het glitters, kantjes of pailletten waar ze zich aan stoort. Soms zijn het de kleuren. Dat is in periodes waarin ze vindt dat zwart de enige juiste kleur is, en dan kan het gebeuren dat ze met een truitje staat te zwaaien dat vorige maand nog helemaal oké was en schreeuwt dat het geel is, geel! En ik sta haar aan te staren en zeg: 'Ja, maar dat had jij toch gekocht...'

Maar dan is ze alweer de kast in gedoken en ik vloek inwendig als ze een tregging tevoorschijn trekt die ik toch alleen maar onder mijn normale broek draag, want het is voorgekomen dat de pluizige lange onderbroek die oma heeft gebreid in de kleedkamer bij gymnastiek tot grote hilariteit leidde. Mijn moeder zwaait met de worstenvellenbroek en sist: 'En wat hebben we hier?'

Vervolgens belandt de tregging op de stapel kleren die ze naar de afvalcontainer brengt. Later haal ik die kleren weer naar binnen, want aan de meeste dingen die van haar weg moeten mankeert namelijk niets. Wanneer ik naar haar sta te kijken, bedenk ik dat ze net is als de meiden in mijn klas die naar me wijzen als ik me in de kleedkamer heb uitgekleed. Hoewel ik daar in mijn onderbroekje en topje sta, schreeuwen ze: 'Jezus, zeg! Moet je haar zien! Jezus, wat ziek!' en als ik dan naar de spiegel loop om te kijken wat er aan de hand is, slaan ze dubbel van het lachen.

Dus wanneer mijn moeder haar geloofsrazzia's houdt, blijf ik uit de buurt en loop ik gewoon langs de donkere straten met mijn handen in mijn zakken en mijn capuchon op en zie ik er precies uit zoals het niet moet.

Meestal zijn mijn stappen vervuld van weerzin, maar soms gebeurt het dat het schijnsel van de straatlantaarns een andere tint krijgt. Het lijkt te glinsteren op gezichten en kapsels en maakt alle mensen ietsje mooier.

Wollen truien, rode wangen, glanzende ogen en geheimzinnige glimlachjes. Dampende ademhaling. Een koor dat zingt. En daarbinnen, in die tijdelijke gemeenschap, kun je over straat lopen en een blik ontmoeten die je misschien beantwoordt met een knikje, waarna je je hoofd naar de grond buigt om aan te geven dat het contact ten einde is.

Op zulke dagen hoef ik niet te rennen. Ik kan me overgeven aan het tempo van de wandeling dat zich door mijn lichaam verspreidt en naar reclame in de etalages kijken en voelen dat die ook mij verwarmt.

Als de nacht zacht is, komt het wel eens voor dat ik een poosje op een bank in het park slaap, maar ik voel me nooit bang. Er zijn anderen die daar slapen, dus ik ben niet alleen, en ik heb toch niets wat de moeite van het afpakken waard is, hoewel mijn moeder zegt dat ik het kostbaarste draag wat een meisje kan bezitten. In dat geval vind ik het sowieso beter om er als een jongen uit te zien, want mannen kunnen niet verkracht worden, dat weet iedereen, en tijdens die nachten buitenshuis ben ik trouwens nog nooit bestolen. Ik kom wel vaak te laat op school, en het gebeurt wel dat ik rillend uit mijn sluimer ontwaak en me met stijve botten naar de metro moet haasten, waar ik snel op de klok controleer welke lessen ik misschien gemist heb.

HOOFDSTUK 8

Mandarijnensap

Linda Lindqvist is een eersteklas pin-up. Waar zij loopt, beeft de aarde. Ik sta in de gang en zie haar aankomen. De tl-buizen flikkeren. Ze werpen hun hakkelende licht op haar geblondeerde haar, dat bijna wit is van alle peroxide die zich door de natuurlijke kleur heen heeft gebeten. Die kleur waarvan bij de scheiding nog iets te zien is. Een soort grijs.

Van haar gezicht zie je eigenlijk alleen de ogen. Die gluren door een dikke laag poeder als twee scherpe kerven van glanzende oogschaduw, drie lagen zwarte mascara en eyeliner naar buiten. En die blik. Die ketst af op alles wat hij tegenkomt, die schampt over de huid van de andere meiden zodat ze schrikken en hun wang afwenden wanneer zij er aankomt.

Vandaag is ze gekleed in een kort, wit spijkerjackje, een goudkleurig paillettentopje, een kobaltblauwe minirok met gouden knopen en lichtrode netkousen, en iedereen vraagt haar of ze het niet koud heeft, maar ze heeft het niet koud. Ze draagt er namelijk een andere panty onder. Een heel dunne panty die je niet ziet. Dus lijkt het of haar huid door de gaten in de netkousen heen schemert, maar in feite is het een dun laagje opgebrachte bluf.

'Slim, hè!'

Gegiechel en suizende ademhaling. En trouwens, kou? Linda haalt haar neus op. Als je het koud hebt, moet je dat stijlvol doen.

Ik draai me om en kijk door het raam naar buiten, waar de brommers van de jongens en de fietsen van de nerds geparkeerd staan. Bij dat raam stinkt het altijd naar uitlaatgassen.

45

Voor en na schooltijd en in elke pauze scheuren de jongens in dikke wolken weg. Ik sta achter het raam met mijn rug naar de gang en zie ze vertrekken. Er zijn een paar meiden die ook benzine in hun bloed hebben, een Vespa-clubje, maar het zijn er maar een paar en ze behoren niet tot de vriendenclub van Linda Lindqvist. Ik trouwens ook niet.

Toch zit de herinnering in mijn vinger. Hoe de top, waar de huid zo gevoelig is dat die alles kan aflezen wat een blinde niet kan zien, tegen de opening in de netkous werd gedrukt die haar geheim prijsgaf. Haar hand was zweterig warm. Die knelde om mijn vingers zodat je ze hoorde knakken. Mijn huid streek over de dunne panty die ze eronder droeg.
'Zie je wel?'
En ik knikte.

De bel voor de lunchpauze gaat en overal in de gang gaan de deuren van de klaslokalen tegelijk open. De leerlingen duwen en dringen en hun schouders stoten tegen elkaar. Een donkerharige meid in een lichtrode, lange donsjas wankelt even, maar hervindt haar evenwicht en lacht hard en een beetje te schel. Ze geeft een lange jongen met een pet en een houthakkershemd een zet, zodat hij een paar danspassen opzij maakt en afrondt met een buiging. De lobbige stroom gezichten golft op en neer en iedereen lacht of glimlacht, maar in hun ogen ligt de doodsangst voor de pauze al besloten. Terwijl ik hen sta te bestuderen, voel ik dat er iemand naar me kijkt. Ik heb mijn aandacht iets te lang laten verslappen en de sfeer in de gang is veranderd.

Een harde duw in mijn zij. Gefluister uit lipglossmonden. Ik wend me af en kijk recht in het gezicht van Linda Lindqvist.

'Hallo, hoer,' sist ze. 'Waarom groette je me verdomme niet?'

Ik duw mijn rug tegen de muur, voel het glijden van mijn jas. Linda's radioactieve straling brandt op mijn huid en ik zweet.

Ik heb er geen bezwaar tegen om in de pauze alleen te zijn. Ik zou best kunnen leven zonder de dagelijkse dosis aandacht van Linda. Die verdeelt ze eerlijk over iedereen die in de hoeken van de schoolmuur probeert te verdwijnen, van wie de tas voortdurend wordt gejat of die tijdens de lessen omkomt onder de stukken vlakgum. Nu is het mijn beurt, en in zekere zin voel ik misschien opluchting dat het nu komt en niet later. Op dit moment is het publiek niet zo talrijk als in de kantine bijvoorbeeld soms het geval is. Een stuk of dertig ongeïnteresseerde blikken. Geen leerlingen van het vwo. Zo dadelijk is het voorbij. Ik reageer niet op haar inleidende zin.

'Nou?'

Ik doe mijn mond open. Die is droog.

'Hoi?' mompel ik, maar zij haalt haar neus op.

De blik in haar smalle ogen is net glad ijs. Ze neemt me van top tot teen op.

'Negerhoer,' zegt ze dan.

Vervolgens. De stilte van het moment. Zij voor me en ik tegen de muur gedrukt. Maar dan gebeurt er iets. Linda staat met haar mond vol tanden. Verliest haar belangstelling. Het is net of ik zo onverdraaglijk saai ben dat ze gewoon niets weet te verzinnen om tegen me te zeggen, en ik heb al een hele tijd niets gedaan wat haar fantasie zou kunnen prikkelen. Dus blijft ze zwijgend staan, terwijl om haar heen de verwachtingen groeien.

Nu moet er iets gebeuren. Dat weet ze. Dan balt ze haar vuist en knalt die zonder al te veel enthousiasme in mijn buik. Uit het niets. Het doet niet erg veel pijn. Mijn jas dempt de schok. En ze is ook niet bijzonder sportief. Maar omdat ik totaal onvoorbereid ben, loopt de lucht uit me en haar stem slaat neer in mijn nek.

'Misschien dat je hier wat van leert. Tot de volgende keer.'

Ze loopt weg, en happend naar adem bedenk ik dat je heus wel kunt zien dat het niet haar huid is die door de gaten van haar netkousen heen schemert.

In de klas komt het dagelijkse amusement snel op gang. We hebben Fins. Onze lerares Helena staat voor het bord en is de enige die werkwoorden aan het verbuigen is. Anna vormt zoals gewoonlijk het centrum van de echte belangstelling. Ze is tenger, klein en mager, met altijd slierterig, halflang haar, in een kleur die tussen licht- en donkerbruin in zit. Haar moeder koopt haar kleren, en haar moeder heeft dezelfde smaak als een ultraconservatieve moslim, dus Anna is meestal gekleed in vormloze, saaie flanellen blouses van dikke stof die over haar billen hangen. Haar broeken zijn flodderig en altijd te kort. Ze is kleurloos kreukelig en ziet eruit alsof ze in een hoek is gesmeten en daarna is opgekrabbeld. En dat is vaak ook zo, in de pauzes, als iedereen het kan zien.

Ik zit bijna helemaal achteraan in de klas, omringd door het type leerlingen die sowieso op school eigenlijk nooit op hun plaats zijn geweest, maar die toch de agenda bepalen. Het was dom van me om deze plek te kiezen, maar dat kwam omdat ik net te laat was. Schuin achter me zit Anna. Ze kruipt in elkaar. Ze kruipt helemaal in elkaar. Ze kan om zich heen namelijk de geur van een samenzwering ruiken. Nu wacht ze af. En wij wachten af met haar.

Helena staat met haar rug naar de klas. Ze heeft zwart, kortgeknipt haar en een ingevallen gezicht. Ze heeft te vriendelijke, bruine ogen. Vanaf dat ik in deze klas begon, hebben we haar langzame verdwijning kunnen volgen. Aanvankelijk, als het geluid in de klas zo hard werd dat ze haar eigen stem niet meer kon horen, stoof ze altijd zo snel van haar stoel op dat die met een klap tegen de muur vloog. Ze schreeuwde en stuurde mensen eruit, naar de rector. Toen zat ze nog vol strijdlust. Tegenwoordig blijft ze meestal gewoon zitten, met een blik die uit het raam verdwijnt.

Wij zijn de ergste klas van de hele school, en dat weten we. Helena wacht het verstrijken van de minuten net zo halsstarrig af als wij, maar haar onderwijsplan voor ons is al in fase B overgegaan. Ons binnenhouden en zelf volhouden, want na ons kan het alleen maar beter worden.

Met een vrolijke glimlach op zijn lelijke, puisterige, lange en smalle gezicht heeft Kriba langzaam en zorgvuldig een mandarijn gepeld. Nu tilt hij zijn arm op en mikt hij met de schil op Anna. Aan de andere kant van Anna zit Maria. Zij heeft de mandarijnen gehaald. Zij heeft ze uitgedeeld aan Kriba en Micke, en nu lachen ze samen en gooien ze met vrolijke kreten de schillen op Anna, die onder de treffers in elkaar krimpt.

Ik hoef me nauwelijks om te draaien, alleen iets te gaan verzitten, om Anna's gezicht te kunnen zien. Anna's bange gezicht, maar ook ogen die iets uitstralen. Alsof ze al zat te wachten en verbeten volhield.

En dan komt het. Anna's vingers kruipen naar de mandarijnschil op haar tafel. Ze draait zich om naar Kriba en beantwoordt het vuur. Hij kijkt verbaasd, maar zijn scherpe tanden blinken toch op in een grijns. De mandarijnschil treft hem op zijn schouder en hij steekt zijn handen afwerend op. Er vliegen nog meer schillen door de lucht. Nu raken ze Anna overal. De rest van de klas draait zich lachend om. Je ziet vrolijke gezichten en gelukkige glimlachjes. Alsof het een kwestie is van afgesproken vermaak. Maar Helena staat nog steeds werkwoorden te verbuigen. Vluchten, vluchtte, gevlucht...

Anna houdt het een hele poos vol. Dan raakt Maria haar in het gezicht met een handvol fijngemaakte stukjes en ze schrikt. Ze trekt zo'n idiote grimas dat iedereen buldert van het lachen. Anna graait meer munitie van de vloer en draait zich om naar Maria.

Een onverwachte wending. De klas houdt de adem in. Nu staan de gezichten en blikken ernstig. Maria is bevriend met Kriba en Micke. Maria is mooi. Nee, Maria is de godin van de school. Niemand, niemand in de hele wereld zou het wagen haar onaantastbaarheid te doorbreken. Maria's ogen glinsteren. Ze zou Anna met haar glimlach kunnen wegvagen. Ze is bijna blij dat er iemand is die durft, want het zal later nog zoveel erger worden, voor Anna. Met alle reden. In een langgerekt moment, waarop met grote, verwachtingsvolle ogen wordt gereageerd, staat Anna met opgeheven hand. De cirkel die Maria tegen de buitenwereld beschermt is open.

'Nou, gooi dan,' zegt Maria.

Recht in haar gezicht zou de worp haar treffen. Anna is zo dichtbij. Het is gewoon een kwestie van durven. Maar Anna's blik dooft uit en ze draait zich nu om naar Kriba. Ze gooit de schillen met volle kracht, maar ze raken hem niet. Ze landen met een vermoeide plof tegen het raam, waardoor Helena zich met het krijtje in haar hand omdraait.

'Ze durfde niet! Ze durfde niet!'

Maria laat zich over haar tafel vallen van het lachen.

'Wat is hier aan de hand!' roept Helena, terwijl ze op Anna afrent. 'Probeer jij het raam in te gooien? Nou?'

Anna staat erbij met oranje stukken in het haar. Uit haar kraag steekt een mandarijnschil omhoog.

'Wat heb je gedaan?!' schreeuwt Helena. Kriba veegt snel de laatste resten van de schillen bij elkaar voordat ze die in de gaten krijgt.

'Haar kop zit vol met kanker,' zegt Maria, en Anna, die nu trilt over haar hele lichaam, weet geen woord uit te brengen.

'Eruit!' schreeuwt Helena en de klas wordt stil.

Anna staat met gebogen hoofd. Haar bruine haar hangt in haar gezicht. Haar lichaam beweegt, alsof ze een stap naar voren zet en dan weer naar achteren. Dan draait ze zich om en loopt ze de klas uit. Helena staat met gebalde vuisten. Niemand zegt wat. Niemand heeft haar ooit zo kwaad gezien.

Wanneer de les is afgelopen en de bel gaat, meng ik me onder de andere leerlingen en laat ik me door hen duwen. Het contact voelt fijn, ook al is het niet meer dan vluchtig. Daarna ga ik in de gangen op zoek naar Anna. Ze staat voor haar kluisje, het deurtje staat open. Met haar haren voor haar gezicht haalt ze er boeken en schriften uit die ze in haar tas stopt, en ik ga een eindje bij haar vandaan staan met mijn armen over elkaar.

Ik heb gehoord dat dit een verdedigende houding moet voorstellen, maar dat betwijfel ik. Volgens mij sta je zo omdat het comfortabel voelt. Om je armen niet te laten hangen. Dan zie je er slap uit. Besluiteloos. Helemaal niet open en toegankelijk, zoals de schoolpsycholoog zegt. Je ziet er gewoon dom uit.

Dus ga ik met mijn benen wijd uit elkaar en mijn armen over elkaar staan wachten tot Anna klaar is. Ze heeft me niet gehoord, want ze slaat de deur van het kluisje met een iets te harde klap dicht voordat ze zich omdraait. Als ze mij in de gaten krijgt, schrikt ze en wanneer ze erlangs wil, versper ik haar de weg. Ze werpt me een geïrriteerde blik toe. Voor mij is ze niet bang. We zijn even lang. Ongeveer even sterk.

'Ga je nog opzij, of wat?' vraagt ze, maar haar stem is nog steeds onvast.

Ik ga opzij en ze loopt langs me heen.

'Wacht,' zeg ik en ze blijft staan.

Ze draait zich om, een beetje slingerend, alsof ze liever zou doorlopen. Ik weet inmiddels niet meer wat ik wil.

'Wat wil je?' vraagt Anna, precies zoals ik dacht dat ze zou vragen, en ik zet een paar stappen naar haar toe.

De gang om ons heen is verlaten. De anderen zijn al naar buiten gegaan om pauze te houden.

'Ga je naar huis?' vraag ik.

Anna geeft geen antwoord. Ze kijkt me alleen maar aan. Ze staart. Ze wil niets.

'Ja, ik dacht alleen, als je weggaat kunnen we misschien samen gaan,' zeg ik, en ik krijg rode oren als ik hoor hoe idioot dat klinkt.

Alsof we vijf zijn en elkaar bij de zandbak tegenkomen. Heel even lijkt het of Anna het wel zou willen. Alsof het er echt van zou komen om samen die lage bakstenen dozen te verlaten zonder ons ook maar ene moer aan te trekken van de blikken achter onze rug. Maar Anna opent haar mond, doet die weer dicht en schudt haar hoofd.

'Nee. Nee, dat wil ik echt niet. Je moet niet denken dat ik met jou wil omgaan alleen omdat... Ik ben niet zoals jij! Snap dat dan!'

'Aha,' zeg ik. 'En wat is dan het verschil tussen ons, als ik vragen mag?'

Anna zwijgt even. Nu zie ik het. Dat wat ik al meende te zien in het uur dat de mandarijnenschillen haar om de oren vlogen. Dat vuur. Ze kijkt me recht aan, met een vaste blik.

'Jij bent toch...' begint ze, terwijl ze met haar hand naar me wijst.

Een gebaar dat mijn hele verschijning lijkt te betreffen. Dan verandert ze van gedachten. Wat zij op het punt staat te zeggen kan niet gezegd worden. Ze moet van strategie veranderen.

'Er zijn hier anderen die net zo zijn als jij. Ga daar maar mee om!'

Zonder dat ze het hoeft te zeggen weet ik wie ze bedoelt. Een paar Somalische meisjes in hechte, fluisterende, giechelende groepjes, de opgemaakte, knappe Kosovo-meiden voor wie iedereen bang is, en de enige Pakistaanse uitwisselingsstudent die langs de randen van het schoolplein rondzwerft en wenst dat hij nooit was gekomen.

Anna loopt door, maar blijft dan staan en draait zich om.

'Jullie denken dat jullie zo verschrikkelijk belangrijk zijn,' zegt ze zachtjes maar nadrukkelijk, tussen nauwelijks geopende lippen door. 'Stomme losers, de hele zooi. Op een dag zullen jullie eens wat zien met z'n allen. Ik ga hier weg. Ver weg. Terwijl jullie...'

Ze schudt haar hoofd en doet een paar stappen naar achteren. Ik kijk haar na.

O, denk ik. Zo zit dat dus met Anna. Als ze wegloopt, piepen haar rubberen zolen op de vloer en fladderen haar te korte broekspijpen om haar enkels.

HOOFDSTUK 9

Een niet al te onwelkome achtervolger

De schemering is al ingevallen als ik het schoolplein verlaat en de kortste weg neem rond de hoek van het gebouw. Op een bewolkte dag als deze wordt het eigenlijk nooit licht.

Nadat ik het bruingele, modderige grasveld ben overgestoken en het trappenhuis ben gepasseerd van de oude lerarenwoningen waar de leerlingen stiekem staan te roken, terwijl er iemand op de uitkijk staat (het behoort tot de weinige genoegens van de leraren om van de andere kant te komen aansluipen om te proberen de leerlingen met uitgestrekte armen op te vangen voordat die hun sigaret hebben kunnen doven), merk ik dat iemand de rokers-groep heeft verlaten en mij volgt.

Ik draai me niet om, maar schroef gewoon het tempo op, en algauw loop ik zo hard dat ik begin te hijgen. Het doelbewuste ge-knerp komt niet dichterbij maar verliest ook geen terrein, precies zoals ik al had gehoopt. Terwijl de harde knoop in mijn lijf zich aanspant, grijns ik in stilte.

Bij de struiken achter de bibliotheek stap ik snel tussen de uit-stekende takken en ik werp me op mijn buik om naar het speel-tuintje erachter te kruipen. Daarna begin ik te rennen.

Mijn schooltas slaat tegen mijn rug, grind en gele dennennaal-den knerpen onder mijn schoenzolen. Dan een enorme sprong over de hobbelpaarden. Vervolgens afzetten op de rand van de zandbak, en ik mis bijna het kleurrijke klimrek maar steek mijn handen uit en grijp onhandig een van de metalen sporten. Door de ruk is de vaart eruit, maar ik hang nog en hijs me warm en hijgend omhoog. Op gevaarlijk gladde zolen spring ik drie meter boven de grond van sport naar sport. De laatste stang, afzetten op nog een hobbelpaard. De stoot van de grond tegen mijn zolen doet mijn knieën knikken. Ik stuiter weer omhoog en ren verder.

Nu gaat het tempo omhoog. Het opgesloten gevoel dat ik had van de schooldag maakt zich los en ik wil op en neer springen en tussen op elkaar geklemde tanden door schreeuwen, maar ik ren verder, tussen auto's, over auto's en onder schuttingen door. Het gegorgel van het verkeer vermengd zich met het geluid van mijn ademhaling. De muur bij de minisupermarkt neem ik met één sprong. Mijn spieren zijn nu warm en ik blijf doorrennen. Wanneer ik ver genoeg van school ben, begin ik langzamer te lopen en ga ik op wandelen over.

Mijn achtervolger is er nog steeds en na een poosje blijf ik staan om haar op te wachten. Ik groet haar met een knikje dat door haar beantwoord wordt en daarna lopen we naast elkaar verder. Ze slaat haar armen om haar lichaam alsof ze het koud heeft en ik realiseer me dat haar witte jack ondanks zijn grijze bontrand misschien niet zo warm is. De blik in de zwart geschminkte ogen is recht naar voren gericht en ze snuift een keer.

We lopen naar huis via de winkel, waar we een poosje in tijdschriften bladeren. Bezeten zoekt Linda naar nieuws over Britney Spears. Tijdens het bladeren trekken haar ongeduldige vingers de glimmende pagina's bijna stuk. Als ze iets vindt, leest ze het hardop aan me voor.

Er zijn mensen die vinden dat Linda een beetje op Britney lijkt, vooral zijzelf, en elke keer als ze in de Trix uitgaat, komen er minstens twee op haar af om dat te zeggen. Dan glimlacht ze tevreden, hijst haar bh-bandjes nog wat verder omhoog en woelt even door haar haren. Het is namelijk zo dat als het slecht gaat met Britney, het ook slecht gaat met Linda, maar als het goed gaat, is er helemaal geen houden meer aan.

Het laatste stuk naar huis lopen we gewoon zwijgend naast elkaar. Wanneer zij bij haar gedeelte van het flatblok moet afslaan, draait ze zich naar mij om en blijft staan.

'Luister eens. Sorry van je buik,' zegt ze, en ik knik een keer.

'Het is goed,' antwoord ik. 'Het deed geen pijn.'

Dan lacht ze. We zeggen tot morgen en ik draai me om. Achter het raam brandt licht. Mijn moeder is thuis. Ik ga zuchtend naar binnen.

Vroeger hadden we misschien even gepraat. Nu smijt ik gewoon mijn schooltas in een hoek en wurm me uit mijn jas die ik op de grond laat vallen. Mijn moeder heeft het allang opgegeven om me bij het binnenkomen *salam aleikum* te laten zeggen. Vroeger deed ik dat wel. Het zou het gezin en het huis tegen alle kwaad moeten beschermen. Dat heeft niet gewerkt, dus daar ben ik mee opgehouden.

Ik vis mijn schooltas van de vloer en loop langs de keuken waar mijn moeder zit. Ze heeft bezoek, dus ik kijk nauwelijks in hun richting. Mijn moeder glimlacht naar me, schuw en snel. Haar vriendin is gekleed in een laken, dus ik weet niet goed wie het is. Het enige wat je ziet, zijn de ogen. Haar zwijgende blik kruist de mijne.

Op andere dagen zou mijn moeder hebben gevraagd hoe het op school was en ik zou hebben gezegd: 'Gewoon.'

En mijn moeder zou hebben vervolgd: 'En wat betekent dat?'

Ik zou mijn schouders hebben opgehaald, een boterham hebben gesmeerd en me hebben omgedraaid, en mijn moeder zou achter me aan zijn gekomen om door te gaan met haar verhoor. Maar tegenwoordig is alles anders. Ik kijk naar de gesloten deur van Samira's kamer en kan de duisternis en de stilte erachter voelen. Ik duw hem niet open om Samira in het lamplicht aan haar bureau te kunnen zien zitten met haar tentamenboeken voor zich. Samira is er niet meer. Het licht is allang uit.

november 2005

Samira

HOOFDSTUK 10

Steentjes zeven uit je couscous

De eerste weken dat Samira alleen woonde, waren van een intens wachten. Ze voelde dat in haar lichaam. Het was alsof haar huid wachtte. Elke keer dat ze voetstappen in het trappenhuis hoorde, kriebelde het op haar hoofdhuid. Stopten de voetstappen? Aarzelden ze niet een beetje voor haar deur? Ze hield haar adem in. Ze had kippenvel. Ze had de neiging haar handen tegen haar oren te drukken om de klop niet te hoeven horen.

Nee... ze ademde uit wanneer ze draaierig in haar hoofd werd en de voetstappen in hetzelfde langzame tempo als eerst hun weg vervolgden.

Elke keer dat de post in de vorm van reclame en speciale aanbiedingen klepperend in haar brievenbus viel schrok ze, maar ze durfde geen briefje op te plakken waarin ze de postbode beleefd meedeelde dat hij naar de bliksem kon lopen, want ze wilde geen enkele aandacht trekken. Ze was een deur met een gefingeerde achternaam, dat was alles, en ze sloop door het trappenhuis zonder het licht aan te doen. Ze probeerde zo lang mogelijk uit te stellen dat iemand haar te zien kreeg, zodat niemand zou weten wanneer ze hier precies was komen wonen.

Toen ze na verloop van tijd minder nerveus werd, liep ze in de flat rond op nieuwe wollen sokken, lichte, met een Laplands motief, en ze voelde dat haar stappen zacht en soepel waren. De knielange gebreide trui verwarmde haar. Ze stak kaarsen aan en zette die op de vensterbank. Met Kerstmis hing ze een brandende ster op. Ze genoot van het idee dat wie haar raam zag, zou denken dat daar een heel gewoon Fins gezin woonde. Met Nieuwjaar zag ze het vuurwerk vanuit haar woonkamer, waarvan het raam uitkeek op de straat die in de richting van de baai liep. Toen realiseerde ze zich opeens dat ze was vergeten om tijdens ramadan te vasten en snel dacht ze: *astghfiru'llah.*

Haar balkon was klein en krap. Je kon je er nauwelijks keren. De kronen van de bomen waren mooi en warrig, zonder bladeren. Als iemand haar toen ze klein was vroeg van welke bloem ze het meest hield, zei ze altijd: 'Bomen.' De mensen dachten dat ze dom was. Dat ze het niet begreep. Zoals de meesten dachten ze dat intelligentie in de huid zit als een kleur. En Samira was altijd wat donkerder.

Dat was de reden dat ze zich na het vwo voor de universiteit had aangemeld in plaats van voor een beroepsopleiding te kiezen. Altijd die verdomde behoefte om het ongelijk van alle anderen te bewijzen. Op de universiteit merkte ze dat ze de enige van haar soort was. Geen van haar vrienden, niet een van degenen met door-en-door Finse moeders en achternamen met een buitenlandse klank, leek belangstelling te hebben voor een academische opleiding. Die deden economie op hbo-niveau of werden fysiotherapeut, ondernemer, jeugdwerker of kok, maar geen denker. Haar moeder had haar schouders opgehaald toen ze meedeelde dat ze van plan was zich voor de universiteit aan te melden. Haar vader had haar omhelsd toen ze bij sociologie werd toegelaten.

'Maar wat word je dan?' hadden ze haar allebei gevraagd, en zij had iets gemompeld over maatschappelijk werk en de Sociale Dienst.

'Dat is goed!' had haar vader geroepen. 'Dan kun jij de kraan dichtdraaien voor al die lui die teren op het belastinggeld van fatsoenlijke mensen.'

Hij schepte erover op dat hij al lid van de vakbond was vanaf het moment dat hij op een bus begon te rijden en dat hij nog geen dag in zijn leven steun had getrokken.

'Ik heb altijd geleerd of gewerkt, of ben fatsoenlijk werkloos geweest,' zei hij.

Terwijl hij zich klaarmaakte voor weer een dag op de bus had ze naar hem staan kijken en bedacht dat hij praatte als een allochtoon. Zij had nooit de kans gekregen zich helemaal Fins te voelen. Bij de bushalte begonnen mensen altijd zonder speciale aanleiding tegen haar te praten en vroegen dan: 'En, heb je het naar je zin hier in Finland?'

Zij schopte in de sneeuw of het grind, boorde haar kin in haar sjaal en antwoordde: 'Prima. Ik bedoel... waar zou ik anders moeten zijn?'

Degene die het had gevraagd, meestal een vriendelijke, oudere dame met een hond, die het helemaal niet kwaad bedoelde, zei dan: 'Ja, vergeleken met je thuisland dus. Waar kom je eigenlijk vandaan?'

Aanvankelijk wilde ze hen niet kwetsen, dus vertelde ze over de Maghreb, die ze vaak genoeg bezocht had om er echt schokkende details over te kunnen vertellen. En het was in zekere zin ook bevredigend om hun open mond en ronde, waterige ogen te zien wanneer ze hoofdschuddend zeiden: 'Maar lieve kind. Nu ben je gelukkig in Finland en hoef je geen steentjes uit de couscousbolletjes te zitten halen terwijl je broers naar school gaan. Hier mag jij ook een opleiding volgen.'

Ze glimlachte breed in haar sjaal bij de gedachte dat het haar grootmoeder zelf was geweest die steentjes uit de couscousbolletjes had gehaald, en dat de huisvrouwen van tegenwoordig hun couscous schoongemaakt en wel kochten in plastic verpakkingen die de halve wereld over werden gevlogen. Mettertijd begonnen de vragen haar te irriteren en antwoordde ze nijdig dat ze hier geboren was en hier haar hele leven al woonde. Ze wist echter dat ze haar er altijd zo nodig uit moesten pikken, als steentjes uit de couscousbolletjes, want als je dat niet deed, beet je daar misschien per ongeluk op en in het ergste geval brak je kies af.

oktober 2007

Leila

HOOFDSTUK II

Freerunning

Linda Lindqvist. Van jou zal nooit wat terechtkomen. Je zult je aanmelden bij het beroepsonderwijs om iets heel praktisch te leren. Misschien wil je kapster worden. Of heftruckchauffeur. Daar zit je dan achter het stuur in de heftruckcabine met je zwart geschminkte ogen naar de vork te staren, je hoge hakken op de vloer geplant. Je zult telkens weer de rijen dozen tellen, die bruine dozen waarmee je het tillen moet oefenen en die je moet leiden, zoals een danser zijn partner over een gladde dansvloer leidt, en je zult tot de conclusie komen dat het er honderdtweeënvijftig zijn als je goed geteld hebt. Daar zit je in het magazijn, terwijl de anderen in hun blauwe overall in een halve cirkel om jou en de heftruck staan te wachten, want je zit daar al een hele tijd, maar je kunt er met de beste wil van de wereld niet op komen hoe je die hendels moet bedienen.

Op deze manier is je tijd gauw om, Linda. Je klasgenoten zuchten. Een paar ervan ken je. Anderen niet. De in overalls gestoken massa roert zich.

Waarom zijn ze allemaal zo lelijk? Zijn alle knappe jongens gaan doorleren, vraag je je af, terwijl je je blik over je klasgenoten laat gaan. Ze ergeren zich aan je, de jongens ook. Dat ben je niet gewend.

Het duurt niet lang meer of het is voorbij. De leraar komt naar je toe en steekt zijn hoofd in de cabine. Hij heeft vet haar en roos, en dat vind je walgelijk. Hij zegt altijd dat zelfs een idioot heftruckchauffeur kan worden, maar jij bent geen idioot. Nu zegt hij dat je moet uitstappen. Jij krabt je op je hoofd en denkt dat je misschien toch weer gewoon moet switchen naar de kappersopleiding. Daar kon je je eigen uitgroei tenminste verven zodra je daar genoeg van had.

Dat wil ik zeggen tegen Linda Lindqvist, die naast me loopt in haar witte winterjas en haar donkerblauwe spijkerbroek, die van het juiste merk is (gekocht in Tallinn, maar dat weet niemand). Toch zeg ik niets. Ik werp haar van opzij een steelse blik toe. De zwarte lijntjes om haar ogen zijn enorm nauwkeurig aangebracht, maar ze zijn niet zoals die van Samira.

Bij Samira gaan de lijntjes op in de huid. De lijntjes van de ogen worden door de kohl gevormd. Haar ogen worden er groter door. Zien alles. Vooral dat wat je het meest probeert te verbergen. Kohl is goed voor je ogen, zegt ze, en ik weet wat ze bedoelt. Linda's ogen worden er alleen maar varkensachtig klein van. Ze zijn te bleek. Haar haar is te breekbaar en te dun aan de uiteinden. Ik wil bladeren tegen haar aan schoppen terwijl we daar lopen, maar ik doe het niet.

Op de een of andere manier waren Linda Lindqvist en ik altijd op elkaar aangewezen. Nu is het avond en we lopen langs ramen van kamers die verlicht en verwarmd worden door tv-schermen. We hebben buiten afgesproken bij het portiek van haar woning in het flatblok en ze stond spugend te wachten en knikte naar me toen ik eraan kwam.

'Hoi, hoer,' zei ze en ik knikte terug.

'Hoi.'

Daarna zijn we vertrokken.

In de metro gaan we tegenover elkaar zitten en terwijl het fluitende, blinkende projectiel recht het donkere gat van de tunnel in schiet, hebben we het over school.

Het is pas oktober, maar in de klas worden nu al plannen voor het kerstfeest gemaakt. Mijn moeder vindt zoals gewoonlijk dat ik daar niet naartoe moet gaan. Zij heeft met een paar andere ouders een comité gevormd dat uit naam van de gelijkheid Kerstmis voor iedereen wil afschaffen. Maar dit jaar is het feest verplicht. Als leerlingen van het laatste jaar van de middenbouw zijn wij namelijk verantwoordelijk voor het programma en daarom loopt iedereen nu te roepen dat ze in kerstsfeer zijn. Maar ik voel daar niet zoveel van, want wij vieren thuis geen kerst. Toen we klein waren kregen we wel cadeautjes, maar we noemden het geen Kerstmis, omdat mijn opa en oma van moederskant atheïst waren. We kregen cadeaus omdat we lief waren geweest. Toen we die niet meer kregen, hoefden we ook niet lief meer te zijn.

Linda Lindqvist zit zich druk te maken. Ze zit bomvol flauwekul en die moet ze kwijt, anders stikt ze, en nu Sussi of Nettan er niet is, moet ik er voor haar zijn.

'Je weet toch van het kerstfeest?' begint ze en ik knik.

'Jaaa.'

'Oké, en je weet dat mensen zich bij muziekles moeten opgeven als ze aan een programmaonderdeel willen meewerken. Nou ja, Sussi, Nettan en ik gaan natuurlijk zingen, dus wij waren met Antti en Jonas aan het oefenen, ja, die gaan dus gitaar spelen, anders gingen wij ook niet. Maar in elk geval, raad eens wie ik daar toen zag, in de klas dus, gewoon zomaar?'

Ik denk even na. Op wie zal ik eens gokken?

'Anna?' probeer ik en Linda Lindqvist doet haar mond open.

Daarna doet ze hem weer dicht.

'Verdomd zeg,' zegt ze. 'Hoe wist je dat?'

'Nee. Hoezo? Ik raad maar wat.'

Linda's ogen versmallen zich tot spleetjes. Ik kruip in elkaar onder die scherpe blik.

'Nou ja, in elk geval, inderdaad, Anna. Anna! En ik had dus helemaal zoiets van wat doet die hier, maar ik heb niks gezegd. En toen liep ze zomaar naar de lijst om die kuttige naam van haar op te schrijven! Recht onder de mijne! Ik bedoel...'

Linda laat haar mond openhangen. Ze kan het niet begrijpen.

'O?' zeg ik.

'Snap je dat nou? Ze denkt dat ze op het kerstfeest gaat optreden. Dat kan toch niet! Ze kan niet eens zingen. Het hele feest wordt erdoor verpest!'

'Heb je haar horen zingen dan?' vraag ik.

'Hoezo? Wat bedoel je daar nou mee? Ik hoef het toch zeker niet te horen om het te weten. Ze ziet er zelfs uit als een kraai.'

'Wat heeft uiterlijk met zang te maken?' vraag ik, bereid om het gesprek iets verder door te zetten dan Linda zich had voorgesteld.

'Nou, kut zeg,' antwoordt ze, en ze pauzeert even, alsof dit allemaal zo vanzelfsprekend is dat ze het nauwelijks kan opbrengen om het uit te leggen. 'Heb jij ooit een lelijke zanger gezien?'

Ik ga er niet op in. Ik laat haar gewoon doorpraten, terwijl ik met mijn blik de fluitende, schuddende wagon inventariseer. Er zit geen interessant iemand. Alleen gepensioneerden met zuurtjes onder de tong, middelbare scholieren die elkaar op het hoofd slaan en zitten te duwen en te trekken. Somaliërs die luidruchtig discussiëren. Moeders van kleine kinderen die met hun kinderen praten alsof het volwassenen zijn. Eentje, een blonde afgematte vrouw met zulke drukke bewegingen dat ze tegen de kleurrijke kunststofbanken lijkt weg te vallen, staat over een jongetje in een duur skipak van hoogtechnologisch eeuwigheidsmateriaal gebogen en staart neer in zijn rood behuilde gezicht.

'Ik heb toch al gezegd dat je dat dinosauruspark niet kunt krijgen omdat we anders geen geld voor de hypotheek hebben,' zegt ze.

'Britney Spears, Avril Lavigne, die ene van de Pussycat Dolls, Rihanna, Beyoncé...'

Linda dreunt sterren op.

'Alicia Keys, Janet Jackson...'

Bij Janet Jackson zou ik eigenlijk moeten protesteren, maar dat doe ik niet, ik blijf gewoon de moeder met het kind bestuderen. Het kind babbelt iets waarvan je je kunt voorstellen dat een vierjarige het babbelt als protest tegen volwassen rechtvaardigheid, maar de moeder zucht.

'Hoe kun je zo egoïstisch zijn?' zegt ze. 'Je moet een beetje strategisch leren denken en je opofferen. Je bent geen kleine baby meer! Waar moet je later dan met je dinosaurussen spelen, als we dakloos zijn? Op straat misschien?'

Het jongetje begint te huilen. De moeder gaat verder.

'Ga jij met je dino spelen als mama om geld bedelt bij de mensen die langslopen, net als die Roemenen die we hebben gezien? Is dat wat je wilt? Nou?'

'Nee... nee... nee... nee... nee,' gilt het jongetje hees, terwijl hij zijn gezicht tegen zijn moeders been drukt.

Zij kijkt triomfantelijk om zich heen.

'Mariah Carey, Christina Aguilera...'

Ik wend mijn blik weer naar Linda. Haar brein vibreert wanneer het werkt. Ik kan het als een trilling aan haar slapen zien. Hier heb je geen klas waarachter ze zich kan verschuilen. Geen banken en harde stoelen. Hier heb je alleen zij en ik en het jongetje achter haar, dat nu alleen nog maar brult.

'Maar ik wil het gewoon hebben!' gilt hij.

'Die hebben zich toch allemaal laten opereren,' zeg ik en ik zie dat Linda zwijgt.

Ze kauwt op haar kauwgum. Slaat haar benen over elkaar.

'*So?*' zegt ze.

'Dus die kun je niet met Anna vergelijken.'

'En waarom niet?'

'Ach, laat maar,' antwoord ik. 'Vergeet het.'

We glijden de laatste tunnel binnen, de tunnel die onder de vloer van de stad voert, en ik kijk door het raam naar de donkere muur die voorbijvliegt, zo vreselijk gevaarlijk dichtbij achter een dunne laag staal.

Een paar stations later staan we op. Linda wringt zich langs de moeder met het kleine kind, die een kinderwagen bij zich heeft met een slapend zoontje erin. Haar andere zoon hapt nog steeds naar lucht. Linda stoot tegen de kinderwagen. Ze werpt de moeder een blik toe, maar ze krijgt geen reactie en ik glip vlak achter Linda om te voorkomen dat ze ruzie zoekt.

De metro komt met een ruk tot stilstand en de moeder doet de kinderwagen van de rem. Vervolgens begint ze te duwen en Linda raakt even uit balans. Ze glijdt tegen mij aan en ik krijg haar haren in mijn gezicht. De moeder heeft het nog niet in de gaten. Die leeft in een wereld die bestaat uit een pas gekocht flatje met lichte gordijnen en planten in potten op de vensterbank, zachte vloerkleden en een breed warm bed, en dat wikkelt ze allemaal om zich heen en neemt ze mee de wereld in, en ze denkt dat iedereen lekker op haar schapenvacht zal willen wegkruipen zodra ze haar zien. Maar Linda heeft geen schapenvacht. En de planten voor haar raam zijn allang dood.

'Kut, kijk een beetje uit, zeg!' roept Linda.

De moeder glimlacht op dezelfde manier als ze altijd tegen haar zoontje glimlacht.

'Als jullie me een beetje ruimte willen geven, meisjes,' zegt ze.

'En waar moet jij dan zo snel naartoe, verdomme? Dat je niet kunt wachten met die babykaravaan?' vraagt Linda.

'Ja, dit is gewoon een beetje ingewikkeld,' antwoordt de moeder. Linda neemt haar van kop tot teen op.

'Nou, als het dan zo verrekte ingewikkeld is, had je een condoom moeten gebruiken,' zegt ze.

De deuren gaan met een vermoeide zucht open en Linda wurmt zich naar buiten. Ik ren achter haar aan, en wanneer we de roltrappen naar boven nemen, de onderwereld uit, laat ik me op de leuning naar boven voeren, terwijl Linda naar de neergaande trap gedraaid staat en lacht naar alle jonge knullen en mannen die haar tegemoetkomen.

We verzamelen buiten bij het station en onder het kluitje in donkere kleding gestoken lichamen heerst al een zekere rusteloosheid. Voorbijgangers draaien zich om; ze zagen en vijlen met schuine blikken, de bewakers in hun grijze overalls komen roofdierachtig naderbij. Maar dat zijn niet meer dan hyena's. De leeuwen, dat zijn wij.

Wanneer wij naderen, gaat er een beweging door de groep. Handen worden uitgestrekt. Knokkels raken knokkels. Schouders slaan tegen schouders. We zijn ver van huis. Ver van het geordende, alledaagse leven. Dat zou Linda onzeker kunnen maken, maar ze gooit er gewoon haar harde 'Hoe gaat-ie?' uit, maar laat 'hoer' achterwege.

Ik steek mijn hand uit en Hessu toucheert mijn vingertoppen. Ik voel dat ik al glimlach, en om ons heen fonkelt de straatverlichting, alsof die zegt: 'Welkom, we hebben jullie gemist.' Het is namelijk lang geleden dat we ons hier allemaal voor het laatst hebben verzameld.

Dit is het freerunningteam. Een groep jongelui op het verkeerde pad, zoals de jongerenwerker Hessu, Henry Bergström, zei toen hij mijn moeder belde om enkele problemen te bespreken die Linda en ik in de stad hadden gehad. Hij en andere vrijwilligers lopen altijd tussen de verschillende groepen in het winkelcentrum rond en mengen zich in hun spelletjes, en op de een of andere manier lukte het hem om het rondrennen over straat in een meer georganiseerde vorm te laten klinken als een zinnige bezigheid, zodat zelfs mijn moeder ermee akkoord ging. Het hielp ook dat Hessu zei dat het een meidengroep was, hoewel dat niet helemaal waar was.

We staan in een asymmetrische kring. Ibe, Vonne, Skraga, Juhani, Markoolio, Farah, Henni, Iso H. (zo noemt Linda haar), Annikki, en een paar anderen van wie ik de naam niet meer weet. Ik sluip achter Skraga en Ibe langs en ga naast Farah staan. Ik tast naar zijn hand. Hij heeft bijna hetzelfde jack als ik, maar bij hem zit er een bontrand langs de capuchon. Voordat hij zich omdraait om mij aan te kijken spuugt hij op de grond.

'Hoi. Zeg, waar is je zus?' vraag ik.

'Geen idee.'

Ik blijf even zwijgend staan. Streel Farahs vingers. Die zijn koud. Hessu voert het woord. Zijn handen bewegen. Hij richt zich nu tot ons allemaal, houdt zijn gebruikelijke praatje en noemt de gedragsregels. Het is verboden iets kapot te maken of voorwerpen te verplaatsen, mensen bang te maken of onrust te veroorzaken. Ja, ja, dat weten we allemaal wel. Ik geef een rukje aan Farahs arm en hij leunt wat naar me toe.

'Dus je hebt haar niet gezien? Ik had gedacht dat zij het misschien voor ons kon regelen om binnen te komen bij...'

'De laatste keer dat ik haar zag, was in de tunnel bij het station. Je weet hoe ze is.'

Nu zwijgt Hessu even, zijn handen half in de lucht, en hij kijkt mij aan. Zijn klitterige haar steekt lichtbruin onder de capuchon van zijn legerjack uit.

'Als jullie iets te zeggen hebben, kunnen jullie het aan de hele groep zeggen, oké? Anders moeten jullie je mond houden. Er zijn nieuwe mensen bij. Voordat we beginnen, wil ik dat het iedereen duidelijk is wat de regels zijn. Oké? Zijn jullie het daar ook mee eens?'

Ik mompel dat het oké is en terwijl de motregen op mijn capuchon ritselt, doe ik er verder het zwijgen toe. Verdomme, Hessu, soms klink ook jij wel heel erg als een leraar.

Wanneer Hessu zwijgt beginnen we. Eerst langzaam, joggend; voorbijgangers gaan sneller lopen wanneer wij over de straat bewegen. Als het stoplicht op rood staat, kiezen we een andere weg om geen tempo te verliezen. We verlaten het centrum en bewegen ons als één lichaam langs de schouwburg in de richting van het Kajsaniemi-park, waar de dakloze alcoholisten, de potloodventers en de junks zitten. En waar Samira altijd naartoe ging. Gewoon om naar de potloodventers te kijken. Het gevaar op te snuiven.

'Vind jij het niet gek dat we nooit een naakte man hebben gezien? Niet eens onze eigen vader?' zei ze altijd en ik probeerde me aan haar blik te onttrekken en vermeed het haar gedachten te volgen. Astghfiru'llah, mijn vader bloot zien; ik beet hard op mijn lip en schaamde me.

De eerste hindernis is een lage schutting. Ik stap er met één voet op en wip eroverheen. Simpel. Daarna een geparkeerde auto. Ik plof op het blik neer, iemand rolt op zijn rug over het dak. Ik zie Linda niet, hoewel je die toch niet gemakkelijk over het hoofd ziet, met haar witte jas, terwijl iedereen verder donkere kleding draagt. En vervolgens klagen dat hij smerig geworden is.

Na een poosje gaat het tempo omhoog. Een bank in het park. We vliegen erover. Ik wacht op Linda. Ploffende lichamen halen me in. Ik ben overal nat. Op en onder mijn kleren. De damp slaat van me af en mijn flodderige trainingsbroek plakt aan mijn huid. Linda haalt me hijgend in. Ze heeft haar ogen wijd opengesperd. Er zitten al donkere vlekken op haar witte jas. We rennen zij aan zij. Midden op het zebrapad stopt net een auto voor het rode licht, maar we werken ons eroverheen, over het blik, heel erg licht, zonder krassen of deuken te maken. De chauffeur merkt het gebons op en het portier gaat open. Hij stapt uit, staart ons na. Iso H. draait zich één keer om en maakt een sprongetje recht de lucht in.

We banen ons een weg over trapleuningen en muren, vertrouwen op onze handen en vliegen door de lucht. We ploffen neer na een val van vier meter, de knieën knikken, het lichaam vangt de schok op, maar we rennen verder, door het park waar de paden verlicht zijn en mensen op weg naar huis zijn met plastic tasjes in de hand. In het park, de bankjes, de heuvels die maken dat het melkzuur begint door te sijpelen, de moderne kunstwerken die als springplank dienstdoen. Wanneer we het park uitkomen, hebben we al een hoge snelheid bereikt.

We verdelen ons in kleinere groepjes. Linda, Juhani en ik zoeken het hogerop, bij richels en niveauverschillen. Gladde trappen nemen we in één sprong, de trilling bij het landen voel ik in al mijn botten. Mijn benen worden soepeler. Mijn kuiten staan strak. Een sprong van het ene parkeerdek naar het andere, auto's die onder ons passeren, een vrije val van vijf meter op een helling, de vrijheid in een sprong van het ene lage dak naar het andere; ik mis, maar klamp me aan een schutting vast. Klauter omhoog en ren op pure adrenaline verder. Grijp me vast aan kippengaas, klauter achter de anderen aan en laat me aan de andere kant in een vloeiende beweging naar beneden zakken.

Die avond is de stad van ons en wij bombarderen die met onze voeten. Stampen op banken waar mensen op zitten, komen dichtbij maar niet te dichtbij, schampen voorbijgangers die schrikken en ons naroepen. Wij zijn sneller. Voordat ze de kans hebben gekregen om ons op te merken zijn we al verdwenen.

Bij de kerk, de witte, heel erg lege, afgesloten en vergrendelde kerk, verzamelen we weer en daar blazen we samen uit. Ik kijk even naar Farah, onze blikken kruisen elkaar en ik knik. Dan Linda's koppige stem. Ze wil nu naar huis. Ze is nat. Ze heeft honger. Ze wil dat we naar de Mac gaan. Maar ik kijk haar aan en zeg dat ik ervandoor moet.

'Waarnaartoe dan?' vraagt ze. Ik zet een paar stappen achteruit.

'Ik moet nog even wat doen.'

'Wat dan?' roept ze, maar dan ben ik al zo ver achteruitgestapt dat die band, dat contact tussen ons, genoeg is verslapt.

'Niets. Gewoon een dingetje. Vergeet het! Loop maar met Farah mee. Tot morgen!'

Dat laatste roep ik van veilige afstand en daarna keer ik me om.

'Leila!' brult ze zo hard dat haar stem verbrokkelt, en daarna: 'Kut!'

Bij de uitgang van het winkelcentrum kun je niet om het gedrang heen. Er staan groepen van twee tot elf personen, meiden, jongens, jongere, oudere, donkere, lichte, en iedereen praat, lacht en gilt, en slaat en omhelst elkaar. De avond is klaar om in een schelle lach of een vloek uit te barsten in de lucht boven de hoofden met de glad gekamde staarten en lieve speldjes of getoupeerde kluwens van brutale haarsprieten, boven petten, hoofddoeken, haarbanden en diademen. Er worden steelse blikken uitgewisseld tussen de leden van de groep onderling en met de andere groepen. Iedereen ziet alles.

Hoewel dat niet mag, steekt iemand een sigaret op en dan wil opeens iedereen een sigaret. Ze staan onder het NO SMOKING-bordje te roken. Het is buiten koud. Niemand wil die kou in. Binnen is het ook koud, maar in elk geval minder. En niet nat. En als iedereen op elkaar gepakt staat, heel dicht met heel veel, wordt het misschien toch wel warm.

De meiden dragen zulke strakke jeans dat ze moeten gaan liggen om ze aan te krijgen en daarbij hun nagels afbreken, maar dat maakt niet uit, want het zijn toch nepnagels. Ze dragen sieraden uit het rommelwinkeltje, echte merksjaals en designertassen die er allemaal hetzelfde uitzien, met in de stof gedrukte logo's als een toonbeeld van verbondenheid. Je ziet aan de buitenkant al tot welke club iemand behoort: Miu Miu, Gucci, Guess.

Eén keer maakte Linda Sussi wijs dat je Miu Miu moest uitspreken als 'mjuu-mjuu'. Toen liep Sussi wekenlang 'mjuu-mjuu' te zeggen, tot iemand het beu werd en haar corrigeerde, en toen keek ze Linda met grote, vochtige ogen aan en praatten ze een paar dagen niet meer met elkaar.

'Krijg de klere!' schreeuwt iemand snerpend. Een Gabbana-meisje met een Miss Sixty-jeans op haar lijf geschilderd.

Maar ze weet niet dat iemand naar haar kijkt en tegen een ander fluistert: fuck, ze is gewoon hartstikke dik. En dat het geen Miss Sixty meer moet zijn, maar Acne of Pepe. Maar ze staat daar te gillen en te lachen, met haar nephaar en haar witte jack, dat trouwens van H&M komt, en ze snapt niet dat ze vreselijk walgelijk is.

Door die zee beweeg ik me. Langs de Mac, niet die van Samira, maar een andere. De reling buiten bij de ruit buigt door onder de bewakers, die ons met samengeknepen ogen staan op te nemen. Ze dragen grove laarzen waarmee ze hard schoppen als ze per ongeluk iemand te pakken krijgen. Heikki, Hellboy, is er niet bij. Die hoop ik nooit tegen te komen als ik alleen door de tunnels loop.

Wanneer ik langs de videoverhuur ben geglipt, voel ik dat er naar me gekeken wordt. Iemand maakt zich los uit een groepje van vijf meiden, allemaal knap, met lang haar en mooie make-up, in jassen met echte bontkragen en op hakken. Ik wend mijn gezicht af, maar iemand roept mijn naam.

'Leila!'

Het geluid is een voltreffer. Heel even wil ik doorlopen, maar ik ben al gestopt en dus draai ik me om. Het is Samira's beste vriendin Jasmina die half huppend op me af komt. Haar vriendinnen laten een fles rondgaan. Zij is gekleed in een donkerbruine jas, een lichtblauwe spijkerbroek en kniehoge laarzen, en haar zwarte haar is zo dik dat ze ervan zweet. Ze glimlacht en komt dichterbij, ik zet een paar stappen naar achteren.

'Hoi!' zegt ze. 'Kom hier! Waar zit Samira, verdorie? Hoe is het met haar?'

Ik kijk in haar vrolijke, verwachtingsvolle gezicht en haal mijn schouders op.

'Zo goed als je kunt verwachten,' antwoord ik.

Dan draai ik me om. Zij blijft staan en staart me na.

'Leila! Wacht nou verdorie even! Zeg tegen haar dat ze me moet bellen! Leila!'

Ze roept me nog een laatste keer, maar ik blijf niet staan. Ik ga gewoon weg en zie haar daar even met afhangende schouders staan voordat ze naar haar vriendinnen terugloopt.

Die avond ga ik naar Samira. De weg naar het ziekenhuis, die wat omhoogloopt, is glad van de nachtvorst en het is stil in het gebied. De gele verlichting in de toren waar alle zieken achter identieke ramen in identieke kamers liggen is mooi. Hier is iedereen thuis. Je hoeft niet bang te zijn dat je voor niets komt. In snelle flarden trekken wolken langs de sterren. Daar boven waaien de winden en die vegen de hemel schoon. Hier beneden ligt iedereen stil.

In de gang trekken mijn krakende schoenen de aandacht van een verpleegkundige. Ze komt naar me toe. Ze is net zo klein als ik, heeft geblondeerd haar met donkerder *lowlights*, een mooie bril met een montuur dat je bijna niet ziet.

Burberry.

Hoewel ik dat al weet, laat ik me door haar vertellen dat Samira op de zesde verdieping in kamer 777 ligt. Ik kan wel iemand gebruiken met een vriendelijke blik, iemand die een ander heel graag van dienst wil zijn, en ik bedank haar met een glimlach, waarna ik krakend doorloop.

Sinds het is gebeurd, heb ik Samira vijf keer alleen bezocht, en dat is heel anders dan haar samen met mijn moeder bezoeken. Ik heb doodstil aan haar bed naar haar zitten kijken, te bang om te bewegen, te bang om te ademen. Alsof een enkel geluid ervoor zou kunnen zorgen dat de groene streep op het beeldscherm wraak neemt en blijft steken in een ijzingwekkende gil die maar doorgaat, terwijl je je voorstelt hoeveel tijd het hart precies heeft om stil te staan.

Maar in werkelijkheid piept het apparaat niet, en er is ook geen groene streep. Alleen een beeld van een klassiek Valentijnsdag-hart dat knippert, uit, aan, uit, aan, en ik bedenk dat het misschien toch alleen maar decoratief is, dat dit apparaat helemaal niet iets over Samira vertelt, want ze ligt doodstil met haar donkere haar bijeen in haar nek. Toch kruipt het onder haar schouders uit en spreidt het zich uit over het kussen. Deze keer ga ik echt dichtbij zitten en ik kijk naar haar zoals ze daar ligt met haar ogen koppig gesloten en strek mijn hand uit. Mijn vingers op haar haren. Mijn vingertoppen die donkere haartjes strelen. Dat is in elk geval werkelijk. Dat is echt, en door de aanraking beginnen mijn kin en lippen te trillen. Met mijn duim en wijsvinger stevig tegen mijn ogen gedrukt blijf ik een poosje zitten. Er is hier niemand die het ziet. Daarna probeer ik te denken dat ze ons alleen maar in de maling neemt. Dat ze wakker zou kunnen worden als ze wilde. Maar dat spelletje is op de een of andere manier niet grappig, dus blijf ik zitten met mijn blik gericht op het plaatje van een hart dat even onverbiddelijk als langzaam pompt.

HOOFDSTUK 12

Calvin Klein voor meiden

Wanneer ik de volgende dag de deur open, is de sfeer al gespannen. Als ik de ziekelijk gele gang in stap, is het net of ik moet bukken voor een stalen plaat om te voorkomen dat hij mijn hoofd afsnijdt.

Zodra ik in de richting van het klaslokaal draai, zie ik haar. Ze staat bij Sussi en Sandra B. Wanneer ik dichterbij kom, trekt Sandra B. haar wenkbrauwen op en gebaart met haar ogen, en Linda keert zich kauwgum kauwend om en draait dan weer terug.

Daar staan ze, in hun geruite geplisseerde minirokjes van de goedkope outlet die op de benedenverdieping van het winkelcentrum zit. Ik loop langs hen heen en wil net achter een cementen pilaar verdwijnen als ik met een ruk teruggehaald word en omval. Ik sla zo hard tegen de vloer dat mijn kaken ervan klapperen en er een pijnscheut door mijn stuitje gaat. Daarna word ik achteruit door de gang gesleept door een amazone die mijn rugzak stevig vastgrijpt.

Ik zie schoenen. Sneakers in allerlei kleuren en van allerlei merken, keurige kleine ballerina's en hooggehakte laarzen, en terwijl ik glij probeer ik de hand te pakken te krijgen die de rugzak vasthoudt. Iemand giechelt. Het klinkt als Sussi. We bereiken de deurmat en door de wrijving van het ruwe materiaal glijdt mijn broek, waarvan mijn moeder altijd zegt dat die te flodderig is, naar beneden. Tijd om iets te doen krijg ik niet. De deurmat pakt mijn broek en trekt me die uit. Er wordt gelachen. De hele gang staat vol leerlingen die wachten op het begin van de eerste les, en dit is het amusement van vanochtend.

Ik zie Anna staan. In haar lelijke geruite bloes en met een gele map tegen haar platte borst gedrukt. Lacht ze? Ik weet het niet. Ik concentreer me op mijn ademhaling en op het grissen naar mijn broek die nu op mijn kuiten hangt. Linda sjort. Mijn schoenen zijn ook van een loszittend model; ik vind het prettig om er zo in te kunnen schieten, maar nu glijden die stomme verraders uit en mijn broek volgt loyaal. Een meter later ligt die als een lege schil op de vloer en spartel ik met mijn blote benen. Het is voor het eerst dat een jongen me in ondergoed ziet, en ook al is alleen mijn onderste helft ontkleed, het feit dat er ongeveer zestig jongens in de gang staan, weegt daartegen op.

'Verdomme! Moet je zien! Ze heeft een jongensonderbroek aan!' roept iemand.

Iemand met de baard in de keel en overslaande stem die een bulderend gelach oproept. En ja, het klopt. Ik draag Calvin Klein. Voor meiden, niet voor jongens. Maar ze zien er verdomme hetzelfde uit.

Dan gaat er een deur open. Ik sla met mijn hoofd tegen iets scherps, en Linda Lindqvist laat los. De deur gaat dicht en het licht gaat aan. Linda gaat op me zitten. Ze heeft kringen onder haar ogen.

'Wat was dat nou gisteren, verdomme?' vraagt ze en ik kijk hijgend om me heen.

We zijn nu in de bezemkast en ik lig met mijn hoofd tegen een plank en een stapel lappen. Alles ruikt naar zeep.

'Hoezo?'

Ze drukt haar knie op mijn borstkas en onwillekeurig slaak ik een gil.

'Doe niet zo stoer. Dat weet je best,' zegt ze.

'Niks,' antwoord ik.

Ze kijkt me een poosje aan. Haar gezicht is gespannen. Haar kin trilt.

'Hé,' zegt ze dan. 'Jij moet mij nooit meer alleen laten. Snap je niet hoe dat eruitzag toen ik met de metro naar huis ging? Nou?

Iedereen zat naar me te loeren en dacht die meid, die heeft geen vrienden.'

'Nee, maar...'

'Snap je wat ik zeg?'

'Linda...'

Ze staat op. Haar knie verdwijnt. Linda verdwijnt. Ze heeft me een lesje geleerd en nu gaat ze weg. Tijd om overeind te komen krijg ik niet, want daar is het geluid al. De losse deurklink. Iedereen weet het. Iedereen behalve de leraren. Dat je die deurklink kunt meenemen, als je wilt. En Linda Lindqvist neemt die deurklink nu mee en laat mij alleen.

Ik blijf een poosje liggen. Ik weet dat ze staat te wachten tot de bel gaat en de lessen beginnen, de leraren naar hun lokalen gaan en alles rustig en stil wordt, zodat niemand me zal horen roepen. Dan loopt ze weg. De vloer trilt onder haar voeten en ik ben alleen.

Ik zit niet zo heel lang in de bezemkast, maar het is voor het eerst sinds tijden dat ik niets anders te doen heb dan denken. Er is iets met de geur van zeep, schuurmiddel en stinkende dweilen waardoor mijn gedachten met me op de loop gaan, en ik begin aan vlekken te peuteren, met mijn nagel te schrapen totdat het glimmende oppervlak tevoorschijn komt.

Ik zit op de vloer te loeren naar het neongroene uitgangslampje dat boven de deur hangt en aanvankelijk denk ik vooral aan hoe ik uit dit hok moet komen zonder mijn kont aan al te veel mensen te laten zien, aan hoe ik thuis moet komen, aan hoe ik bij Helena van Fins mijn afwezigheid moet verklaren, aan mijn moeder... en zonder waarschuwing vooraf word ik erdoor overspoeld, door al die gedachten aan Samira die ik heb verdrongen sinds het gebeurde.

De dag dat het telefoontje kwam. Het was mijn vader die uit het ziekenhuis opbelde. Een buurman had haar liggend op de trap gevonden, zei hij. Zijn stem trilde zo erg dat hij nauwelijks een zinnig woord wist uit te brengen.

Daarna het ziekenhuis, de verpleegkundigen en dokters, Samira die niet zelf ademde, mijn grote zus in het bed met een slang in haar keel tussen al die gillende en piepende apparaten, volkomen hulpeloos en buiten bereik. De stille politieagenten stelden zachtjes vragen en mijn vader zat maar met zijn handen te wringen en zei dat hij niets wist.

Ze wisselden blikken, die verdomde zwijnen. Dit hadden ze al eerder gezien. Meisjes die van het balkon vielen of met een pot slaaptabletten in de badkuip gevonden werden, maar die duidelijke blauwe plekken op hun polsen en kaken hadden.

Mijn moeder stond bij het raam met haar rug naar dit alles toe, zwijgend, onbereikbaar en volkomen leeg, en het leek net of we ons bewust aaneen hadden geschaard tot een muur van zwijgen, ook al wisten we niets. Ze namen onze mobieltjes in beslag, hoewel mijn vader protesteerde en zei dat hij in elk geval zijn werktelefoon moest houden. Maar dat mocht niet.

Daar bleef het verder bij. De agenten keerden een paar keer terug om nog wat vragen te stellen. Ze zochten een tijdje naar een stomp voorwerp, maar veranderden vervolgens van gedachten. Samira was van de trap gevallen en met haar hoofd tegen de reling gekomen, daar namen ze genoegen mee, en zo werd de zaak afgedaan als een triest ongelukje, tragisch maar niet verdacht.

Terwijl ik in mijn meidenjongensonderbroek in het donker zit en met mijn hoofd op mijn knieën leun, weet ik dat ik het er allemaal niet bij kan laten zitten. Er zijn nog te veel onbeantwoorde vragen. Bijvoorbeeld: waar was je op weg naartoe, was er iemand bij je en waarom had je zoveel haast, Samira?

Twintig minuten later struikel ik halsoverkop het hok uit en land ik op handen en voeten op de gang. Opnieuw: schoenen. Grove schoenen met modder eraan, van Selin, de conciërge van de school. Beige pumps, puntig, met een hoge hak, Jimmy Choo, van Häggdal, De Heg, de lerares Engels.

Ik sta op. Beige rok en jasje, blauwe overall, afkeurende frons, grijns, stoppelbaard en geverfde lippen. Ik wil 'goddank' zeggen of iets dergelijks, wat ze uit mijn mond totaal niet verwachten... Maar er komt niets en De Heg staat met haar lesmateriaal onder haar arm zo te schudden met haar hoofd dat haar rode pagekapsel heen en weer golft.

'Leila,' zegt ze, alsof ze in de bezemkast alles had verwacht, maar mij niet.

De conciërge kijkt me niet aan. Die kijkt naar mijn knieën, alsof er elke dag geen mooiere knieën zouden zijn om naar te kijken. Die van Linda Lindqvist bijvoorbeeld. Maar vandaag zijn die van mij spannend. Het gebrek aan een broek, in plaats van de aanwezigheid daarvan.

'Waar is je broek?'

Ik volg de blik van De Heg. Ben van plan te zeggen 'wacht maar, morgen komt iedereen zo op school', maar de grap is er al af voordat de woorden mijn mond bereiken.

'Dat zou ik ook wel eens willen weten,' antwoord ik en dan snapt De Heg het.

Je kunt aan haar ogen zien dat ze opeens een link legt en dat haar een lichtje opgaat. Ze is niet voor niets lerares, en opeens krijgen haar ogen die speciale blik. Die uitdrukking waar ik zo'n hekel aan heb, die blik die mensen hebben wanneer ze naar in de steek gelaten puppy's of kittens kijken die er met een pluizerige vacht ellendig bij zitten achter kippengaas.

De Heg heeft kinderen. Dat voel je duidelijk wanneer ze haar arm om mijn schouders slaat en me door de gang voert. Wanneer we op het schoolplein komen, kan ik de verlichte klaslokalen zien en we lopen recht langs het raam van Helena van Fins. Duizenden gezichten keren zich naar mij. Kriba zwaait met mijn broek. Ze lachen. Ik voel me buitengesloten. Er is geen mens die dit niet grappig vindt, en ik weet zelf best dat ik het ook grappig zou vinden. Als het Anna bijvoorbeeld was overkomen had ik daar ook zitten lachen. Ik kijk naar hen, hun blikken kruisen de mijne, en daarna lopen we de trap op naar de lerarenkamer, waar ik op een kriebelende stoel mag zitten terwijl De Heg, of De Heks, zoals ze ook wel genoemd wordt, een taxi laat komen.

De vernedering is totaal wanneer de bel voor de pauze gaat en de leraren binnenkomen, twee aan twee, als de dieren in de ark van Noach. Iedereen glimlacht verward naar mij, een indringer die ziet dat ze elke pauze koekjes en koffiebroodjes eten. Wanneer de taxi arriveert, zit er niets anders op dan door de wirwar van leerlingen te lopen die zich in de gangen hebben verzameld en die met hun hand voor de mond staan te giebelen. Iemand roept me na dat ik een lekker kontje heb, hoewel ze dat niet kunnen zien. Dan stap ik in de taxi, waar de chauffeur me met een afkeurende blik opneemt, want de dweilen die ik om me heen heb geslagen zijn nou niet bepaald steriel. De hele weg naar huis hou ik mijn ogen dicht. Ik hou ze dicht tot de taxi bij de oprit afremt.

januari 2006

Samira

HOOFDSTUK 13

Een weerzien

De eerste keer dat er bij haar werd aangebeld stond ze bij de keukentafel met een glas sinaasappelsap dat ze net had ingeschonken. Ze schrok zo dat ze het glas op de grond liet vallen, waar het met een luide klap uiteenspatte. De glassplinters vlogen door de kamer en de gele plas breidde zich langzaam uit, kroop naar het kleed en werd door de franjes opgezogen.

Nu hebben ze me gevonden, dacht ze, en het duurde een hele tijd voordat ze naar de deur durfde te sluipen. Ze drukte haar oor ertegenaan, heel licht, maar ze wilde niet door het spionnetje kijken, bang als ze was dat degene die buiten wachtte de snelle schaduw langs het deuroog zou zien gaan.

Toen ze met haar wang tegen het houtwerk gedrukt stond en zo geluidloos mogelijk adem probeerde te halen, werd er op de deur geklopt. Ze vloog achteruit. Kwam met een onrustbarende knal tegen de kast met snuisterijen en foto's terecht die tegen de muur naast de deur van de badkamer stond. De knal werd onmiddellijk gevolgd door nieuw geklop, en ze kreeg een heel droge mond. Daarna ging de klep van de brievenbus open. Een zachte stem riep door de smalle opening in de deur: 'Doe open, Samira! Ik ben het maar.'

Ze staarde naar de zilverkleurige klep die opengeduwd werd en stapte opzij om te ontsnappen aan de blik in de ogen die haar hal in staarden. De vingers die de klep omhooghielden, waren lichtbruin en bekend. De oogbollen groot en wit met een donkerbruine iris. Maar Samira duwde haar rug tegen de muur, terwijl ze in gedachten overwoog wat haar alternatieven waren. Ze besloot het zekere voor het onzekere te nemen en vroeg: 'Wie heeft je gestuurd?'

Jasmina probeerde haar in het vizier te krijgen.

'Hoezo me gestuurd? Niemand! Ik ben hier helemaal zelf op mijn eigen sterke beentjes naartoe gelopen.'

Samira aarzelde, maar besloot Jasmina te geloven. Ze besloot dat er niemand achter Jasmina stond die haar arm omdraaide. Dat er niemand de flat zou binnenstormen zodra ze de deur opende. Maar ze opende hem niet, viel alleen op haar knieën voor de brievenbus en keek Jasmina in de ogen.

'Hoe heb je me gevonden?' vroeg ze, niet zonder achterdocht.

'Ik heb je op straat gezien en ben je gevolgd. Jemig, wat neem jij grote stappen. Je lijkt wel een marathonloper. Ik ben eeuwen buiten adem geweest nadat ik had gezien dat je hier naar binnen ging.'

Samira weifelde.

'Maar dat is meer dan een uur geleden. Ben je echt zo lang buiten adem geweest?'

Jasmina lachte.

'Ik ben niet meteen gekomen. Ik moest eerst even iets doen,' zei ze.

'Wat dan?' vroeg Samira, die opnieuw bang werd.

Ze dacht dat haar moeder Jasmina misschien had gestuurd. Dat ze haar in de moskee te pakken hadden gekregen en haar hadden gedwongen te gaan zoeken... Maar toen bracht Jasmina onder woorden wat Samira al dacht sinds ze was verdwenen.

'Dit is een kleine stad. Als iemand je wil vinden, dan gebeurt dat ook. Aangezien je gewoon op de universiteit bent gebleven en alles. Daar heb ik je gezien, toen je naar buiten kwam. Shit, Samira... voor iemand die slim is, ben je niet bepaald vindingrijk. Doe nou eens open!'

Samira stond op. Ze had de veiligheidsketting amper verwijderd en het politieslot opengedraaid of Jasmina wierp zich al met een gil in haar armen en vloerde haar.

Toen ze allebei nog tieners waren, waren ze meesters in het stelen van tijd voor zichzelf. Samira's vader Farid lette niet zo heel goed op waar ze uithing. Hij liet haar gaan waar ze wilde. Wat kon hij anders doen; hij gaf immers zelf het slechte voorbeeld? Maar ze moest uiterlijk om tien uur 's avonds thuis zijn. Haar moeder Sarah had de sleutel. Sarah, die soms oordeelde dat Samira nu lang genoeg buiten had rondgerend en die dan de voordeur op slot draaide en de sleutel aan een koordje om haar hals hing.

Toen de oude trucs, zoals bij elkaar blijven slapen, niet meer werkten, moesten Samira, Jasmina en hun vriendinnen Masja en Fayrooz dan ook al hun vindingrijkheid aanwenden om hun ouders om de tuin te leiden. Ze meldden zich aan voor cursussen bloemschikken, voor cursussen over de geheimen van de Italiaanse keuken, 'Lekkernijen van de Middellandse Zee', voor 'Kelim, kelim', een cursus wandkleden weven, voor 'Vilten met Viola', 'Naaien voor je baby', en andere dingen die misschien van pas kwamen op de dag dat ze eindelijk zouden trouwen. Want trouwen zouden ze, dat stond buiten kijf. En onder het wachten kon je maar beter je talenten voor weven en kantklossen ontwikkelen. De ouders betaalden voor de cursussen en vervolgens bedelden de meisjes om meer geld voor materialen. Maar ze kochten maar één kookboek of één basisboek Engelse conversatie. Daarna lieten ze hetzelfde boek onderling rouleren en ze lieten thuis allemaal hetzelfde boek met hetzelfde bonnetje zien; zo was het zakgeld weer een hele tijd veiliggesteld.

Er ontstonden problemen toen Masja's ouders de vrucht van haar inspanningen bij de cursus 'Weven met restjes' wilden zien en het enige wat zij kon tonen, een strookje van twintig centimeter was.

'Na een halfjaar!' schreeuwde haar moeder, die ontzet was over wat ze aan de familieleden moest laten zien nu ze zo had opgeschept dat haar dochter de oude tradities heus in ere hield en zelf kleden kon weven voor haar toekomstige thuis.

Wie zou er met een meisje willen trouwen dat veertig centimeter per jaar weefde? Het zou jaren duren voor ze kleden op de vloer had. Masja had haar toevlucht genomen tot dezelfde leugen om bestwil waar je je op de basisschool van bediende als bij handenarbeid een werkje mislukt was, en ze zeurde dat iemand haar kleed had gestolen en dit waardeloze vod ervoor in de plaats had gelegd. Daarna was het voor Masja afgelopen met weefcursussen, maar ook met andere cursussen.

'Engels kun je toch al en eten krijg je thuis!'

Maar na een tijdje lieten ze de teugels weer vieren, want de waarheid gebiedt te zeggen dat geen van de ouders het kon opbrengen de kinderen de hele tijd in de gaten te houden. Meestal droegen ze de verantwoordelijkheid over aan de broers van de meisjes, als ze die hadden, maar de broers op hun beurt hadden niet bepaald belangstelling voor het bewaken van hun zussen nu ze zelf voor de verandering ook het huis uit mochten. Ze lieten de meisjes rondrennen waar ze wilden, met de vermaning: 'Als je maar zorgt dat niemand je ziet. Als ik iets te horen krijg over waar jullie mee bezig zijn, dan...'

Terwijl hun broers ervandoor gingen om Finse meisjes te neuken die ook in de winter met een blote buik rondliepen, moesten ze zelf maar zien dat ze hun eer en goede naam behielden.

Toen ze eenmaal meerderjarig waren en het allemaal beu waren om te rapporteren waar ze waren geweest en met wie, zaten ze elkaar meestal op Masja's kamer bang te maken met horrorverhalen over verboden romances die verkeerd waren afgelopen.

Ze jutten elkaar op tot hysterische hoogte wanneer ze fluisterden over meisjes die in het thuisland van hun ouders waren omgebracht omdat een jongen op de radio een liefdeslied aan hen had opgedragen, of omdat ze de pech hadden gehad zich op het verkeerde moment op de verkeerde plek te bevinden en waren verkracht. Meisjes die naar het land van herkomst waren gestuurd om te trouwen. Meisjes die op vakantie waren gegaan om wat tot rust te komen en nooit meer waren teruggekeerd. En dan had je nog de asfaltengelen. Meisjes die het balkon op waren gegaan om nooit meer binnen te komen. Meisjes die te ver gingen en van wie het leven abrupt werd beëindigd. Dat overkwam een enkeling. Absoluut niet iedereen, maar je kon nooit precies weten welke scheve schaats misschien de laatste was. Het ergst van alles was dat het gebeurde in gezinnen die heel normaal leken. Gezinnen waarin de situatie langzaam was geëscaleerd tot iets wat culmineerde in grote krantenkoppen.

Ze staarden elkaar aan, de stilte achter de gesloten deur veroorzaakte opeens kippenvel, en ze beloofden elkaar plechtig dat ze zo gauw mogelijk van huis zouden weglopen. Want hoe kon je weten of het gevaarlijk was om te leven zoals je wilde als je dat nooit probeerde? Maar toen Samira uiteindelijk de enige was die haar belofte nakwam, verdween ze gewoon. Jasmina bleef beteuterd achter; het vrolijke leven dat op het punt van beginnen stond maar altijd al bij het intro leek te blijven haken, was haar door de neus geboord.

Samira's verdwijning was een harde slag voor Jasmina. Dat kon ze niet ontkennen. Maar Jasmina had een groot en vergevingsgezind hart. Dat zei ze toen ze met schone kleren, bergen schoenen, muziek, films, make-up, haar laptop en haar camera aankwam. Toen ze ook nog een pasgekochte tandenborstel naast die van Samira in een glas zette, moest Samira hard lachen om het gezicht dat ze trok. Een gevoel in haar buik als ze naar Jasmina keek. Een gefladder dat de leegte in haar borstkas vulde.

Overdag ging Samira naar haar hoorcolleges en 's avonds kwam Jasmina. Een paar weken later was die al zo goed als bij haar ingetrokken. Af en toe ging Jasmina naar huis, zodat haar vader en moeder konden zien dat ze nog leefde en dat het goed met haar ging, maar hoe langer ze wegbleef, hoe moeilijker ook die bezoekjes werden, en ze kwam steeds vaker met verkrampte schouders en een verbeten gezicht terug.

's Avonds werden ze naar buiten gelokt en trippelden ze samen op hakken over straat. Ze bleven weg tot de nachten overgingen in afterparty's en slopen via de achteringang clubs binnen. Daar stonden ze dan met een lange hals naar bekenden te speuren. Als ze iemand zagen, gingen ze snel ergens anders heen, bukkend, duikend, altijd op de vlucht. Dat was een deel van het spel. Erbij zijn, maar nooit gezien worden, want wat je niet ziet, bestaat niet, en wie je niet ziet, is er nooit geweest. En toch. Altijd die zoekende blikken allemaal. Door bierglazen heen zwemmend, rood van de bloody mary's. Ze tuurden door de sigarettenrook heen of ze ook een vluchtende rok zagen. Het snelle klakken van een puntige hak hoorden. En Samira leerde om daar net zo bang voor te zijn als Jasmina was. Ze bewoog zich door haar thuisstad met een gevoel dat ze altijd gezien werd, een gevoel dat alles wat ze deed gerapporteerd werd aan een bron ergens, die niet God was, maar die op dezelfde manier alles bij elkaar optelde wat tegen haar gericht kon worden. Ze slaagde er niet in het gevoel af te schudden dat haar leven in wezen niet van haar was, maar dat ze altijd aan iemand anders toebehoorde, en dat diegene op een dag, net als God, kon bepalen dat ze lang genoeg had geleefd en dat het voor haar einde oefening was.

oktober 2007

Leila

HOOFDSTUK 14

Praat met haar

Als ik op een avond op weg naar het centrale metrostation door het darmsysteem van de stad schiet, duikt er naast me een schaduw op. Iemand belemmert me de doorgang en ik kijk op van onder mijn capuchon.

'Nu ontsnap je me niet!' zegt Jasmina.

Ze is helemaal in het wit gekleed. Een witte, strakke spijkerbroek, een wit jack met een grijze bontrand langs de capuchon, witte schoenen met spitse punten en hoge hakken, en een witte sjaal. Zo dicht in de buurt van een engel ben ik nog nooit geweest, en wanneer ik haar zie, haar wilde, donkere krullenbos met de *highlights*, de lichtbruine, zachte huid die de indruk wekt gewoon over haar gezicht te glijden, de donkere oogmake-up, is het net of ik tegen Samira aanloop. Mijn ogen schieten vol, mijn neus begint te lopen en ik wend mijn gezicht af wanneer het eerste geluid met een snik aan me ontsnapt. Ze volgt me, alsof ze aan me vastgebonden zit, en ik probeer me los te wringen, maar dat lukt niet.

'Leila!'

Ze pakt me met beide handen beet en buigt zich voorover. Haar lippen zijn plakkerig van te veel lipgloss en ze heeft er een donkerder rand omheen getekend, en dat is veel te jaren negentig, maar dat maakt niet uit. De blik in haar ogen is echt en ze trekt me naar zich toe in een wolk van geuren die me nog meer aan het huilen maakt, want alles aan haar is zo verrekte bekend en onrechtvaardig levend en warm.

Ze voert me mee onder de trappen waar de daklozen altijd liggen te slapen, en we zitten op het koude beton te kijken naar de voeten die de trap opgaan naar het busstation.

'Hopelijk spuugt er niemand,' zegt ze.

Licht en donker in strepen over haar gezicht. Het geluid van hakken en rubberzolen die boven ons hoofd omhoogstampen.

Ze wacht tot ik ben gekalmeerd en het voelt goed dat ze er is, stof tegen stof, dik en lekker. Jasmina zucht en blaast langzaam de lucht tussen haar plakkerige lippen door naar buiten. Daarna zit ze een poosje voor zich uit te staren, stilletjes knikkend. Wanneer ze klaar is met knikken draait ze haar gezicht naar mij toe en ik kijk haar aan. Ik verdraai mijn hoofd zo ver als dat met mijn dikke jack met capuchon, dat stomme jack, mogelijk is en onze blikken kruisen elkaar. We hoeven niets te zeggen. We kennen elkaar ondanks alles tamelijk goed. Ik kan aan haar zien dat ze op de hoogte is, en het is fijn om niet degene te hoeven zijn die het haar vertelt, al vraag ik me toch af van wie ze het te horen heeft gekregen.

'Saïd heeft het verteld,' zegt ze, en ik voel hoe er een schok door me heen gaat, zo snel kwam haar antwoord op wat ik niet eens vroeg.

Ze maakt haar hand los uit onze hechte verbondenheid en steekt die omhoog, duwt de capuchon van mijn hoofd en trekt haar keurig geëpileerde wenkbrauwen op.

'Huh, wat is dit? Draag je een hidjab?'

De doek is strak om mijn hoofd gewonden en de knoop schuurt in mijn nek. Ik probeer haar hand weg te duwen om mijn capuchon weer op te zetten, maar ik kan me nauwelijks bewegen.

'Neuh,' antwoord ik. 'Het is een bandana.'

'Onzin,' zegt ze, terwijl ze loslaat.

Ik zet mijn capuchon op.

'Wat maakt het uit, als je het toch niet ziet?' vraag ik, maar ze schudt glimlachend haar hoofd en zucht alsof alle grappenmakerij van de hele wereld in één zucht zou passen, en daarna zegt ze: 'Ja, Leila...'

Ze zucht opnieuw. En ik weet precies wat ze bedoelt.

'Ik snap alleen niet waarom je niets hebt gezegd. Tegen mij. Laatst. Over Samira.'

'Omdat jullie niet zo close zijn als jij denkt,' antwoord ik.

'Hoezo niet? We zijn toch *tight*? We zijn altijd tight. Ook als we dat niet zijn; snap je wat ik bedoel?'

Ik reageer er niet op. Dus gaat ze verder.

'Zeg, ik wil haar opzoeken. In het ziekenhuis. Maar ik durf niet goed. Kunnen we samen gaan?'

Ik knik, maar ik weet niet of ze dat ziet. Ze kijkt recht voor zich uit, naar haar losjes samengevlochten smalle vingers, en ze vervolgt: 'Ik ben nooit vergeten hoe het was toen we elkaars beste vriendin waren. Begrijp je? Voor mij is het alsof we nog steeds... alsof we nooit echt... ook al belde ze niet meer, snap je, voor mij was het...'

Ze onderbreekt zichzelf. Zonder dat we er erg in hebben gehad is er iemand voor de trap blijven staan. Diegene staat ons nu op te nemen en wij kijken knipperend op in het licht dat op ons wordt gericht en dat ons verblindt. Een zaklamp en een kaal hoofd, formaat ei, mat glimmend in het licht. Het schijnsel van de zaklamp doet de ogen van Jasmina schitteren.

'Hé hallo!' zegt ze terwijl ze haar hand boven haar ogen houdt om tegen het licht in te kunnen kijken.

De persoon die de zaklamp vasthoudt, is een zwarte gedaante met donkere contouren. De grijze overall van een bewaker. Ik weet wie daar staat en ik grijp Jasmina bij haar jas.

'Omhoogkomen! Weg daar!' komt het bits en hard van het schijnende silhouet en Jasmina krabbelt omhoog en trekt me mee.

Daar staan we dan voor de bewaker met de zaklamp. Jasmina knijpt haar ogen toe en houdt nog steeds een hand boven haar ogen.

'Kun je verdomme die lamp niet uitdoen!' roept ze, en even later klikt de zaklamp en wordt het felle licht in het donkere glas opgesloten.

'En wat voeren jullie twee hier uit?' vraagt de bewaker.

Ik knipper met mijn ogen en probeer aan het halfduister te wennen. Het is sluitingstijd. Ze hebben de bewakers losgelaten, de schoonmakers van de avond. Die trekken door het darmsysteem van de stad als oppakkers, samenbinders en uitsmijters, en nu heeft hij ons gevonden, de Slager van metrostation Kajsaniemi: Hellboy.

Daar staat hij, een meter zestig op kousenvoeten, maar met zijn stevige schoenen komt daar vier centimeter bij. Het zijn zwarte, met ijzerbeslag. Menig jonge Somaliër en Koerd heeft die schoenneuzen al mogen voelen. Om zijn middel zit de riem met de wapenstok die hij op ruggen heeft laten neerkomen wanneer hij de Iraanse jongens de krappe wagons in dreef van de laatste metro terug naar hun thuis in de buitenwijk. In zijn zak zit de pepperspray die hij in Aziatische ogen heeft leeggespoten. De blik in zijn gladgeschoren gezicht is ijzig lichtblauw. Hij ziet eruit als een etalagepop zonder pruik, helemaal glad. Geen enkele trek die je je zou kunnen herinneren, en dat is precies wat hem zo herkenbaar maakt. Dat hij helemaal blanco is. En dan Jasmina die daar voor hem staat, met een getinte huid en haren en vochtige ogen en een wirwar van wimpers, en zachte lippen als gemaakt om te glimlachen en te worden gekust.

'Wat deden jullie twee daar godverdomme onder die trap!' schreeuwt Hellboy met een stem die tussen de lege witte muren schalt.

Zonder dat we er erg in hebben gehad zijn de geluiden van de voetstappen verdwenen, de verlichting is tot een minimum gedempt, iedereen is naar huis, en alleen wij zijn er nog. Wij en Hellboy. Ik kruip achter Jasmina in elkaar, maar het is te laat. Hij heeft me in de gaten gekregen en zijn ogen verwijden zich.

'Jij! Jij verrekte kleine rat! Deze keer grijp ik je!' schreeuwt hij. Jasmina draait zich met gefronste wenkbrauwen om.

'Leila?'

Maar hij komt er al aan en ik draai om Jasmina heen, grijp haar hand en roep: 'Rennen!'

En ze vraagt niets meer, maar komt in actie. We stevenen in de richting van de donkere gang die leidt naar alle shoppingparadijzen van de wereld, langs etalagepoppen die er nu naakt en stijf bij staan, langs de gesloten, donkere bloemenzaak, verder, verder, met de zware voetstappen achter ons, en een vertwijfeling die ons de keel dichtsnoert tot we nauwelijks meer kunnen ademen.

'Staan blijven!'

Daar gaan we alleen maar harder van rennen, naar de roltrappen die midden in hun beweging zijn verstijfd. We struikelen naar boven, met lood in de benen, het open terrein voor het spoorwegstation op.

'Hou ze tegen!' brult Hellboy achter ons, en we huiveren van angst terwijl hij achter ons aan klost met de rinkelende neuzen van zijn schoenen in de aanslag.

Ook al is Jasmina nog zo slank en licht, ze heeft een slechte conditie en hijgt luid. Ik heb al jaren van ontsnapping achter de rug en merk dat ze achterop begint te raken, dus grijp ik haar bij haar jack en trek haar mee. Ik zie nog net hoe Hellboy ritmisch aan komt rennen, zijn armen in de houding van een echte hardloper, en Jasmina gilt met overslaande stem: 'Shit, Leila!'

We slaan tussen de gebouwen af, maar er is niemand die zich omdraait om ons na te kijken. Dit is dagelijkse kost. Twee negerwijven op de vlucht voor de wet, denken de onverschillige stadsbewoners, en wij rennen verder, straten in en trappen af, met Hellboy op onze hielen. Wanneer we niet meer kunnen, duiken we een doodlopende steeg in. We kruipen helemaal achterin weg in een donkere hoek en wachten af.

Hij vergist zich niet. Hij loopt niet door, want hij heeft ons gezien; zo dicht heeft hij al die tijd achter ons gezeten. We kunnen niet verder en we zitten dicht tegen elkaar aan. Een bundel winterjassen in een te warm klimaat, plakkerig van het zweet, vochtig van dampende ademhaling, luisterend naar de rinkelende stappen die naderbij komen. Hij ademt luid tussen ontblote tanden. Zijn mond is verwrongen, zijn lippen zijn teruggetrokken.

'Jij verrekte kleine rat,' zegt hij fluisterend. 'Nu ontsnap je me niet.'

En Jasmina roept: 'Help! Iemand, help ons!'

Ik tril alleen maar. Hellboy is nu dichtbij. Heel dichtbij. Er gaat een glimlach over zijn gladde glimmende gezicht. Er loopt nog geen zweetdruppel van zijn kale schedel.

'Racistische klootzak!' hijgt Jasmina en ze haalt uit in zijn richting met een onhandige schop, maar die komt niet aan en haar voet ploft terug op het asfalt.

'Hahahahaa,' zegt Hellboy grinnikend.

Ik heb het al opgegeven, ik doe mijn ogen dicht en denk alleen maar intens aan Samira. En dan, als ik mijn ogen heel hard heb dichtgeknepen en me gewoon heb overgegeven aan dat moment waar maar geen einde aan lijkt te komen, met Jasmina's snotterende ademhaling dicht naast me, klinkt opeens het schrapende geluid van voetstappen die langzaam naderbij komen, stappen die inderdaad stoppen, en een stem die dof tussen de muren van de gebouwen echoot.

'Wat is hier aan de hand? Is alles in orde?'

Ik doe mijn ogen open en zie het silhouet van een betrouwbare, dikke stadsbewoner van middelbare leeftijd in een lange jas, een aktetas in zijn hand.

Heikki kijkt om en roept over zijn schouder: 'Alles is in orde. Ik heb de situatie onder controle.'

Hij probeert dat met zo veel mogelijk autoriteit te roepen, maar de man weigert te vertrekken. Hij blijft gewoon staan, met afhangende armen en een ingezakte houding, tot Heikki met een ruk zijn hoofd omdraait en zegt: 'Omhoogkomen! Weg hier! Opschieten nu! Niet dat gehang daar.'

Met trillende benen staan we op en we haasten ons langs hem heen, eerst voorzichtig maar dan met steeds snellere stappen, tot we op een holletje hand in hand in de richting van de straat lopen.

Voor Samira's bed als voor een altaar. We hebben hier al eerder gestaan, in een andere samenstelling, mijn vader, moeder en ik. Dat was op de dag waarop ze Samira geen medicijnen meer gaven om haar in coma te houden en ze van de beademing werd gehaald. Ik herinner me het moment waarop de verpleegkundige het apparaat uitzette, en ik dacht heel snel aan de sterrenhemel, aan een lichtende streep die langzaam en knipperend door de ruimte gleed en verdween. Maar Samira ademde geheel zelfstandig en ik voelde dat mijn moeder haar adem had ingehouden, want haar lichaam kromp met een zucht in elkaar. Mijn vader kneep in Samira's hand en zei: 'Je bent mijn flinke, sterke meisje!'

Daarna wachtten we op het moment dat Samira met haar oogleden zou beginnen te knipperen en haar ogen zou openen, en dat mijn moeder zich over haar heen zou buigen zoals ze in films doen en zou zeggen: 'Samira, hoor je me? Beweeg je hand als je me hoort.'

Maar er gebeurde niets. Mijn vader en ik stonden Samira te bestuderen en ik moet toegeven dat ik misschien een beetje huilde. Het was zo moeilijk om dat niet te doen nu ze zo stil lag en haar ogen niet opsloeg of glimlachte wanneer ik met mijn hand over haar wangen streek. Ze bleef alleen gelijkmatig en rustig in- en uitademen.

Mijn moeder keek de dokter aan met een uitdrukking op haar gezicht die ik tot een week of wat eerder nog nooit had gezien en fluisterde: 'Waarom komt ze niet bij?'

De dokter onderzocht Samira, scheen in haar ogen en antwoordde dat afwachten het enige was wat je nu kon doen.

En we wachtten af. Vijf weken lang elke dag, een paar uur per dag, maar toen er niets gebeurde en we te horen kregen dat het onmogelijk was om precies te zeggen wanneer en hoe Samira zou bijkomen, en zelfs of dat wel zou gebeuren, was het net of het wachten op de een of andere manier een onderdeel werd van ons dagelijks leven, zodat we er niet aldoor aan hoefden te denken. Je voelde het vanbinnen toch wel, als een soort rusteloosheid, maar het aantal bezoeken aan het ziekbed nam af en ze werden korter, tot we Samira alleen nog maar bezochten om te zien of ze was bijgekomen. Algauw legde mijn moeder nog maar één bezoek per week af. Ze zat verplicht een uur uit en vertrok dan weer. Waar ze aan dacht terwijl ze daar zat, wist niemand.

Ik hoorde haar tegen Fatima zeggen: 'Ik moet werken! Ik heb geen tijd om daar nodeloos naartoe te rennen als ze toch niet van plan is om bij te komen!'

Ze klonk kortaf en nijdig, en ze huilde ook niet meer. Ze leek gewoon in te drogen. En haar profetische rituelen voor het slapengaan werden 's avonds alleen maar langer, wanneer ze wakker lag en zich aan dzikr wijdde, terwijl ze wachtte tot de slaap haar zou behoeden voor alles wat er door haar hoofd tolde.

Het is niet moeilijk om Jasmina's gedachten te lezen. Ze gaan als tics over haar gezicht. Die blinde paniek die overgaat in troebele, rood behuilde ogen, de hulpeloosheid waarmee ze Samira's hand pakt en tegen haar mond drukt op een manier waarop ik het nooit zou doen. De storm van emoties duurt een minuut of wat, dan kalmeert ze. Ze blijft haar hand vasthouden als ze daar zit.

'Ach, Samira. Ach, *kiddo*.'

Ze streelt de hand en geeft er kneepjes in, knippert een paar keer met haar ogen, met haar hoofd achterover om te voorkomen dat haar mascara uitloopt. Ze snikt een keer en schudt haar hoofd. Nu is ze klaar en ze houdt de hand gewoon vast. Dan begint ze.

'Hoi, Samira. Ik ben hier nu. Jasmina.'

Ik zit van een afstandje naar haar te kijken, zie hoe eenvoudig de woorden komen, en ik kan mijn ogen niet afhouden van haar gezicht, dat levendig en beweeglijk is en waarmee ze grimast, de mond die woorden vormt en lacht, alsof Samira daar niet met gesloten ogen en halfopen mond met bleke droge lippen ligt, maar alsof zij daar ook rechtop zit te knikken en te antwoorden en te lachen, met kussens in haar rug.

'Want dat heb ik tegen Saïd gezegd. Ziek, hè? Maar hij trok

zich er niets van aan en liet het langs zich heen gaan. Tjaaa...'

Jasmina glimlacht en doet er dan bedachtzaam het zwijgen toe. Ze kauwt wat op haar onderlip en kijkt naar Samira. Vervolgens draait ze haar gezicht naar mij en wenkt me met haar wijsvinger. Ik sta op en met een schrapend geluid dat in die stilte veel te hard klinkt, trek ik mijn stoel over de vloer. Ik ga dicht bij Jasmina zitten en kijk haar aan.

'Zo, jouw beurt,' zegt ze. Daar zit ik dan. Ik hou me vast aan de zitting van mijn stoel. Onze blikken kruisen elkaar en ik schud niet-begrijpend mijn hoofd.

'Maar praat dan met haar!' zegt Jasmina, en ik kijk naar Samira. Luistert ze? Wacht ze? Ik slaak een zucht.

'Maar ik weet toch niet wat ik moet zeggen.'

'Wil je zeggen dat je hier elke keer naartoe bent gekomen zonder met haar te praten?'

'Begin jij nou ook al?' zeg ik.

'Hoezo, "begin jij nou ook al"? Nee, verdorie, ik begin niet ook al. Jíj moet beginnen. Hup!'

Ze gebaart met haar hand naar Samira en kijkt me met opgetrokken wenkbrauwen aan, en ik kan geen weerstand bieden aan die autoriteit van haar die ik maar al te goed ken, dus schraap ik mijn stoel nog een paar centimeter dichterbij en doe langzaam mijn mond open.

De woorden zijn er. Ze liggen vlak naast mijn stembanden bijeen op een hoop, maar het is zo'n grote stapel dat ik ze nauwelijks weet uit te brengen en ik voel hoe ze op de gebruikelijke manier in mijn keel stokken en dus kijk ik Jasmina hoofdschuddend aan.

'Nee. Ik kan het niet. Niet als jij erbij bent,' zeg ik, en zij leunt achterover, waarbij haar oorbellen rinkelen.

Ze staart me even aan.

'Oké, goed. Ik ga wel naar buiten om een cola te kopen of zo.'

Ik knik en zij staat op. Voordat ze wegloopt, trekt ze mijn capuchon van mijn hoofd en ik haal naar haar uit.

Dan is ze weg en we zijn alleen, Samira en ik, in die sissende, tikkende ziekenhuisstilte. Ik slaak weer een zucht en doe een nieuwe poging.

'Dat was... dat was Jasmina,' zeg ik, terwijl ik voel dat ik het warm krijg en rood aanloop.

Ik heb een hekel aan mijn eigen stem. Die klinkt dof en raar, en het voelt belachelijk om daar voor jezelf te zitten praten. Maar ik ga door.

'Ze is even een colaatje gaan kopen, maar ze komt zo weer terug.'

Wanneer ik een steelse blik in de richting van de deur werp, staat Jasmina daar met haar armen over elkaar, maar er is nu een blokkade opgeheven en ik heb het ook vanbinnen warm gekregen. Ik knik naar haar. Ze werpt me een tedere blik toe en loopt dan weg. Ik hoor de frisdrankautomaat ratelen en een blikje rammelen, maar de geluiden zijn ver weg achter mijn kleed van woorden dat zich uitspreidt over Samira die daar ligt en die, dat weet ik nu, luistert.

Buiten. De aansteker klikt een keer en werpt een vlammetje op, de sigaret knispert wanneer Jasmina inhaleert. Het eenzame vlammetje dooft uit en Jasmina blaast de rook naar de hemel. In haar ooghoek blijft een ster steken en ze wijst ernaar, noemt de naam ervan in het Farsi. Ze ziet eruit als een klein kind zoals ze daar naar de duistere lucht staat te wijzen.

Dan kijkt ze mij aan, maar ik wil helemaal niets zeggen, want ik heb Samira alles gegeven, al mijn woorden. De gedachte aan hoe stil ze erbij lag, zo bleek, helemaal bloedeloos, zo onrechtvaardig, kan ik echter niet van me afschudden. Mijn grote zus. En toch zo klein... Zo... van de wereld. Jasmina geeft me een por met haar elleboog.

'Wat moet dat met die doek?'

Ik kijk naar de grond.

'Dat is een bandana.'

'Pff,' zegt Jasmina.

Ze blaast een rookwolk uit die mijn hoofd inslikt.

'Ik kan heus het verschil wel zien tussen een hidjab en een bandana.'

Even weet ik niet wat ik moet zeggen, maar dan reageer ik, mompelend met mijn blik gericht op de punten van mijn tenen.

'Het is een speciale doek. En het is de bedoeling dat die je beschermt.'

'Puh,' zegt Jasmina. 'Weet je wat Samira over die doek zei? Ze zei dat die niets bewijst over wie je vanbinnen bent. Als je wilt neuken kun je dat ook doen als je een hoofddoek ophebt, zei ze. Je kunt je hoofd wel bedekken, maar je kont is bloot.'

We zwijgen. Zij staat te roken, terwijl ze naar de torens van het ziekenhuis opkijkt, al die ramen en daarachter de zieken, zieken die eenzaam in hun bed liggen te wachten tot ze weer gezond zullen zijn of niet, een heel gebouw opgetrokken uit verwachtingen. Tussen de bedden loopt Azraïl. Aan het voeteneinde gaat hij zitten. Hij die de ziel uit het lichaam trekt. Jasmina rilt even.

'Wat een rotgevoel. Om haar daar te moeten achterlaten,' zegt ze.

Ze kijkt me aan.

'Waar is jullie moeder trouwens?'

Ik kijk nog steeds naar de grond.

'Ze is... Ze wil niet...'

'Aha,' zegt Jasmina.

'Nou ja, ze komt hier dus wel, maar dan zit ze daar maar. En ze komt ook niet zo vaak meer, het is net of ze niet echt in staat is...'

'Nee, nee.'

Ik schraap met de neuzen van mijn schoenen over het asfalt, de losse steentjes trekken witte streepjes. Ik haal mijn neus op en stuur het gesprek in een andere richting.

'Weet je ook of ze een vriendje had?'

'Wie? Je moeder?'

'Nee. Samira!'

Jasmina rookt zwijgend. Ze kijkt peinzend op naar de gele

ruiten, alsof daar het antwoord te krijgen zou zijn als ze Samira's raam vond. Ze gooit haar peuk weg.

'Ik denk wel eens dat het zoiets zou kunnen zijn,' zegt ze, terwijl ze haar handen in haar zakken steekt.

Ze geeuwt een keer en kijkt me een hele poos aan. Als ze me zo aankijkt, met die medelijdende blik, staat het huilen me weer nader dan het lachen. Dat merkt ze, want ze geeft me een por met haar elleboog. We beginnen te lopen, zij en ik, maar als we halverwege de bushalte zijn kijkt ze me aan en zegt ze: 'Helpt hij echt? Die doek?'

januari 2006

Samira

HOOFDSTUK 15

Het lichaam is oorlog

Samira stond voor de spiegel te trekken aan haar bloes, die daar niet langer van werd. Ze vermeed het naar haar rok te kijken, die echt veel te kort was. Ze probeerde het allemaal te compenseren met een dikke goudkleurige panty, zijdeachtig, glad en glanzend, maar toch voelde ze dat als ze zich vooroverboog de halve wereld haar *koes* zou zien.

Hij knoopte haar bloes dicht. Die was blauw, had lange mouwen en reikte tot haar knieën. Een Chinees kraagje en glimmende glazen knopen. Borduurwerk langs de zomen en op de mouwen. Een minuut eerder was ze de kamer binnengerend in een T-shirt waar ze was uitgegroeid en een tricot legging, maar hij was naar haar kast gelopen om de lange blauwe bloes te pakken. Ze was elf jaar. Bij elk knoopje kuste hij haar wang. Zijn stoppelbaard kriebelde op haar huid. De geur was warm, zoet en intiem. Ze snoof die op en werd erdoor bedwelmd. De pappageur. Die sterke geur.

Een van haar vroegste herinneringen was hoe ze altijd soezerig voor de tv lag, omringd door die geur, en dat haar oogleden dichtgingen, tot de warmte en zijn geur het enige leken te zijn wat er bestond.

Toen hij het laatste knoopje had dichtgedaan drukte hij even met zijn wijsvinger op het puntje van haar neus en draaide hij haar om naar de spiegel in de hal. Hij ging op zijn hurken naast haar zitten.

'Kijk eens hoe mooi je bent.'

En ze zag zichzelf in de spiegel. Haar zwarte, glanzende haar was in een pagekapsel geknipt. Ze had vrolijke ogen. In die van hem lag tederheid.

Samira vroeg zich af wat haar vader ervan zou vinden als hij haar zo zag, met haar donkere haar losgeschud en neerstromend over haar blote schouders. Met het korte topje dat haar middel bloot liet en de rok die zo kort was dat ze zich nauwelijks durfde te bewegen. Onherkenbaar opgemaakt.

'Weet je zeker dat dit er goed uitziet?' vroeg ze aan Jasmina, die in de flat rondstormde, gekleed in een jumpsuit in luipaardmotief en met dikke metalen armbanden die bij elke beweging rinkelden.

'Je ziet er fantastisch uit. Alle jongens die je zien, zullen je willen neuken.'

Samira trok aan haar rok.

'Maar is dat nou echt de bedoeling?'

Jasmina lachte.

'Natuurlijk. Wat dacht jij dan?'

Samira wist niet of Jasmina haar plaagde of dat ze het serieus meende. Toen Jasmina zag hoe ze keek, bleef ze staan en drukte ze een wang tegen de hare. Ze hing op haar schouders en bekeek hun gezichten in de spiegel.

'Maar Samira. Lieve schat. Waarom denk je dat ze het oorlogskleuren noemen? Elke totalitaire staat verbiedt make-up en probeert vrouwen voor te schrijven hoe ze zich moeten kleden. Omhoog met die rok, broek naar beneden, bedek je, was je gezicht, smeer die make-up er gewoon dikker op, je verdient het... In Afghanistan schieten de taliban vrouwen dood als ze in hun eentje de straat op durven te gaan om een dokter te bezoeken. Ongewapende vrouwen. Het vrouwenlichaam zelf is een wapen. Dus is het onze plicht om uit te gaan. We moeten uitgaan, voor alle vrouwen die dat niet kunnen.'

Dat zei Jasmina en ze trok Samira mee, maar met elke stap die Samira zette, werd het geluid van haar hakken in haar ruggengraat gespijkerd en het schold: haram, haram, haram, haram.

En daarna, die blikken. Haar moeder had haar gewaarschuwd voor die blikken, maar ze had zich er geen voorstelling van kunnen maken hoe het zou voelen. Natuurlijk hadden mannen al eerder naar haar gekeken. Blikken waren over haar huid gegaan, over haar wangen, haar lippen. Maar de blikken in het gedrang in de clubs, dat was heel iets anders. Die waren onnatuurlijk. Rauw. Die hadden iets waar ze niet van hield. Ze noemden haar *qahba*, *sharmoeta*, al die lelijke woorden waarmee meisjes die rondrenden werden uitgescholden. De blikken zogen zich vast aan haar borsten, aan haar achterwerk, en ze voelde dat ze er machteloos tegenover stond. Die blikken waren onmogelijk in toom te houden. Toen ze bij de bar de eindeloze rijen met flessen stond te bekijken en probeerde een keuze te maken, ingeklemd tussen mannen die haar er alleen bij lieten als ze daar zin in hadden, en de barman zijn blik vaak over haar heen liet gaan, voelde ze een hand op haar achterste. Zonder enige moeite zocht die op de tast zijn weg onder haar rok omhoog. Ze draaide zich om, koud van angst in haar hele lichaam. Ze kreeg de hand te pakken en trok die weg.

'Dag, schat,' lalde een stem die toebehoorde aan een korte, enigszins gezette, puisterige, geblondeerde vent in een wit T-shirt en een spijkerbroek waar de rand van zijn onderbroek boven uitstak.

Ze duwde hem verschrikt weg. Hij spreidde zijn armen uit en wankelde naar achteren. Hij had zijn ogen halfdicht en was zo dronken dat hij nauwelijks op zijn benen kon staan. De muziek bonkte in haar hoofd, het was net of de brushes haar met lichte tikjes over haar hele lijf sloegen: haram, haram, haram, haram.

'Wees eens een beetje meegaander!' riep de jongen, waarna hij struikelend verdween.

Samira draaide zich weer om naar de bar. Haar hoofd was helemaal leeg. Het was voor het eerst dat een man aan haar had gezeten.

'Je went er wel aan,' zei Jasmina toen Samira naar hun tafeltje terugkwam met twee appelmartini's in cocktailglazen.

Móét dat? dacht ze, maar ze zei niets.

Het was voor het eerst dat ze tegen haar wil was aangeraakt, maar niet voor het laatst. De les die ze leerde, was dat een vrouw die zich in het nachtleven bewoog een prooi was voor zo'n beetje iedereen. Hoe korter de rok, hoe meer ze toebehoorde aan degene die ze toevallig behaagde. Jasmina haalde haar schouders op.

'Wat verwacht je dan? Het zijn mannen. Je weet waarmee ze denken. Waarom denk je anders dat het de vleesmarkt wordt genoemd? Het enige waar wij ons voordeel mee kunnen doen, is dit en dit,' zei Jasmina terwijl ze haar borsten en billen beetpakte.

oktober 2007

Leila

HOOFDSTUK 16

Het gebeurde in de Angel Bar

Een paar dagen later keer ik terug naar het ziekenhuis. Het gaat niet zo best. Ik ben in een slecht humeur en dat maakt mijn stappen stroperig, alsof je met een afgezakte broek probeert te lopen.

Voor Britney is het leven ook geen lolletje. Na een kort verblijf in een luxueuze *rehab* is ze per ongeluk op haar tas gaan zitten en daarmee heeft ze haar kleine chihuahua Chico, waarvan ze helemaal was vergeten dat die daarin zat, omgebracht, en in de pers wordt nu gespeculeerd in hoeverre ze zich in een toestand van delirium bevond toen ze dit deed. Na de begrafenis, die met zwarte limousines en een erewacht en al werd georganiseerd, kon je haar met haar vingers in de aarde zien wroeten totdat een van haar lijfwachten haar wegtrok.

Dat vertel ik aan Samira, en na een poosje strek ik mijn hand uit en pak de hare. Hij is warm en droog, maar slap. Er ontbreekt iets. Dat is voldoende om mij in een soort gepieker te laten verzinken, gedachten die ik niet onder woorden kan brengen, en ik krijg dorst. Ik sta op, maar voordat ik wegloop blijf ik staan en draai ik me met een glimlach om.

'Nergens naartoe gaan. Ik kom zo weer terug.'

Ik zeg het zoals ik het ook zou hebben gedaan als ze bij kennis was geweest. In de drukkende stilte klinkt mijn stem raar, dus ik lach een beetje, maar dat maakt het nog erger. Ik loop de kamer uit en de gang door naar de frisdrankautomaat die staat te brommen en te schijnen en die bijna een nog levendiger indruk maakt dan Samira de slaper.

Slurp. Het apparaat verslindt geld. Achter me komen voetstappen naderbij. Ik draai me om, kijk, ril en wend me snel af. Ik trek mijn capuchon verder over mijn hoofd en blijf doodstil staan. De stappen passeren, langzaam, zo verrekte langzaam dat ik het er warm van krijg. Wanneer ze om de hoek zijn verdwenen recht ik mijn rug, mijn hart bonkt als een gek. Ik pak het blikje dat rammelend naar beneden komt en loop op mijn tenen naar Samira's kamer.

Om de hoek ligt de gang er glimmend en leeg bij. Er staat een ziekenhuisbed te wachten op een patiënt die maar niet komt. Een deur staat open.

Ik sluip langzaam naar Samira's kamer en gluur naar binnen. En daar zit iemand naast het bed, zijn kale hoofd gebogen, zijn magere schouders gaan op en neer. Het is net of hij huilt. Hij houdt haar hand vast. Die verdwijnt in de zijne, en zij ligt daar. Zo wit. Zo onaangedaan.

Ik trek me terug. Ik wacht niet op hem, maar vertrek gewoon. Zoveel vragen. Wanneer ga je die beantwoorden, Samira?

's Avonds zie ik Linda met het licht op haar kamer spelen. Een raam knippert naar de duisternis en ik sta paraat, achter het gordijn, opkijkend naar haar raam. Het is de bedoeling dat ik nu reageer. Dat mijn vinger het lichtknopje indrukt en dat het licht aan en uit zal gaan. Mijn handen rusten in mijn zakken. Ik zet haar aan het denken, precies zoals ze mij aan het denken zette in dat najaar toen we een jaar of dertien waren en alles tussen ons opeens veranderde en we geen van beiden eigenlijk wisten waarom.

Ze had niet beneden bij de ingang van de flat op me staan wachten, zoals ze altijd deed toen we nog in de lagere klassen zaten, en ik was over het modderige veld tussen de school en het winkelcentrum achter haar aan gelopen. De school was die herfst zonder mij begonnen, want ik was verplicht mee op familiebezoek in Dar El-Shams en miste daardoor de allereerste weken in de nieuwe klas.

Ik sjokte achter haar aan en zag dat ze liep met een volkomen nieuwe energie. Zij die altijd al schoolmoe was voordat de school goed en wel was begonnen. Voordat ik vertrok, hadden we op haar kamer zitten fluisteren hoe leuk het allemaal zou worden.

Een nieuwe fase! Kun je het je voorstellen!

Maar nu liep ik achter haar aan met een weerspannig gevoel in mijn buik. Linda had nieuwe kleren. Verdwenen waren de pet en de knielange collegetrui waarvan ze exemplaren in verschillende kleuren had, die truien met die stripfiguren erop. In plaats daarvan waren nu een versleten spijkerbroek en een kort, strak leren jackje vereist. Daaronder alleen een topje met smalle schouderbandjes. Het was roze. Ik voelde me log en onhandig in mijn dikke kleding. Mijn haar plakte op mijn wangen. Onder mijn oksels verspreidden zich zweetplekken. In Dar El-Shams was ik opeens raar gaan ruiken en dat kwam niet alleen van de warmte waar iedereen een zweetlucht door verspreidde. Nee, hoor. Het was een volslagen nieuwe geur waar zelfs deodorant niet effectief tegen was, en ik drukte mijn armen dicht tegen mijn lichaam in de hoop dat anderen niets zouden merken.

Achter de bomen was een glimp te zien van de bunker en Linda aarzelde. Ik ging sneller lopen. Nog even en ik had haar ingehaald. Ik zou op haar rug springen en 'hoi!' roepen.

En net toen ik hoi dacht, was er iemand die dat riep, want op de zandweg bij de lerarenwoningen stonden Sussi en Nettan stiekem te roken. Linda versnelde haar pas. De rest van de weg liep ze op een holletje en ze hupte met wuivende armen op Sussi en Nettan af. Ik kon de harde schelle stemmen horen die Linda en ik altijd nadeden wanneer de jongens die heimelijk verliefd op Sussi en Nettan waren bij hen droge bladeren in het haar gooiden. We lachten altijd om hoe belachelijk ze klonken, maar nu klonk Linda net zo. En de eerste keer dat ik over dit nieuwe schoolplein liep, over asfalt in plaats van over grind, deed ik dat alleen.

In de pauze stond ik opeens oog in oog met Linda. Een vlaag van koude adem. Linda's voorhoofd en wangen waren wit gepoederd. Ze had kauwgum in haar mond. Verstoord door de plotselinge ontmoeting kreeg haar blik even iets angstigs, maar daar kauwde ze zich doorheen.

'Hoi!' zei ik lachend. Dat warme gevoel: Linda.

Maar Linda kauwde alleen maar smakkend verder en nam me van top tot teen op alsof ze me nooit eerder had gezien.

Om ons heen afgewende ruggen, kleine kliekjes van vrienden die elkaar al vanaf hun babytijd kenden. Een basketbal stuiterde op het asfalt. Sussi kwam en trok aan Linda's arm. Ze moesten met de jongens praten. Iets uit de automaat kopen. Ik was gewoon een irritante stoorzender in de normale activiteiten van de pauze. Linda wierp me nog een laatste blik toe en zei 'Nou, dag', maar ze werd snel door Sussi meegetrokken.

Sussi bleef vlak naast haar lopen en zei: 'Jeetje, waarom praat je met die roetmop?'

En weg was ze, en er zat niets anders op dan tegen de schoolmuur te gaan staan, samen met alle jampotbrillen en stotteraars. Degenen met te dun haar. Degenen met te grote tanden of met x-benen. Degenen die te lelijk waren om met de spelletjes mee te mogen doen. We stonden daar met z'n allen naar elkaar te loeren en dachten: *O, nee. Maar ik ben tenminste niet zoals die daar!*

Het licht blaft geluidloos naar de avond. De signalen nemen in frequentie toe, bezeten nu. Dan komen de vuurvliegjes. Ze zeilen door de duisternis en stoppen boven de straat buiten bij Linda's flat, en als je je ogen toeknijpt en echt goed kijkt, kun je met enige goede wil Sebbe en Tobbe onderscheiden, of hoe ze ook heten. De katers van de buurt, allemaal aangetrokken tot haar licht. Linda staat vast en zeker naar beneden te gluren, ze zal hen wel zien roken, want even later blijft het licht aan, als een open, starend oog, maar daarna gaat het definitief uit. In plaats daarvan gaat de verlichting in het trappenhuis aan en korte tijd later wordt een paar schoenen zichtbaar, daarna een paar benen in een paarse panty, en een rok en een jas en een hoofd. De deur gaat open. Monden babbelen vrolijk met elkaar en daarna verdwijnt het groepje op een holletje in de richting van café Ronskimesta en de banken daarachter, waar de dronkenlappen altijd zitten. Vervolgens moet Micke snel bier gaan kopen en laat Linda zich door hem betasten, terwijl ik in mijn kamer sta, achter mijn gordijn, en bestraft word omdat ik niet meegaand genoeg ben geweest. Zo zit dat namelijk met Linda. Dat wie het eerst komt, het eerst mag malen.

Maar ik moet ergens naartoe, en ik moet zeker weten dat Linda Lindqvist op veilige afstand zit wanneer ik vertrek.

De Angel Bar. Lang voordat hij mij ziet, heb ik hem al gespot. Hij zit met zijn hoofd voorovergebogen en met zijn duim en wijsvinger tegen zijn oogleden, en om hem heen, waar anders altijd gedrang, lawaai en stemmen zijn, is het nu zo leeg, zo leeg. Zijn hoofd, broos, met zwellende aderen bij de oren, en opnieuw kaal. Kaal en glad. Beschermd door mijn capuchon sta ik bij de speelautomaat naar hem te kijken. Eén blik en ik weet genoeg.

Heb je een vriendje, Samira? Is het waar?

Ik loop op hem af en wanneer ik naast hem ga staan, tilt hij zijn hoofd op en doet hij zijn ogen open. Die zijn rood en geïrriteerd, en hij staart een poosje voor zich uit voordat hij me in de gaten krijgt. Over zijn gezicht een snelle trek van verwondering. We lijken soms behoorlijk veel op elkaar, Samira en ik, maar dat is het niet. Dan verdwijnt zijn verbaasde blik en hij klemt zijn kaken op elkaar wanneer hij me aankijkt.

'Wat doe jij hier?'

Maar ik reageer niet, nog een hele poos niet. Hij haalt zijn neus op. Kijkt weg. Alsof het hem gewoonweg te veel is om naar mij te kijken.

'Dat zou ik ook aan jou kunnen vragen,' antwoord ik dan, en als reactie tilt hij zijn glas op en heft het naar me.

'Ik doe wat een mens doet in een café. Drinken.'

'Zo zag het er anders niet uit. Zonet,' zeg ik. Hij neemt een slok uit zijn glas.

'Rot op.'

'In het ziekenhuis,' vervolg ik en dan zet hij zijn glas neer.

114

Hij zet het heel zorgvuldig, heel precies voor zich neer, terwijl hij zijn blik richt op de muur aan de overkant van de ruimte, waar een flipperkast staat en een dartsbord hangt.

'En wat dan nog?'

'Wat zouden je vrienden ervan zeggen, als ze het wisten?'

Hij staart me een hele poos aan en ik zie dat hij iets kwijt wil, maar hij schudt alleen zijn hoofd.

'Kutkind. Laat me met rust,' zegt hij. 'Je zou hier niet eens moeten zijn.'

Ik schuif wat naar hem toe.

'Ik ken die portier,' zeg ik en ik knik in de richting van Roope, die als uitsmijter bij de deur staat, groot en donker gekleed, maar altijd goedgemutst.

En ik hoef verder niets meer te zeggen. Ik hoef alleen maar naar Piter te kijken en met mijn ogen duidelijk te maken dat ik op de hoogte ben of hij pakt zijn glas en loopt weg. Hij gaat bij de bar staan, waar het schijnsel van honderd lampjes rond de spiegel zijn gezicht verlicht. Iemand geeft hem een klap op zijn schouder. Hij glimlacht. Hij keurt me geen blik meer waardig. Ik blijf even staan wachten, met mijn handen diep in mijn zakken en mijn capuchon op. Maar er zit niets anders op dan te vertrekken.

Eén keer. We staan onder het raam van de Jotunens te kijken naar een talentenjacht zonder geluid, alleen geflikker voor onze ogen. Er valt natte sneeuw en we babbelen wat. Samira's ademstoten zijn groot en warm op mijn gezicht. Iemand zingt, de mond beweegt, maar er komt geen geluid uit. Of er komt waarschijnlijk wel geluid, maar het bereikt ons alleen niet. Ik zeg iets over het kapsel van de jongen en Samira lacht en steekt haar handen dieper in haar zakken. Dan kijkt ze mij aan. Haar weelderige krullenbos slokt haar schouders op.

'Hij is anders best knap, hè? Zou wel wat voor jou zijn. Maar je hebt misschien al iemand? Je weet wel. Die je leuk vindt?'

'Die ik leuk vind? Wat bedoel je?' vraag ik.

'Ja, je weet wel. Heb je iemand op wie je verliefd bent?'

Ik gluur naar haar om te zien of ze de draak met me steekt, maar het lijkt of ze het gênant vindt dit te vragen, dus ik weet dat het belangrijk is.

'Nee. Ja. Ik word toch niet verliefd. En Linda is er. Ik heb Linda toch.'

'Leila,' zegt ze. 'Dat is niet hetzelfde als verliefd op iemand worden.'

Ik schraap met mijn nagel langs de muur. De beelden wisselen elkaar af. Nu wordt er geapplaudisseerd. En gelachen. De jongen heeft het er blijkbaar goed afgebracht, wat hij ook gedaan heeft. Terwijl presentatrice Jaana Pelkonen tussen een lach en een glimlach in zit, kijkt de jongen in de camera en maakt met zijn duim en pink een neptelefoongebaar. Zijn lippen bewegen: 'Bellen.'

Ik voel dat ik begin te blozen, maar gelukkig is het donker. En voor het eerst denk ik dat er misschien dingen zijn die ik zelfs niet met Samira kan delen.

'Nee, maar dat heeft toch ook niemand beweerd?' antwoord ik.

'Dus je hebt iemand?'

'Nee.'

En ik vraag het niet. Ik vraag haar niet of zij soms wel iemand heeft op wie ze verliefd is, en later, wanneer ik zat te peinzen over die keer dat ze vochtige ogen kreeg en dat haar gezicht verstrakte, heb ik vaak gedacht dat ik me eigenlijk aan haar had moeten vastklampen en haar had moeten overhalen om alles, alles te vertellen. Maar ik liet de beelden op het tv-scherm elkaar gewoon afwisselen en haar stilte zo groot en luid worden dat die mijn woorden verdrong. En toen was het moment voorbij. Samira zei iets over de volgende artiest. We babbelden wat en zij ademde nog een poosje warme lucht uit. Daarna verdween ze, naar haar eigen woning. Naar haar eigen flat, ver weg van ons, waarvan men het niet prettig vond dat ze daar woonde, helemaal in haar eentje en God weet wat nog meer. God weet wat nog meer.

Een paar maanden nadat Samira uit huis was gegaan, nam ze een baantje bij de Mac. Niet omdat het moest; de uitkering die ze van de Sociale Dienst kreeg, was voldoende om van te kunnen leven. Maar ze zei dat ze het wilde.

'Als je klaar bent, mag je er gratis eten,' zei ze, terwijl ze haar haren om haar hand wond en vervolgens in een knot in haar nek vastzette.

In die tijd moest ik het nog steeds geheimhouden als ik haar wilde zien. Dus sprak ik met haar af als ik eigenlijk op school had moeten zitten. Maar Samira was nu belangrijker dan school. Niets kon me tegenhouden.

Ik zat op het bed in haar tweekamerflat naar muziek te luisteren. Ze had een goede smaak, dus ik hoefde geen andere muziek te kiezen. Op het cd-hoesje stond 'How to Kill Loneliness' en ik fluisterde die woorden voor mezelf. Via het woordloze oppervlak van de spiegel kruiste Samira's blik de mijne. Ze trok een t-shirt aan. Eerst had ze alleen in haar bh gestaan en ik had geprobeerd niet te kijken.

'En ik vind deze kleur rood mooi,' zei ze, terwijl ze het shirt glad over haar buik streek en zich omdraaide om in de spiegel te controleren hoe ze er van achteren uitzag.

'Die staat me,' vervolgde ze.

'Dat kan toch geen reden zijn om een baan te nemen,' reageerde ik.

Ze glimlachte naar me via de spiegel.

'Niet?'

Ik ging er niet op in, dus praatte ze verder.

'Ik werk graag op een plek waar andere roetmoppen zijn.'

Ik zweeg bewust, want ik wist dat ze me uitdaagde, net als ze vroeger had gedaan wanneer ze in de winkel handenvol snoep jatte en mij aankeek. Dan boog ze zich voorover en kneep ze mijn wangen bij elkaar als ik vroeg wat ze deed.

'Iemand moet de statistieken toch op peil houden,' zei ze dan, en haar gezicht had iets verbetens.

Ja, dacht ik, *maar waarom moet uitgerekend jij dat doen?*

Nu jat ze niet meer, in elk geval niets anders dan mijn aandacht. Nu maakt ze zich klaar om een avond te gaan werken en ze loopt pratend door de kamer rond om kleren van de grond te pakken.

Het sollicitatiegesprek ging behoorlijk slecht, vertelt ze. Ze had in het restaurant gezeten met de jonge puisterige bedrijfsleider.

'De Mac,' had hij gezegd, 'is een plek waar we echt niet naar de huidskleur kijken wanneer we mensen aannemen.'

'Wat fijn,' had ze geantwoord. 'En je vertelt dit omdat...?'

'Nou,' had hij gezegd, 'het is misschien altijd goed om daar duidelijkheid over te hebben, zo helemaal in het begin.'

'Denk je dat ik een racist ben?' had ze gevraagd. 'Ik heb er niets op tegen om met allochtonen te werken.'

'Ja, maar je bent toch zelf... ja,' had de jongeman geantwoord terwijl zijn blik over haar gezicht en haren schoot.

Daarna was hij stilgevallen.

'Ik ben een Finlands-Zweedse,' had Samira gezegd. De jongeman hervond zijn houvast midden tussen haar wenkbrauwen.

'Ja, ja, precies. Op die manier is het immers precies hetzelfde. Met taalproblemen en zo, bedoel ik.'

Toen was het Samira die even stilviel.

'*Ei vittu...*' had ze daarna gezegd, en eraan toegevoegd: 'Dat is Fins voor "kut, zeg".'

Daarna hadden ze allebei gezwegen en elkaar aangekeken met dat stroperige, koppig trieste gevoel dat er iets flink was misgegaan. Toen had de jongeman een valse glimp in zijn ogen gekregen. Hij had zich met zijn blik aan haar vastgezogen en was ermee van boven naar onderen over haar heen gekropen om weer bij haar ogen terug te keren.

'Weet je,' had hij gezegd, 'ik heb gehoord dat mulattenmeiden hartstikke goed zijn in bed. Die zijn zo verdomde geil.'

En Samira vertelde dat ze laaiend was geworden, als de steekvlam van een gasbrander, maar dat ze doodstil was blijven zitten en een keer had gezucht. Ze had zich moe gevoeld.

'Daar weet ik niets van,' had ze geantwoord, 'want ik heb er nooit eentje gehad.'

Maar ze was toch aangenomen en had haar rode T-shirt gekregen, en sindsdien kon ze mijn dienblad volladen met hamburgers en vette frieten, het ene doosje na het andere, en ik voelde me koud vanbinnen als ik zag wat ze deed. Ze gaf me gewoon een knipoog en ik pakte het blad met mijn zweterige handen aan en liep er voorzichtig balancerend mee naar een van de raamtafels om te gaan zitten.

'Tja, we weten nu in elk geval dat er varkensvlees in de burgers zit,' zei ze altijd, de keren dat ze bij mij aan tafel kwam zitten.

Terwijl haar blik door het raam naar buiten verdween, zuchtte ze dan, en ze werkte een frietje naar binnen. Af en toe somde ze op welke mensen die we kenden er allemaal waren geweest en hoe die daar hamburgers met varkensvlees naar binnen hadden gepropt, en dat papa ook een keer was gekomen, maar dat hij zich in de deuropening had omgedraaid toen hij haar zag.

'Iedereen eet hier, ook al zeggen ze tegen ons dat het haram is. De kip is trouwens wel halal,' zei ze terwijl ze nog een frietje naar zich toe graaide en me met die wilde, zachte blik aankeek.

Ze had een woord voor op de tong liggen, maar trok zich met een glimlach terug en duwde de klep van de McDonald's-pet die ik van haar had gekregen naar beneden zodat mijn nekharen omhoogkwamen. Ze verliet de tafel om weer achter het buffet te gaan staan, waar ze bestellingen opnam tot ik wegging.

Van haar eerste loon kocht ze een tv. Zodra ik de kamer binnenstapte, zag ik die. Glimmend, groot en rechthoekig stond die op een voet, strak en vlammend donker. Samira stond ernaast en aaide over het toestel. Ze sloeg haar ogen neer en haar glimlach leek wel nerveus.

'Nou, dit is het geworden,' zei ze. 'Wel een tweedehandsje, maar...'

'Verdorie. Ma zou het besterven als ze het wist,' zei ik.

'Precies,' zei Samira en het werd even stil.

'Niet dat ik het anders ooit aan haar zou vertellen,' voegde ik er snel aan toe. 'Dit is toch duizend keer beter dan stiekem in de struiken zitten bij de Jotunens voor het raam.'

'Zullen we kijken of ie het doet?'

We gingen naast elkaar op de bank zitten voor *The Tonight Show* en hadden het licht uit, net als in de bioscoop. Ik keek natuurlijk wel tv bij Linda, maar Samira was toch Samira. De late avonden waarop we met rode neuzen buiten bij de Jotunens stonden en monden zagen bewegen, waren ver weg.

'Ziek. Ik kan niet bevatten dat je echt een televisie hebt aangeschaft,' zei ik en Samira woelde door mijn haar.

Ik herinner me de laatste keer dat ik haar zag, bijna zoals ze echt is. Dat was binnen bij de Mac. Een heel gewone dag bij de Mac, waar zij achter haar kassa met haar ene hand op het buffet stond te leunen. Ze had haar haren met een elastiek in de nek vastgezet en ze droeg haar pet, en ik zat me tussen de lege doosjes en vettige papiertjes misselijk en propvol te voelen.

De deur ging open. Mij viel niets bijzonders op, alleen dat de jongens geschoren hoofden hadden. Eentje had een blauw-witte vlag in de nek getatoeëerd, half verborgen onder oprukkende haargroei, als een blond kleed van gemaaid hooi over de vier kleurvlakken. Ze droegen grote donsjacks en bewogen zich sloffend en ritselend naar het buffet. Ik kon niet verstaan wat ze bestelden, maar wist zeker dat hun gegrijns iets betekende wat ik niet wilde weten. Eentje keek iets te lang naar Samira en ik zat snel na te denken, schuivend tussen mijn gedachten zoals je muntgeld telt. Ik kende hem.

De wereld hield op met draaien. Piter. Piter uit de Angel Bar. En de anderen waren zijn maten die altijd bij de pokerautomaat stonden te spelen. Scherpe neuzen en bleke ogen. Daar had je mijn racisten. Opeens werd ik kalm. Die deden toch niets. Ze waren immers volkomen ongevaarlijk.

Maar toch. Samira. Haar handen. Die trilden. En toen ze de papieren bekers met frisdrank op het blad wilde zetten, stootte ze er per ongeluk eentje om. Het geluid van ijs op de vloer, ijs op het blad en over het buffet. Ze stapte achteruit. Schudde met haar natte handen. De druppels raakten een van de skinheads op het geschoren hoofd en hij stapte heftig naar achteren.

'Verdomde negerhoer!' riep hij terwijl ik mechanisch een frietje naar binnen werkte.

Nu, nu zou de hel losbarsten. Niemand schold haar ongestraft uit voor negerhoer. Samira zou zich over het buffet uitstrekken, die klootzak met beide handen beetgrijpen en hem een kopstoot geven. Nu!

Maar er gebeurde niets. Samira kromp ineen. Ze stond roerloos. De stilte als een dik masker op haar gezicht. Daar verschool ze zich achter. Ik keek naar Piter, die zich had teruggetrokken. Hij deelde haar stilte, haar gespannen kaken. Het geschreeuw ging door en Samira verontschuldigde zich bleekjes. Ik sloeg mijn ogen neer naar mijn dienblad. Papier en vet. Ik weigerde op te kijken voordat het groepje zijn bestelling had gekregen en was gaan zitten. Ik kon niet anders doen dan zwetend blijven zitten, zoals altijd wanneer ik vanbinnen lafheid voelde. Lafheid. Die me ervan weerhield op te staan, hoewel mijn hele lijf dat wilde.

Dat noemen ze diplomatie, zei mijn moeder altijd. Je er niet mee bemoeien; dat noemen ze diplomatie.

HOOFDSTUK 17

Vijftien worden

Het cadeaupapier ritselt onder mijn zweterige vingertoppen. We zitten in de woonkamer, en de beige bank met een bont patroon van gouden motiefjes is volledig bezet door tantes in lange djellaba's. Er staan bij ons geen foto's op de kasten, alleen plastic bloemen. Een salontafel van glas, met daarop een rond dienblad met theeglazen en een kan, ook uit Dar El-Shams.

De tantes hebben in de hal hun hoofddoek afgelegd en wangen gekust (ook de mijne). Niemand van hen heeft make-up op en ze zien er bleek en afgemat uit, alsof ze doordrongen zijn van de ernst van de situatie, alleen weet ik niet wat die situatie is. Ik neem aan het leven zelf. Met het leven valt niet te spotten, dat heb ik wel begrepen.

De tantes heten Aïsha 1 en Aïsha 2, Saïda en Fatima. Vroeger hadden ze andere namen. Namen als Raisa, Pipsa, Kicka en Lise-Lott, maar ik weet niet of ze toen ook al zo bleek en ernstig waren.

Ik weet niet of zij ook door de grote teleurstelling zijn getroffen, die teleurstelling die de reden is van mijn moeders gezucht en mijn vaders afwezigheid, maar ze kijken me aan met troebele lichte ogen, praten alleen maar over godsdienst en zuchten op gezette tijden 'astghfiru'llah', want elke keer dat je een ondankbare gedachte hebt, moet je God om vergeving vragen. Dat heeft de profeet gezegd.

Van Aïsha 2 zie je als ze naar buiten gaat alleen de ogen. Haar bleke wimpers fladderen in het spleetje dat haar contact met de buitenwereld vormt. Ze beklaagt zich bij mijn moeder en Fatima en vertelt dat ze op internet een boerka uit Afghanistan heeft besteld.

'Ik weet het niet,' zegt ze. 'Ik vind het zo hinderlijk als mensen, bijvoorbeeld in de bus, puur instinctief oogcontact met me proberen te maken. Ik begrijp hen wel, maar ik vind het vervelend.'

Een boerka zal ook dat probleem oplossen.

Mijn moeder komt de kamer in. Ze pakt de theepot en loopt naar de keuken om die te vullen. In damp gehuld komt ze terug. Aan de muur hangen posters met teksten uit de Koran. De Arabische letters kronkelen. Ik heb mijn moeder een keer gevraagd wat er eigenlijk staat. Ze antwoordde dat ze het niet wist. Het schoonschrift was te moeilijk te duiden, maar het was goed om de posters te hebben omdat ze het huis beschermen. Op de boekenplank ligt de Koran. Die is in een geborduurd stuk stof gewikkeld en je mag er helemaal niets op zetten: Gods woord verdraagt het gewicht niet.

Uitgespreid op de vloer onder de tafel ligt een Perzisch kleed. Het is beige met blauw. Op de vensterbank staan planten. De kroonbladeren van de orchideeën worden door het daglicht van buiten doorschenen.

Het cadeaupapier ritselt.

'O, dus jullie vieren nog steeds verjaardagen,' zegt Saïda. Mijn moeder lacht nerveus en schenkt de thee in de glaasjes.

'Alsjeblieft,' zegt ze.

Dan kijkt ze Saïda aan.

'Eigenlijk niet. Maar deze verjaardag is een beetje speciaal. Leila is vrouw geworden.'

'Masja'allah! Arm kind!'

Aïsha 1, die er altijd als de kippen bij is om zich in discussies over het halal en haram van het geloof te storten, zegt dat we de geboortedag van de profeet ook vieren.

'En je moet natuurlijk het voorbeeld van de profeet volgen.'

Daar gaat Saïda niet op in, want het is duidelijk dat Aïsha zich vergist en Saïda gelijk heeft. Je kunt jezelf toch niet met de profeet vergelijken. En bovendien vierde de profeet zijn eigen verjaardag niet. Wij vieren die van hem.

Nu overhandigt mijn moeder me mijn cadeau en ik maak het open. Aïsha 1 en Aïsha 2 komen met hun hoofd dichterbij. Ik blijf met mijn vingers aan het plakband hangen, en ondertussen hoop ik er het beste van, maar vrees ik het ergste.

Ik pak het cadeau uit en haal een lange, tamelijk dunne doek tevoorschijn en iets wat lijkt op een zwarte bivakmuts. Aïsha 1 en Aïsha 2 houden hun adem in. Fatima knikt goedkeurend.

'Masja'allah!'

Mijn moeder staat over me heen gebogen. Ik kijk naar haar op, recht in haar bleke stralende gezicht dat een beetje zweet, en zonder dat ik een woord hoef te zeggen weet ze wat ik denk.

'Wat is dit?' vraag ik desondanks.

'Ik dacht dat nu je ongesteld bent geworden en zo, het tijd was...'

'Masja'allah!'

'Ja, dat je, nu je...'

'Masja'allah!'

Ik luister naar hen, naar de twee Aïsha's, mijn moeder, Fatima en Saïda, en ik frunnik aan de hoofddoek en de bivakmuts die geen bivakmuts is, maar een deel van de hoofddoek. Ik kijk naar mijn moeder, zie hoe ze haar best doet, hoe ze zich door de woorden heen kauwt, en zoekt en wringt, en hoe ze mij woordloos vraagt het niet moeilijker te maken dan nodig is.

'Het is de hoogste tijd. Je bent nu een vrouw en het is beter voor een vrouw om haar haren te bedekken,' probeert Saïda.

Ik zet de capuchon van mijn trui op. Dat keurt mijn moeder af. Ze keurt mijn kleren sowieso af, maar die bedekken me naar behoren. Ik ben correct in mijn incorrecte straat-hidjab.

'Dat is niet hetzelfde!' zegt mijn moeder.

'Waarom dan niet?'

'Omdat je eruitziet als een jongen!'

'Ja, maar dan kan er in elk geval niemand op een schunnige manier naar me kijken,' bries ik.

'Ach, je weet dat het niet zo eenvoudig ligt. Een meisje moet eruitzien als een meisje. Het is haram om je als een jongen te kleden!'

'Een meisje moet eruitzien als een meisje en daarna moet ze zich bedekken? Wat is dat voor logica?' vraag ik.

'Je bent als moslima geboren. Daar moet je *alhamdullilah* voor zeggen,' zegt Saïda.

Het wordt stil. Ik kijk naar Saïda. Zij kijkt mij aan. Haar blik is vast en streng. Rond haar ogen zijn de rimpels verwikkeld in een wedloop richting haar slapen. Mijn moeder doet een nieuwe poging.

'Ik wil je toch alleen maar beschermen. Zodat het met jou niet afloopt zoals met Samira.'

Ik blijf gewoon stilzitten. Stil. Hoe durf je, denk ik en ik kijk naar haar, ik verafschuw haar bleke ogen en haar kleurloze huid die totaal niet op de mijne lijkt. Er klinkt een klein tikje en geknetter, en opeens barst er vanaf de boekenplank een nasaal geluid los.

'*Allaaaaahoe akbar! Allaaaaaaaaaahoe akbar! Asjadu an la ilaha illa'llaaaaah!*'

Het is de imam op de boekenplank. Hij is van keramiek, met een tijdschakelaar, en hij zit in bidhouding ergens tussen de Koran en *Het basiskookboek* zodat je hem niet zult zien (maar dat hij daar is, is alleen al haram), en de tantes schrikken en kijken elkaar even aan alsof ze eerst niet begrijpen wat er gebeurt.

Aïsha 1 roept met harde stem 'saláát' en Aïsha 2 schiet in de lach.

Ze zwijgt abrupt en Saïda kijkt vanuit haar ooghoeken naar hen beiden, waarna ze opstaat. Dat kost moeite. Haar brede achterwerk zuigt zich vast aan de kussens van de bank. Ze moet een paar pogingen doen voordat ze omhoogkomt. In optocht lopen ze naar de hal, grissen hun hoofddoek van de hoedenplank en lopen naar mijn moeders slaapkamer om daar te gaan bidden.

Ik ga naar mijn eigen kamer. De hoofddoek smijt ik ver onder het bed. Ik kan mijn hele leven wel met mijn capuchon op rondlopen als dat nodig is.

Tussen mij en God is het niet altijd zo geweest. Mijn moeder vertelt heel graag aan haar vriendinnen hoe Samira en ik toen we klein waren allebei met haar in gebed gingen. Wanneer het tijd was voor het avondgebed kwam ik met het gebedsmatje aanrennen en riep ik 'Mama, tijd voor de salade!' en dan spreidde ik het matje op de grond uit en begon zonder haar aan 'de salade'.

Toen ik een jaar of elf was ben ik daarmee opgehouden. Samira was er allang mee gestopt. Ze had geen tijd, zei ze. Toen ook ik ermee ophield, kwam mijn moeder steeds naar mijn kamer om te vragen of ik samen met haar geen kleine salade wilde, zoals altijd. Ik keek op van mijn bezigheid, wat die ook was, en schudde gewoon mijn hoofd.

Op een gegeven moment begon het zinloos aan te doen. Ook al probeerde ik ze in toom te houden, ik merkte dat mijn gedachten alle kanten opgingen wanneer ik geknield op het gebedsmatje zat. Ik dacht aan Linda en aan mijn schoolvriendinnen, die allemaal thuis bij elkaar tv zaten te kijken en op internet met jongens aan het chatten waren, naar de bioscoop gingen of rondhingen in het winkelcentrum en gewoon op de plek waren waar je moest zijn, en ik voelde me nep, een slechte moslim, en ik wist dat God dat zou zien. Toch gaf het een leeg gevoel toen ik ermee ophield, maar dat wilde ik aan haar niet laten blijken.

'Papa bidt ook niet en toch is hij een echte moslim,' antwoordde ik haar als ze langer aandrong dan anders, maar daar had ik spijt van als ik de gekwetste uitdrukking in haar ogen zag.

In heel haar tijd als moslima had ze die woorden al moeten aanhoren, maar ik kon het niet laten. Ik wilde gewoon dat ze ophield. Net als wanneer ze over mijn kleren zat te zeuren en daar alleen maar mee bereikte dat ik me lelijk en fout voelde.

'Je mag over me denken wat je wilt, maar ik ben een echte moslim. En als echte moslim is het mijn taak jullie op te voeden tot echte moslims, zodat ik met God als getuige kan zeggen dat ik het in elk geval geprobeerd heb. Wanneer je oud genoeg bent om zelf te kiezen, mag je kiezen, maar zolang je onder mijn dak woont, gelden mijn regels,' zei ze met uiterste zelfbeheersing.

Later die avond hoorde ik haar aan de telefoon met Fatima praten.

'Maar ze wil hem gewoon niet omdoen!'

Ze had een snerpende stem. Ik had zin om in de deuropening te gaan staan schreeuwen: 'Maar ik ben zo toch al raar genoeg!'

HOOFDSTUK 18

Moslimpaparazzi

Mijn moeder en Fatima zijn vriendinnen sinds mijn moeder voor het eerst naar de moskee durfde te gaan. Een paar jaar later legde ze in Fatima's woonkamer ten overstaan van de imam en een paar vriendinnen, Finse zusters, net als zijzelf, haar sjahada af, en toen ze de woorden 'asjadu an la ilaha illa'llah' uitsprak, voelde ze dat haar hele lichaam gloeiend heet werd, zo heet dat ze ervan begon te trillen. De imam keek haar aan en zei dat het de *sjaitan* was, de duivel, die haar lichaam verliet, en alle zonden die brandden. Daarna was alles vergeven.

'God, ik dank U dat ik U in dit leven gevonden heb en niet hoef te wachten tot ik sterf,' zei mijn moeder en Fatima pakte haar hand.

In de loop der jaren hebben ze een groep gelijkgezinden om zich heen verzameld en komen ze wekelijks een paar keer bij elkaar thuis op de bank bijeen om zoete muntthee te drinken, uit de Hadith te lezen en zich over de gang van zaken in de wereld en de Finse oemma te beklagen. Fatima vertelt over Zeineb, die vroeger Mikaela heette maar Miksu werd genoemd en die getrouwd is met een Finse moslim die Jaska heet. Toen haar twee dochters naar de kleuterschool gingen, liet Zeineb hen aan de hidjab wennen, precies zoals Fatima bij haar dochters Moemtaz en Halima had gedaan, maar toen begonnen de sociale instanties genoeg te krijgen van zowel Zeineb als Jaska, die al geruime tijd een verwilderde baard liet staan en op zijn werk gebedspauzes hield. De kinderen werden uit huis geplaatst tot Zeineb ermee akkoord ging zelf geen hoofddoek meer om te doen en ook de meisjes er geen meer te laten dragen.

'Maar mijn *iman*, mijn innerlijk geloof, kan niemand me afnemen,' had Zeineb gezegd.

'*Ja rabbi...*' zucht Fatima wanneer ze dit aan mijn moeder, de beide Aïsha's en Saïda vertelt, en ze beginnen te praten over al die keren dat zij vanwege hun hoofddoek als tweederangsburgers zijn behandeld.

'Zo is het als je niet alleen aangesloten bent bij, maar je ook nog eens bekeerd hebt tot de meest gehate godsdienst van de wereld,' zegt Fatima. 'Dan kun je natuurlijk geen verstandig of weldenkend mens zijn.'

Ze vertelt hoe het personeel in de kraamkliniek weigerde te geloven dat ze Fins was en er meteen op aandrong dat er een tolk bij haar bevalling aanwezig zou zijn. Toen ze zei dat ze een Finse was, vroegen ze hoelang ze al Fins staatsburger was en waar ze oorspronkelijk vandaan kwam. Ze antwoordde: 'Luister eens. Ik draag een hoofddoek. Op mijn hoofd, niet voor mijn gezicht. Ik ben Fins, een geboren Finse. Mijn grootvader van vaders kant heeft nog tegen de Russen gevochten. Wat is er nou zo moeilijk te begrijpen?'

De hoofdzuster, die erbij geroepen was omdat Fatima zo 'lastig' was, had haar met een opstandige blik aangekeken. Het was een oudere vrouw; ze had Fatima's moeder kunnen zijn.

'Toen ik jong was, waren we er trots op dat we vrije vrouwen waren. Onze moeders droegen een hoofddoekje en daar schudden we ons hoofd om. Een vrije Finse vrouw mag haar kapsel laten zien. Die hoeft niets te verbergen.'

Fatima had gemompeld dat de kapsels van Finse vrouwen onder een hoofddoek mooier zijn, maar ze had geen zin om dieper op het onderwerp in te gaan. Ze was deze houding wel gewend. Die kwam ze op veel plaatsen tegen. De blik gefixeerd op de doek. In het ergste geval ontnam die haar haar burgerrechten, en vooral de Sociale Dienst was stug, hoewel die anders eigenlijk aan de kant van de Finse vrouw stond. Alsof een vrouw die een doek om haar hoofd knoopte opeens niet Fins meer was. Of in elk geval niet net zoveel waard als haar blootshoofdse zusters. Om hetzelfde behandeld te worden als alle anderen moesten ze hun hoofddoek afdoen; dan werd de zaak als afgedaan beschouwd. Wat ze de kinderen thuis leerden maakte niet uit, als je het er aan de buitenkant maar niet aan afzag.

Ik zit vaak met gespeelde desinteresse bij hen te luisteren en het is bijna of ik die mensen ken over wie mijn moeder, Fatima, Aïsha 1, Aïsha 2 en Saïda het altijd hebben. Ze praten nu al jaren over hen. Huwelijken, kinderen en scheidingen, wie zich hoe heeft gekleed of, astghfiru'llah, zich niet hoe heeft gekleed.

Wanneer ik tussen hen in op de bank voor me uit zit te staren, onderuitgezakt en met mijn capuchon over mijn voorhoofd, voel ik me helemaal kriebelig vanbinnen. Als ze eenmaal op gang zijn, is het je reinste *Snap-Magazine*. Ze hebben het over Safira die haar wenkbrauwen heeft geëpileerd of haar snor heeft laten harsen, hoewel ze weet dat dat niet mag. Mijn moeder zegt dat alle beharing in het gezicht vrij mag groeien en bloeien waar die wil; het is haram om te veranderen wat God geschapen heeft. Desondanks geeft God de voorkeur aan gladde armen en benen, zegt mijn moeder, en daarom moet je die liever scheren.

Voor tattoos en hairextensions word je in de hel gegooid, dus kapster Emmi van om de hoek is slecht af, want het is haar werk om bij alle seksbommetjes met dun haar uit deze contreien nieuw haar in te vlechten, en dat mag ook niet. Ik weet niet of de regels ook gelden voor ongelovigen, maar mijn moeder zegt dat alle mensen als moslim worden geboren, alhamdullilah, en rein zijn tot ze op een dwaalspoor raken, dus daar kun je natuurlijk bepaalde conclusies uit trekken.

Make-up is ook haram, zegt mijn moeder, maar soms wordt daar bij ons thuis op de bank wild over gediscussieerd en Aïsha 1, die bijna nooit zonder kohl de deur uitgaat, zit zich dan op het laatst meestal te verbijten, omdat de vier anderen zich tegen haar keren en haar met luide stem met voorbeelden uit de Hadith bombarderen. Ik vind het apart dat er zoveel verhalen uit de Hadith over hetzelfde onderwerp kunnen zijn die allemaal andere antwoorden geven maar wel allemaal tegelijk van toepassing zijn. Uiteindelijk weet Aïsha 1 geen argumenten meer te vinden, en dan blijft ze altijd een week of twee thuis om vervolgens gewoon onopgemaakt weer terug te komen. Na verloop van tijd verschijnen er toch stiekem weer licht aangezette zwarte strepen en schaduwen rond haar ogen en na een tijdje ziet ze er weer net zo uit als eerst. Haram, maar het is haar zwakte, en wat kun je anders doen dan haar eraan te herinneren en te bidden voor haar ziel, zodat ze niet met haar kohlstreepjes in de hel zal verdwijnen en daar samen met bommenmakers, tattoozetters, kapsters en volkerenmoordenaars gebraden zal worden, terwijl ze toch voor het overige zo'n goede moslim lijkt te zijn.

Líjkt te zijn, zegt mijn moeder wanneer Aïsha 1 er niet bij is. Ze benadrukt het woord 'lijkt', zodat de anderen zullen begrijpen dat de buitenkant niet noodzakelijkerwijs overeenkomt met de binnenkant, ook al lijkt de buitenkant behoorlijk belangrijk als je het mijn moeder vraagt. De besten van ons komen ook alleen door Gods genade in het paradijs. Daarom is het belangrijk om in een voortdurende toestand van *taqwa*, bewustzijn van God, te leven, en nooit te zeker te zijn van je entreekaartje voor de hemel.

Het secuurst is mijn moeder als het om kleding gaat. Wanneer zij de deur uitgaat, fladdert er nog niet het kleinste haartje in de wind, en wat haar het meest irriteert, zijn moslima's die denken dat ze de hidjab gebruiken wanneer ze dat in feite niet doen. Mijn moeder zou een boek met voorschriften kunnen schrijven voor het juiste hidjab-gebruik. Pony zichtbaar: hoort niet bij de hidjab. Oorlelletjes zichtbaar: onvergeeflijk. Oorbellen die onder de hoofddoek uit komen en sloom en verleidelijk hangen te bungelen en te glitteren? Wie denken ze voor de gek te houden?!

De engelen noteren bezeten dat Masja op een dag haar hele voorhoofd toonde, of misschien zelfs de rand van haar haren, en dat Farida een hoofddoek van een glanzende, gladde stof had, alsof ze er echt op uit was de aandacht te trekken. Of dat Rashida zich had opgemaakt en naar de moskee een broek droeg. Een broek! Het maakte niet uit dat haar jas lang was, want die was getailleerd, en verder liet ze ook nog haar hals zien. Een volkomen duidelijke halvemaan van huid die iedereen die het wilde zien tegemoet blonk. Mijn moeder zegt dat het haar zo irriteert dat ze zichzelf gewoon voor de gek houden. Strak aangesloten hoort niet bij de hidjab. Kleurrijk hoort niet bij de hidjab. Modern, trendy, mooi en wat je misschien aan zou willen hebben, hoort niet bij de hidjab, zegt mijn moeder, en ze wijst erop dat dit allemaal volstrekt helder en duidelijk in de Koran staat. Maar ook al heb ik in de Koran gezocht, de *fashion bible* die mijn moeder er blijkbaar in leest heb ik nooit kunnen ontdekken, en ik vind steeds meer dat mijn moeders versie van God op een paparazzifotograaf begin te lijken die in de gaten houdt wie wat wanneer heeft aangehad, met wie ze omgingen en hoe de stof die dag precies viel. Was de stof van iemands djellaba Chanel of Gucci? Astghfiru'llah!

Het gezicht van mijn moeder toen Hafsa, een nieuwelinge in haar hechte groep, die was toegelaten omdat ze zichzelf van top tot teen bedekte, op een dag verkondigde dat de *nikab* de beste truc tegen tekenen van ouderdom was. Hafsa was haar gezicht gaan bedekken toen ze zestien was en sindsdien had ze haar huid niet meer aan weer en wind blootgesteld, en kijk, zei ze: 'Ik ben bijna even glad als ik toen was.'

Dat was waar. Ze was vijfendertig, maar als je negentien had gezegd hadden mensen het ook geloofd.

'En,' vervolgde ze, terwijl mijn moeders gezicht zo verstrakte dat ze zelf ook nog negentien had kunnen zijn, 'ik heb nog nooit zoveel, hm, onfatsoenlijke voorstellen gekregen als sinds ik de sluier ben gaan dragen.

Huwelijksaanzoeken ook, *hamdullilah*,' haastte ze zich eraan toe te voegen toen ze zag hoe Fatima keek.

Dat was de laatste keer dat we Hafsa zagen en haar naam werd nooit meer genoemd.

Als mijn moeder haar toevlucht tot de islam had gezocht om vrienden te vinden had ze er een heleboel kunnen hebben, maar ze zoekt gelijkgestemden, en die lijken niet aan de bomen te groeien. Daarom zijn het door de jaren heen deze trouwe vijf, een kerngroep die zichzelf als de ware oemma beschouwt, het vaste vlees in een losse gemeenschap van hidjabdragers en andere geloofstoeristen die komen en gaan op de weg naar God. Maar voor degenen die tot het geloof geboren zijn, de wensdromers van de hele wereld, de radicale of gematigde moslims, iedereen die zich liberaal noemt en pleitbezorger is van tolerantie en middenwegen, voor hen heeft mijn moeder geen goed woord over.

'Om nog maar te zwijgen van islamitische feministen,' voegt Saïda eraan toe. 'God heeft de vrouw thuis neergezet om kinderen te baren en haar man te gehoorzamen,' zegt ze met de Koran opengeslagen voor zich, en ik kijk naar de regel die ze aanwijst, maar leesvaardigheid is blijkbaar niet mijn sterkste kant.

HOOFDSTUK 19

Kapsalon Katja

Als ik iets anders wil lezen dan de Koran ga ik naar Kapsalon Katja, naast de Angel Bar. De kapster in Kapsalon Katja heet Emmi. Ik weet niet wie Katja is, maar Emmi is de eigenaresse. Terwijl buiten de Angel Bar met zijn duisternis en zijn neonlichten flikkert, kun je bij haar in de stoel zitten en dan strijkt Emmi je over het hoofd met handen die altijd ruw zijn van alle haren die er langs zijn gegleden en ze zegt: 'En wat mag het zijn vandaag?'

Soms laat ik Emmi mijn haar knippen, maar alleen als het te lang is geworden en ik er helemaal niets meer mee kan beginnen. Het is haram om je haren vaak te laten knippen. Vroeger kwam mijn moeder altijd mee en dan ging ze in de stoel op me zitten wachten, maar dat is al een aantal jaren niet meer gebeurd. Als je dertien bent, kun je veel dingen zelf en als je vijftien bent, kun je alles zelf.

In Kapsalon Katja ruikt het naar allerlei producten, haarverf, schuim, gel, hairspray, maar het ruikt er ook naar haar. Dat is echt zo. Emmi's haar is donker, want ze verft haar grijze lokken met haarverf nummer 7G.

Terwijl ik bij Emmi in Kapsalon Katja zit, praat ze met me. Ze loopt rond om afgeknipt haar van de vloer op te vegen en vraagt 'Hoe is het met Sarah? En met Samira? En Farid?', ook al weet ze echt alles, want kappers weten echt bijna alles.

Een op de twee klanten gaat als teken van vertrouwelijkheid soms zachter praten en komt dan met kleine onthullingen over zichzelf, maar vaker nog over iemand anders, en ik denk wel eens dat als ik kapster zou zijn, ik hen in het oor zou knippen. Een kerf voor elke roddel. Maar aan de andere kant is het natuurlijk ook leuk.

Emmi is slecht. Dat zegt ze wel eens nadat een bijzonder spraakzame klant is vertrokken.

'Ik ben hier helemaal slecht van, Leila. Van het luisteren naar al die dingen. Ik heb wel eens het gevoel dat ik uit elkaar zou kunnen barsten en dat gemene woorden dan het enige zou zijn wat ik in me heb. Roddel. Ik moet mijn hart natuurlijk ook bij iemand luchten, maar bij wie? De klanten willen niet naar me luisteren. Als ik begin te praten grijpen ze naar een damesblad.'

Ik schuif ongemakkelijk heen en weer en sla verstrooid een pagina om van *Snap-Magazine*, want het fijnste van Kapsalon Katja zijn eigenlijk de tijdschriften, waarvan er hele stapels liggen, met omgekrulde hoeken die er hier en daar uitsteken.

Emmi kijkt me aan. En ze vertelt. Ze vertelt over haar hond, die nog maar een pup is en die voortdurend moet worden uitgelaten omdat hij nog niet zindelijk is. Ze vertelt over haar zoon, die net in dienst is geweest en nu angstaanjagend gek op wapens is. Ze vertelt over de vrienden die hij mee naar huis had genomen en die het alleen maar hadden over kaliber zus en zo en over hoe ze hadden geschoten of zouden gaan schieten. Zij en haar man Pena vermeden de keuken toen de jongens daar zaten en dat gaf een afschuwelijk gevoel, want die jongens waren wel met verlof. Maar ondertussen kon je er toch je vraagtekens bij zetten. Hadden die vrienden soms geen ouders die op hen wachtten?

Ze vertelt over de Angel Bar, dat je daar zolang als je wilt bier uit een plastic glas kunt zitten drinken, tot je de smaak niet meer proeft, en dat het niemand wat kan schelen hoe dronken je wordt, je bent gewoon een van de velen en er is altijd iemand die meer gedronken heeft. En ook al gaat ze er niet eens vaak naartoe, maar een paar keer per maand, toch is het op de een of andere manier als thuiskomen, want iedereen zit daar. Niet alleen Pena, maar ook vrienden, klanten en kennissen. Zelfs familieleden. Er zijn mensen die er echt de hele tijd zitten, want het is een tent waar je rustig naartoe kunt gaan: er wordt niets van je verlangd. Zolang je geld hebt, mag je blijven. Het is er donker. Het is er warm. Je kunt dicht naast iemand staan die je niet kent. Door je kleren heen de warmte voelen van een vreemde arm. Je een relatie voorstellen of iets vluchtigs. Je kunt een poosje hunkeren. Je kunt muziek uit de jukebox kiezen. Er is altijd keuze.

Ze zwijgt en kijkt me aan.

'Is het waar dat moslimvrouwen hun haar eigenlijk niet eens aan een kapster mogen laten zien?' vraagt ze, en ik kijk haar aan zonder antwoord te geven.

Ze glimlacht naar me, steekt haar hand uit en zegt: 'Kom.' Haar gezicht vertoont een zachtheid die ik nooit bij iemand anders heb gezien.

Die straalt me tegemoet. Ze heeft altijd een dochter gewild, zegt ze.

'Maar we kregen alleen een jongen. Eentje maar. Meer kinderen kwamen er niet.'

Ik pak haar hand, ook al ben ik vijftien. In Kapsalon Katja hoef ik geen bepaalde leeftijd te zijn. Emmi's hand is ruw en ze leidt me naar de stoel. Ik ga voor de spiegel zitten en kijk mezelf aan zonder met mijn ogen te knipperen.

Ik zie Samira en mijn vader en moeder. Alles in één, en iets anders, een vreemde scherf die ik zelf ben. Iedereen zegt dat we op elkaar lijken, mama en ik, en dat Samira zoveel op papa lijkt dat mama het niet kan verdragen naar haar te kijken.

Ik bestudeer mijn gezicht in de spiegel. De waarheid is dat ik wit ben. Ik ben witter dan alle Finnen bij elkaar. Je kunt de aderen aan mijn slapen en onder mijn ogen zien. Wanneer ik voor de gymles mijn trui uittrek, gillen de anderen dat ze verblind worden. En toch weten Linda en Pamela dat bruine te vinden. Dat bruine waardoor ze 'negerhoer' kunnen roepen. Hoewel Pamela altijd bruin is en onder de zonnebank ligt en donkerbruin haar heeft dat ze zwart verft, en haar ogen echt niet blauw zijn.

'Het bruine zit bij ons vanbinnen. Onder de huid.' Ik moet opeens denken aan Samira, die dat zei terwijl ze een dienblad met burgers en frietjes neerzette en me aanspoorde om te gaan eten.

Emmi doet mijn capuchon af, mijn jas volgt, en daar zit ik, opeens bevrijd van mijn warme schil, met alleen een sjaal om en de dikke trui aan die al mijn vormen moet verhullen. Emmi wikkelt mijn sjaal af en legt die op de stoel naast me. Ze kijkt me via de spiegel aan. Haar vingers verzamelen mijn haar. Ik voel dat het huilen me nader staat dan het lachen. Mijn lippen trillen en ik geef eraan toe dat mijn ogen vochtig worden.

'Huilen is goed voor je ogen,' zei Samira, maar ik laat mijn tranen niet stromen.

Ze mogen biggelen, zoals bij de sterren ook gebeurt wanneer het in Hollywood kil is. De laatste tijd is dat maar al te vaak het geval. Tranen en kilte tussen de heuvels. Britney die voortstrompelt met een hond en een baby onder de arm, terwijl de kudde foto's snaait. Paris Hilton met natte wangen in haar eentje op een bed in het Hilton Hotel in Parijs, haar Gucci-tas in haar armen. Haar hondje likt haar gezicht. Amy. Arme Amy die er zo oud uitziet dat ze niet eens naar haar eigen verjaardagsfeest durft te gaan, omdat niemand zou geloven dat zij het is maar iedereen zou denken dat ze gewoon een tachtigjarige is die zich probeert uit te geven voor iemand van vierentwintig. Daarom blijft ze maar thuis op de bank liggen. Maar ze huilt niet. Ze tript en wordt gewoon een jaar ouder zonder dat ze het merkt.

En ik werd vijftien en vond daar niets bijzonders van, maar ik vond het ook niet bijzonder leuk.

Nu zit ik daar en Emmi haalt de kam door mijn haar en zegt: 'Het is zo dik! En lang.'

Haar om jaloers op te zijn. Maar dat is niemand, want niemand mag het zien. Het is opgeknipt. Ooit is het geblondeerd en de restanten daarvan klampen zich nog vast in de uiterste puntjes, die gespleten zijn. De lagen vallen over elkaar, golvend maar niet krullend, zoals bij Samira. Geen van ons twee heeft de vloek van onze moeder geërfd: dun, springerig babyhaar dat onder de hoofddoek het best tot zijn recht komt. Wij hebben allebei sterk haar dat snel en opstandig groeit, en de langste lagen hangen tot halverwege de rug.

Het is het haar van een vrouw op leeftijd, niet van een vijftienjarige, en daarom pakt Emmi de schaar om het te knippen. Als de schaar knisperend in mijn haar wordt gezet en het op de grond valt, kan ik Gods verwijtende blik gewoon voelen.

Van het werk krijgt Emmi het zweet op de bovenlip.

'Je hebt veel haar,' zegt ze, niet afkeurend maar voornamelijk met respect.

Wanneer ze klaar is, gluur ik tevoorschijn van onder een dikke Ciara-pony, symmetrisch en pikzwart. De rest van mijn haar is opgeknipt en uitgevlakt in een gelijkmatige, schuine lijn, korter in de nek en aan de voorkant langer, zoals bij Katie Holmes, nadat ze na een lange kidnapping door Tom Cruise weer tevoorschijn was gekomen en iedereen dacht dat haar kapsel een teken was dat ze hem zou verlaten. Nu zou haar carrière van de grond komen, zei men, dat hing van haar haar af, maar er gebeurde niets. Katie verdween in de schaduwen, schaduwen als die onder haar ogen, die steeds dieper werden. Mijn gezicht verstijft wanneer ik mezelf zie met dat kapsel waarin ik me niet herken, maar dat jong, sexy en mooi is, modern... Ik zie eruit als een dame in een vrolijke verpakking.

Emmi ziet wat er gebeurt en ze houdt mijn hoofd tussen haar handen en dwingt me naar mezelf te kijken.

'Je bent maar één keer vijftien,' zegt ze.

De geur van ammoniak wordt sterker. Mijn hoofd wordt er draaierig van.

'En dan moet je er ook als vijftien uitzien. Nog gefeliciteerd.'

Dat zijn Emmi's woorden maar wanneer ze me omhelst, maak ik me los, want ze snapt niet wat ze heeft gedaan. Ze snapt niet dat een kapsel als dit de goedkeuring van Linda, Maria, Micke en de rest niet zal kunnen wegdragen. Want ik heb het eerder zien gebeuren: hoe Anna's haar tijdens de Finse les door het blad van een ijshockeystick werd opgetild en dat er gekreund werd: 'Lekkere coupe, wat een sekskapsel.'

En tijdens de kookles werd het gekapt met eieren en meel.

In mijn geval doet het er niet zoveel toe. Ik trek mijn capuchon over mijn hoofd en vertrek. Maar die pony. Die valt eruit. Die hangt naar beneden. Die kriebelt op mijn voorhoofd tot ik mijn huid helemaal rood heb gewreven.

Iets van wat kapster Emmi heeft gezegd neem ik mee naar huis en kruipt naast me in bed wanneer ik met mijn nieuwe kapsel ga liggen. Dat je je in de Angel Bar thuis kunt voelen als onder bekenden en dat je daar gewoon met een bierglas in je hand kunt staan en een familielid niet eens groet, maar dat dat niet uitmaakt, want het is als het ware vanzelfsprekend dat iedereen daar is. Je hoeft niet te groeten, je hoeft alleen met een blik te bevestigen dat je de ander gezien hebt.

De Angel Bar is niet zoals de Trix. Ik weet nog dat de zus van Farah ons voor het eerst bij de Trix binnenloodste, Linda en mij, en dat wij ons met miljoenen tsjirpende krekels in de buik tussen die dansende lichamen bewogen omdat we op een plek waren waar we ons eigenlijk absoluut niet hadden mogen bevinden omdat we bij het freerunnen hadden moeten zijn. Maar dit was freerunnen, een andersoortig freerunnen, tussen oplichtende rietjes in martiniglazen en glitterende feestkleding.

Ik doe mijn ogen dicht en denk aan hoe het voelt wanneer de muziek als een aardbeving door de vloer en je lichaam bonkt en je, terwijl er vanuit je botten een kreet aanzwelt die door je hele lichaam gaat, alleen maar wilt bewegen en in het gedrang op de dansvloer wilt springen om het beste van jezelf te laten zien. Haren, overal haren, en kleine glimmende tiara's in die haren. Zoveel oogmake-up dat je er de hele muur mee zou kunnen beschilderen. Maar het is mooi. Dat is zo.

Het gedrang. De drankjes waarmee gemorst wordt. Het gelach,

het gebabbel, de kreten, het ene nummer dat in het andere overgaat zonder dat je merkt welk nummer het is, totdat je het opeens herkent en je beste vriendin onnozel aankijkt, haar beetpakt
en het uitschreeuwt en trippelend als een kipje naar de dansvloer
rent, je tiara op één oor en je hakken scheef afgelopen. En je beste
vriendin komt achter je aan, op dezelfde manier, en je houdt elkaars handen vast waarbij de klauwachtige nagels de vingers open-
halen en dan gil je opnieuw, je krijst het uit.

Want het is toch zo fantastisch dat hij dat nou wist, de dj! Hoe
wist hij dat nou?

En daarna dans je met je vriendin zo goed als je kunt, vaak
een beetje pornoachtig, zodat iedereen begint te kijken en denkt:
Jeetje, wat een hete feestbeest-hoertjes zijn dat.

Maar Linda en ik trokken verder. We moesten met de zus van
Farah mee, en mijn gezicht was één domme glimlach, tot ik Samira zag. Maar dat was een uur of wat later, en tot die tijd waren
er jongens met rechtop gekamd haar dat aan de uiteinden geblondeerd was die Linda drankjes aanboden, want ze had haar beste
push-up-bh aangetrokken en haar borsten bolden op tot aan haar
kin. Haar topje was voorzien van korsetband om het gebrek aan
schouderbandjes te compenseren, en haar spijkerbroek was super-
laag gesneden. Ze zag er ordi uit, maar op een mooie manier, *dirty
blonde* met uitgroei in haar warrige haar. Haar schoenen waren
puntig en ze droeg een paar gouden kruisjes tussen haar borsten.
Niemand zou geloven dat ze veertien was. Ze zag eruit als minstens negentien. En ze was van mij.

Ik stond met mijn arm om haar heen naar die jongens te grijnzen, had mijn capuchon op en bewoog op het ritme, want die
avond had ik een uitzondering gemaakt wat speed betreft. Dat
was die keer. Alles was zo helder. Linda en ik op de dansvloer. Ze
bewoog zich zoals alleen zij dat kan. Haar taille deed het werk; ze
slingerde zich op haar hurken en daarna weer omhoog, met haar
billen eerst, als een echte stripteasedanseres. Dat leidde tot nog
meer drankjes en ze dronk met haar hele gezicht, waarbij ze scheel

keek, gefixeerd op de suikerrand van het volgende glas, alsof ze bang was dat het zou verdwijnen voordat ze het had kunnen aannemen.

Toen Linda was begonnen te lallen en trillen en roken, zonder dat ze in de gaten had dat ze rookte, hoewel ze nooit rookt en rokers letterlijk haat, voelde ik dat er naar me gekeken werd en toen ik opkeek, keek ik recht in Samira's zwart opgemaakte ogen. Ze zat op een box naast de dj-booth, gekleed in een lichte spijkerbroek en een legergroen t-shirt, heel haar wilde krullenbos losgeschud over haar schouders. Ze droeg een sieraad op haar voorhoofd, goudkleurig, en in haar neusvleugel glom een stukje glas.

Door Samira's blik gaf ik een ruk aan Linda's arm en ze fronste haar wenkbrauwen en zeurde: 'Wat is er nou weer?'

Maar ik stond doodstil en zweeg en beantwoordde de blik die zich dwars door de ruimte uitstrekte, tussen alle hoofden en schouders door, en die me vasthield.

Ze keek gekwetst, Samira. Het was hartverscheurend.

Ze sprong van de box, maar in plaats van naar mij toe te komen zette ze een paar passen in de richting van iemand die met een jongen stond te praten en ze fluisterde iets tegen haar. Het meisje keek met open mond op, recht naar mij. Het was Jasmina. Samira begon zich tussen alle partylellebelletjes en ijshockeyjongens door een weg te banen, en Jasmina wierp de jongen een paar snelle woorden toe en haastte zich achter haar aan. Linda stond tegen me aan te schommelen en Samira bewoog zich in de richting van de uitgang. Ik zag hoe ze haar jas pakte en verdween, zonder één blik achterom te werpen. Hare hoogheid had me in minder dan een minuut verlaten.

Opeens was de vloer helemaal plakkerig, bedekt met scherven van kapotgeslagen bierglazen, en Linda stonk naar braaksel en de jongens glommen van te veel lipgloss rond hun mond.

augustus 2006

Samira

HOOFDSTUK 20

Je al schoonmakend een weg banen
naar het paradijs

Een paar dagen nadat Samira Leila in de Trix had gezien belde ze de Kinderbescherming. Haar vingers trilden toen ze het nummer intoetste en toen het gesprek was afgerond ging ze voor zich uit zitten staren op de bank. De schok dat ze Leila in de club had gezien, de impuls waarin ze zomaar op de vlucht was geslagen, had ze geprobeerd van zich af te schudden, maar dat was niet gelukt. Ze praatte er met Jasmina over, die zei dat ze zich niet overal zo druk over moest maken.

'Leila is gewoon jong. Ze wil zich uitleven. Weet je niet meer wat wij deden toen we dertien waren?' zei Jasmina.

Dertien. Dat herinnerde Samira zich heus nog wel. Ze was dertien geweest toen Sarah de moskee begon te bezoeken om naar de salafisten te luisteren. Voor die tijd was Sarah gematigd conservatief geweest. Ze had geloofd in vrijheid van godsdienst en Samira had min of meer mogen doen waar ze zin in had. Haar moeder deed een hoofddoek om wanneer ze naar buiten ging, haar vader was donkerder dan andere vaders en sprak slecht Fins, maar verder was er niets raars aan haar familie. Samira mocht aan de gymnastieklessen meedoen en er was niemand die protesteerde wanneer ze naar het overdekte zwembad ging. De verjaardagen van vriendinnen waren nog geen probleem dat je met gegil en gesmijt met deuren moest oplossen. Haar moeder had nog vrienden met normale Fins-Zweedse namen en bezocht de kerstvieringen en de feestelijke laatste schooldagen. Maar toen Samira met een boze dreun in de puberteit belandde en hun ideeën over hoe de wereld eruit zou moeten zien begonnen te botsen, was het net of ze veranderde. Samira herinnerde zich de ruzies die ze met haar moeder had gehad over de salafisten, over het feit dat Sarah geld aan hen schonk voor de bouw van moskeeën in andere Europese landen. Ze probeerde haar moeder duidelijk te maken dat de mensen haar daar in die moskee probeerden te hersenspoelen. Dat ze haar ervan overtuigden dat er maar één manier was waarop je moslim kon zijn. Sarah antwoordde dat er misschien vele manieren zijn, maar dat slechts één de juiste is.

In zekere zin kon Samira de escalerende godsdienstigheid van haar moeder wel begrijpen. Haar vader was helaas, zoals de meeste moslimmannen die ze kende, een vent die maar wat aanrommelde. Haar moeder had lang geprobeerd hem zover te krijgen dat hij de cafés en zijn vrienden verliet om zijn taak als hoofd van het gezin serieus te nemen. Het enige probleem was dat Farid maar één richting kende, en dat was regelrecht naar de hel. Soms zei hij dat ze allemaal naar Dar El-Shams zouden verhuizen en dan moest Samira huilen omdat ze graag naar school ging en er niet zeker van was of ze dat in haar vaders stad ook mocht, ook al zei hij altijd dat het onderwijs daar veel beter was, vooral voor meisjes.

'In Dar El-Shams,' zei hij, 'worden alle meisjes dokter.'

Een week later was hij alweer van gedachten veranderd. Ze zouden nooit meer naar Dar El-Shams gaan, want er was geen beter land dan Finland en je kon niemand uit de Maghreb vertrouwen. Het waren daar allemaal materialisten die bogen voor het westerse cultuurimperialisme. Dan moest Samira weer huilen, want ze wilde natuurlijk opa en oma en al haar neefjes en nichtjes bezoeken, en haar moeder zuchtte en zei dat papa maar een grapje maakte. Een andere keer kon het zijn dat haar vader zei dat het vanaf nu afgelopen was met dat luisteren naar muziek en kijken naar de tv, en worstjes die niet halal waren, en dan bracht hij de tv naar de kelder. De tv bleef daar soms weken staan, maar hij bleef er zelf niet om thuis. Nee, hij was in de moskee. Zelfs 's nachts. Hij was aan het bidden, en als hij niet aan het bidden was, was hij aan het werk. Maar na een tijdje werd Samira op een zondagochtend eindelijk wakker van het geluid van tekenfilms. Ze ging uit bed, bleef stralend van blijdschap in de deuropening staan en kroop vervolgens tegen haar vader aan, die zijn baard had afgeschoren en weer naar sigaretten rook, en naar bier, want hij was net uit de kroeg thuisgekomen.

Haar moeder had geprobeerd om mee te gaan in Farids wispelturige houding en het leven op het rechte spoor te houden, tot ze uiteindelijk gewoon zei dat het zo welletjes was. Als ze wilden dat hun huishouden religieus was, dan moest het ook serieus zijn en voor iedereen gelden. Vanaf die dag probeerde ze met hem te praten in de enige taal die hij werkelijk begreep. Die van het geloof. Het enige probleem was dat hij het niet prettig vond dat zij die taal beheerste. Toen Sarah helemaal op eigen houtje had ontdekt dat moslimmannen ook verplichtingen hebben en niet alleen vrijheden, zoals Farid haar wilde doen geloven, begon ze eisen aan hem te stellen. Ze wilde een echt islamitisch huwelijk, een gelijkwaardig partnerschap met gelijkwaardige, maar verschillende rollen. Dat wilde hij haar niet geven. Hij wilde zich niet onderwerpen, niet eens aan God. Het enige wat hij wilde wanneer hij na een lange werkdag thuiskwam, was op de bank zitten met zijn voeten op de salontafel en voetbal kijken. Met de jaren was hij geworden wat Sarah het allermeest verachtte: een ramadanmoslim, en hij wilde dat zij dat ook zou zijn. Dat was voor zijn familie al generaties lang goed genoeg, dus waarom dan niet voor haar?

Maar algauw zou blijken dat Sarah zich een heel andere koers voorstelde. Toen Samira op een dag na schooltijd thuis de vuilniszak openmaakte om een lege yoghurtverpakking weg te gooien trof ze daar haar tekeningen aan. Al die kliederige kleine-kinderplaatjes die ze haar moeder voor Moederdag had gegeven of op school had getekend en die een tijdje op de koelkast hadden mogen hangen. Ze riep haar moeder, omdat ze dacht dat haar vader om de een of andere rare reden op het idee was gekomen dat haar tekeningen rotzooi waren. Zo'n fout zou haar moeder vast niet maken. Maar haar moeder keek haar alleen maar met een nerveuze blik aan en zei dat ze vergeten was de vuilniszakken te verwisselen, dat het niet de bedoeling was geweest dat Samira dit zou zien. Dat was het eerste staaltje van Sarahs doctrines over de vreugde van het afstand doen.

'Hoe groter de pijn is om afstand te doen van iets wat je fijn vindt in dit leven, hoe groter de beloning zal zijn in het volgende,' zei ze altijd.

Samira stond van de bank op en probeerde het telefoontje dat ze gepleegd had te vergeten. Ze pakte een literfles schoonmaakmiddel en deed er een scheut van in een emmer water. Ze zette de ramen open. De nazomerlucht sloeg haar tegemoet met een warme golf van uitlaatgassen en bakvet, en ze ademde de lucht diep in haar longen in. Met elke ademteug voelde ze hoe de spanning in haar lichaam afnam. Vervolgens trok ze een paar rubberen handschoenen aan en doopte een lichtgele spons in de emmer, kneep de spons uit en begon elk oppervlak in haar flat te bewerken. Onder het werk neuriede ze, maar voor de rest leek ze zoveel op Sarah dat ze erom moest glimlachen.

Mama, die zegt dat de islam de beste godsdienst van de wereld is omdat die zo praktisch is, zo concreet. Het werk van een mens is tegelijkertijd zijn gebed, daarom moet je blij zijn als je aan het werk bent. Je kunt je al schoonmakend een weg naar het paradijs banen door pannen te boenen. Je knoopt een doek om je hoofd en gaat elke dag gezegend door God naar buiten, dacht ze.

Samira zweette terwijl ze bezig was. Toen ze klaar was met haar sop hing er in de hele flat een zwembadgeur en ze voelde zich rustig en heerlijk moe in haar hele lichaam. Ze keek om zich heen naar de lichte, schone oppervlakken.

Hamdullilah, dacht ze. *Als het zo eenvoudig is als dit, wat is er dan voor reden om het niet te proberen?*

HOOFDSTUK 21

Hoe Samira Piter ontmoette in de Angel Bar

Een paar weken nadat Samira Leila in de Trix had gezien keerde ze terug naar de Jungfrugränden. Ze stond als een vreemdeling voor de deur. Het bekende naambordje: ABENSUR. Haar vaders naam. De naam die ze niet op haar eigen deur durfde op te hangen. Zij ontving haar post c/o Björkman. Ze tilde haar hand op om aan te bellen. De bel was stuk, nog steeds. Voor haar geestesoog zag ze hoe haar moeder, elke keer dat er werd aangebeld en het knopje bleef hangen zodat er een monotoon gerinkel door de flat ging, op haar vader vitte, tot er iemand naar de deur rende om binnenshuis een klap op de bel te geven. Als niemand wat deed, hield het gerinkel ongeveer een minuut aan, waarna het met een abrupte tik tot zwijgen kwam.

De bel echode door de stille flat en zij had haar vinger op het knopje. Binnenkort was hij drie jaar stuk. Er werd niet opengedaan. Op het moment dat ze zich omdraaide om weg te gaan rammelde de deurketting. Ze draaide zich opnieuw om, zo nerveus dat ze nauwelijks kon glimlachen, maar dat hoefde ook niet want Sarah glimlachte ook niet. Ze had een sjaal over haar hoofd gegooid en hield die met één hand onder haar kin vast. Met de andere gebaarde ze dat Samira moest binnenkomen. Samira aarzelde. Ze werd vervuld van een gevoel van onbehagen toen alle emoties van eerdere jaren naar boven kwamen. Ze zette haar tanden op elkaar. Ze had gedacht dat die gevoelens wel verdwenen zouden zijn, maar ze stormden zo heftig door haar heen dat haar knieën ervan begonnen te knikken.

Ze gingen samen aan de keukentafel zitten om thee te drinken. Ze was een vreemdeling. Iemand die een kop thee aangeboden kreeg en op wie men vervolgens wachtte, wachtte tot zij verder zou gaan. Ze zag het aan Sarahs ogen, hoe die het vermeden haar aan te kijken.

'Zo, hoe is het nu met je?' vroeg Sarah en Samira knikte.

'Ja. Wel goed.'

Ze praatten een poosje over haar flat, maar Samira antwoordde ontwijkend. Daarna vroeg Sarah datgene wat Samira al verwacht had, maar waar ze toch door overvallen werd.

'De Kinderbescherming is op bezoek geweest. Ze zijn met me komen praten over Leila. Weet jij daar toevallig meer van?'

Samira ging met haar tong langs haar lippen en keek neer in haar theeglas. Ze haalde een paar keer diep adem.

'Ik heb ze gebeld,' antwoordde ze toen.

Sarah staarde haar aan en Samira keek op om haar blik te beantwoorden.

'Als er iemand is die weet wat het betekent wanneer de Sociale Dienst belangstelling krijgt voor een gezin als het onze ben jij het wel. Hun vingers jeuken gewoon als ze de kans krijgen een kind bij moslimouders weg te rukken. Maar daar in het noorden, in Österbotten, mogen de *laestadianen* gewoon hun gang gaan. En alcoholisten in het hele land mogen hun kinderen houden, maar de islam is een grotere bedreiging dan de rest bij elkaar en daarom moeten de kinderen al beschermd worden tegen hersenspoeling voordat je *bismillah* hebt kunnen zeggen.'

'Je weet dat dit niet alleen om godsdienst gaat,' antwoordde Samira.

'Maar wat zou het anders zijn? Heb jij het echt zo slecht gehad? Je hebt altijd gekregen wat je nodig had, en er stond elke dag eten op tafel. Zelfs Leila hoeft niet in afdankertjes rond te lopen. Nou ja, niet dat ze ooit jouw afgedankte kleren aan had gemogen, zoals jij er tegenwoordig bij loopt.'

Samira zweeg een poosje en richtte haar blik op haar vingers.

Ze duwde de vingertoppen tegen elkaar.

'Maar mama. Het gaat niet om kleren of eten, of dat je kou lijdt of niet. De meeste mensen in Finland lopen namelijk niet met honger rond...'

'Waar gaat het dan wel om? Nou? Dat ze jullie geen hoer zullen noemen? Ik ben in een klein stadje opgegroeid en ik weet hoe gemakkelijk je een slechte naam krijgt, en hoe moeilijk het is om er weer vanaf te komen.'

'Denk je nou echt dat het me ook maar iets kan schelen hoe ze me noemen?' viel Samira haar in de rede. Sarah keek haar aan.

'Misschien op dit moment niet, maar je zult op een dag willen trouwen. En je hebt geen idee hoe het voelt wanneer de man die jij wilt hebben jou niet wil hebben omdat hij gehoord heeft hoe er over je gepraat wordt, hoe ze je noemen...'

Het werd in de keuken zo stil dat ze het gebruis in de waterleidingen konden horen toen er iemand stond te douchen. Een wasmachine die zoemde, en het gebonk toen de trommel sneller begon te draaien. Iemand die met klakkende hakken door de kamer liep. Samira keek naar Sarah, maar die wendde haar hoofd af en keek door het raam naar buiten.

'Zeg dan wat,' zei Samira, maar Sarah schudde haar hoofd.

Haar lichtblauwe ogen werden troebel.

'Wat wil je dat ik zeg?'

'Ze is al een paar keer bij me geweest. Ze heeft me verteld hoe het met haar gaat. Dat niemand tijd voor haar heeft. Weet jij waar ze overdag zit? Niet? Nee, nee. Ik ben overdag in elk geval thuis. Ik heb mijn studie, maar dat neemt niet al mijn tijd in beslag...'

'Nooit.'

'Ik zou toch kunnen helpen...' zei Samira.

'Hoor je me niet? Nooit,' onderbrak Sarah haar hoofdschuddend.

'Ze raakt achterop op school en ze...'

'Het gaat niet gebeuren, Samira!'

Sarah stond op en Samira vloog van haar stoel omhoog. Ze liep achterwaarts de keuken uit, terwijl ze zoekend om zich heen keek.

'Leila?'

Haar stem was een tikje te schel.

'Leila!'

Ze haastte zich door de hal naar Leila's kamer. Sarah liep achter haar aan.

'Ze is hier niet! Je moet hier niet met haar over praten. Ik wil niet dat ze zich rare ideeën in haar hoofd haalt.'

Samira bleef staan. Ze keek om zich heen. Opeens kreeg ze tranen in haar ogen en had ze het gevoel dat de muren op haar af kwamen. Ze kon het niet uitleggen. De deur zat niet op slot, maar het was benauwd in de ruimte en ze kreeg bijna geen lucht.

'Je hebt hulp nodig,' zei Samira. 'Je kunt het niet langer aan. Het zal slecht met Leila aflopen als je er niets aan doet. Daar kun je verzekerd van zijn.'

'De enige hier die in de problemen zal komen ben jij,' antwoordde Sarah.

'Ze zal aan mij worden toegewezen,' zei Samira.

Sarah lachte.

'En dan? Als je haar hebt? Wat ga je dan met haar doen? Moet ze net zo worden als jij?'

'Liever dat dan dat ze net zo wordt als jij.'

Ze staarden elkaar aan tot Samira haar ogen neersloeg.

Er werd gemorreld aan het deurslot en Leila kwam binnen. Met een verbaasde blik en open mond bleef ze in de deuropening staan. Even ging er iets van blijdschap over haar gezicht, maar daarna werd haar blik argwanend.

De Trix. Bliksemsnel ging het door haar hoofd dat Samira het had verteld. Maar Samira keek haar aan en Leila wist dat Samira het nooit zou vertellen. Ze duwde de deur dicht, maar niet helemaal. Ze vermoedde dat Samira wegging en ze liet de deur op een kier staan.

'Leila,' zei Samira.

Haar stem was minder vast dan ze had gewild en het was of het geluid ervan Sarah weer in beweging zette, want die riep: 'Je laat haar met rust!'

Samira wendde zich tot Sarah.

'Weet je wat ik denk? Ik denk dat ik het niet eens hoef te proberen. Je zult haar verstoten, zoals je iedereen hebt verstoten. Oma. Papa. Mij. En straks zit je daar in je eentje met God en dan vraag je je af waar het allemaal mis is gegaan. Dus het enige wat ik hoef te doen is wachten.'

Ze wrong zich langs Leila en vertrok. Toen ze de buitendeur passeerde, plantte ze haar elleboog in het glas ervan en zoals al zo vaak was gebeurd regende de ruit in scherven naar beneden.

Samira zette koers langs de vertrouwde wegen. Langs de rijtjeshuizen waar ze behalve de Jotunens niemand meer kende. Langs de heg van sparren waar de eekhoorns op haar zaten te vitten alsof ze een bekende was, en daarna langs de bankjes achter het winkelcentrum waar de daklozen een permanent kamp hadden opgeslagen. Ze hadden zelfs een plee op de kop weten te tikken, die aanvankelijk best fris was, maar die slechts provisorisch geleegd werd. Als de winters warm waren, hingen ze het hele jaar bij de banken rond, slapend onder stapels jassen en dekens, terwijl ze een vuurtje stookten van rommel en kartonnen dozen van de winkel op de hoek. Als ze ook eten kregen, dingen die over hun houdbaarheidsdatum heen waren, konden ze leven als een vorst. Een aantal van hen zou toch doodgaan door uithongering omdat ze van hun uitkering liever drank dan eten kochten. Zou salmonella dan een slechter alternatief zijn?

Samira wierp een snelle blik op de joelende, lallende meute en bedacht dat ook dit een levensstijl was, totaal tegenovergesteld aan die van de Finse oemma, maar geaccepteerd omdat hij zich concentreerde rond dat waar haar volk het meest van hield: alcohol. Daar hielden ze meer van dan van hun eigen kinderen, bijna net zoveel als dat ze van hun honden hielden.

Ze zette koers in de richting van de drenkplaats van de buurt, de Angel Bar, vlak naast Kapsalon Katja. Naar café Ronskimesta was het ongeveer driehonderd meter. Je kon onderweg niet verdwalen.

Op de stoffige binnenplaats was heel attent een gammel speelplaatsje uit de grond gestampt voor alle kinderen die hun ouders kwijt waren en erop wachtten tot die weer terug zouden komen. 's Zomers zaten de mensen die alcoholisme als levensstijl hadden met een flesje bier in de hand en een wazige blik onnozel voor zich uit te staren naar de kleine meisjes die van de glijbaan gingen of zaten te schommelen met opwaaiende bonte rokjes.

Toen ze net uit Irak was gekomen zei Rumaisa, een vriendin, een keer dat ze vond dat de Finse vrouwen eruitzagen als grote baby's als ze rondwaggelden in korte broek of minirok en met een blote buik waardoor er hier en daar wat vet uitpuilde. Het leek of ze uit hun kleren waren gegroeid maar erin rond moesten lopen omdat ze geen geld hadden om nieuwe te kopen. In haar werkelijkheid kleedden volwassen mannen en vrouwen zich aan in plaats van uit wanneer ze naar buiten gingen. Samira had om Rumaisa moeten lachen, maar elke keer dat ze een minibroekje zag en al dat babyroze losse vlees dat eronder uitkwam, moest ze onwillekeurig aan die woorden denken. Het leek net of de vrouwen in een luier rondliepen.

Maar liever luiers dan sluiers, had Samira destijds gedacht. Nu was ze daar niet meer zo zeker van.

Het was zo warm dat Samira zweette van haar snelle wandeling, maar buiten bij de Angel speelden een paar kinderen in versleten skipakken. Ze tekenden met stokjes in het zand en ze hadden die onverschillige uitdrukking op hun gezicht die kinderen vaak hebben wanneer hun kindertijd wordt onderbroken en hun talent voor spel door verantwoordelijkheidsgevoel wordt gesmoord. Toen Samira langsliep keken ze naar haar en ze bleven haar met hun zwijgende blik volgen toen ze de deur opentrok van het rokerige halfduister waarin hun ouders zaten.

Samira ging aan de bar staan en streek met beide handen haar haren naar achteren. De sjaal die ze om haar hals had, kriebelde tegen haar wang. Ze keek strak naar de glanzende flessen achter de bar. Vlezige Henry, die daar met bierglazen in de weer was, was met de jaren alleen maar omvangrijker geworden. Zijn zwarte t-shirt spande over zijn getatoeëerde bovenarmen en ook zijn huid leek op te rekken, zodat de draak die een vrouw over haar buik likte een veel te brede grijns op zijn schilferige gezicht had gekregen. Henry's eigen gezicht werd getooid door een baard en een snor in een vierkant om zijn mond, en in zijn nek plooide de huid in drie vouwen omhoog in de richting van zijn glimmende, kale hoofd.

Tegenwoordig scheren alle mannen hun haar af zodra dat dunner begint te worden en de haargrens zich naar boven verplaatst. Daardoor zien ze er allemaal uit als eikels, dacht Samira. Alleen Jussi Halla-aho deed daar niet aan. Het rechtse parlementslid schoor zijn hoofdhaar niet. Die was intellectueel. Intellectuele mannen wilden er niet uitzien zoals de massa.

Ze leunde met haar ellebogen op de bar en dacht aan haar vader. Toen iedereen voor het eerst over Halla-aho begon te praten meende haar vader dat het een moslim was. Hij wist immers alles over de Koran, en zelfs zijn naam duidde daarop. Halloaahohallaahohallaaho.

Ze lachte in zichzelf, maar haar glimlach, die een poosje op haar gezicht bleef hangen, miste zijn uitwerking op Henry. Hij overwoog of hij haar buiten de deur zou zetten. Hij wilde niet dat er ruzie zou komen. 's Avonds werd de bar altijd druk bezocht door kale mannen bij wie duidelijk op de achterkant van hun bikerjack stond bij welke club ze hoorden, of door skinheads die, als het enigszins kon, zeker op types als Halla-aho zouden stemmen. Maar het was nog zo vroeg dat niemand van de gebruikelijke clientèle zich liet zien, dus hij liet haar maar. Ze zwaaide met een bankbiljet en hij kwam met een bierglas in zijn hand naar haar toe.

'Nou, wat mag het zijn?' zei hij langzaam en slepend, maar zijn toon gaf aan dat ze een beetje voort moest maken met haar drankje en dan verdwijnen. Eigenlijk had ze hier helemaal niet naartoe moeten komen.

'Een biertje en twee shotjes. Wat heb je daarginds staan?' Ze wees naar de verlichte flessen.

'Jägermeister.'

'Ja, doe maar.'

Hij schonk voor haar in. Ze sloeg de glazen meteen achterover en zei: 'Nog twee.'

Haar maag keerde zich om, maar ze bedwong haar braakneiging met een mondvol bier.

'Rotdag?' vroeg Henry, nu iets beter gehumeurd.

Ze kocht immers wel wat. Het was zoals hij zo vaak zei: de enige goede moslim is een dronken moslim.

'Dat kun je wel zeggen,' antwoordde Samira.

Ze hield haar jas aan en ging met een pakje sigaretten voor zich aan een van de tafeltjes bij het raam zitten. Ze rookte zich door haar conversatie met Sarah heen. Ze nam het gesprek door zoals je vis schoonmaakt en smeet de woorden weg voor de meeuwen. Die mochten zich er naar hartenlust op uitleven. Ze knipperde tegen de rook in haar ogen, want ze kon niet langer helder denken. Met elke slok uit haar bierglas bewoog ze zich steeds verder van God af en steeds dichter naar haar vader toe. Ze voelde het in haar hele lichaam, hoe ze zwom, dreef. En toen ging de deur open en kwam hij binnen met een windvlaag die haar deed huiveren.

Hij was gekleed zoals de rest. In een legergroen jack, een zwarte cargobroek en hoge leren schoenen. Zijn hoofd was kaal en glom helemaal. Ze vroeg zich sloom af of ze het 's ochtends met vaseline insmeerden zodat ze beter in hun bekrompenheid konden komen. In zijn nek had hij een blauw-wit vlaggetje.

Ze was de grens van het verstand al gepasseerd en kroop niet discreet in elkaar toen ze hen zag aankomen. Ze bleef gewoon wijdbeens zitten, met haar ellebogen op tafel, zoals ze de hele middag al had gedaan. Haar keel was doorgeroest en slijmerig van te veel sigaretten. De jongens waren aan het duwen en trekken als een stelletje schooljongens. Eentje van hen kreeg haar in de gaten, trok een ander aan zijn arm en gaf een knik in haar richting. Ze nam niet de moeite haar blik af te wenden. Ze staarde hen gewoon recht in het gezicht. Ze droegen brede ringen aan alle vingers en ze wist heel goed waar dat voor was. Ze had er zelf wel eens een paar moeten afdoen om bij de Trix binnengelaten te worden.

Met een brede glimlach kwamen ze naar haar tafel.

'Is deze plek vrij?' vroeg een van hen met een beleefd gebaar.

Zijn grijns onthulde een mond vol tanden, die willekeurig geordend waren. Hij wachtte het bevestigende antwoord niet af, maar trok gewoon een stoel naar zich toe. Samira blies met neergetrokken mondhoeken rook uit. Opeens kon het haar allemaal niets meer schelen en ze zei: 'Natuurlijk.'

Ze namen plaats rond haar tafel, ook al was er amper ruimte. Hun jacks waren te groot. De gouden kettingen om hun nek te zwaar. De lucht om hen heen zwol op en stootte hen af. Ze keek naar een vuist die langs een bierglas streek. Die was bleek en had grove poriën. Ze kon zich de trage bons voorstellen wanneer die zwaar op vlees landde. Op de knokkels had hij F-U-C-K laten tatoeëren. Samira had de neiging te giechelen toen ze dat zag, maar daar was ze te dronken voor. Daarom keek ze hem maar gewoon recht aan. Zijn blik was mistig. Gevaarlijk. Ze wist niet wat voor brandstof die club op doordeweekse dagen gebruikte, maar als ze nuchter waren, zou het al riskant genoeg zijn. De jongen van wie de vuist was, glimlachte naar haar.

'Hoe gaat het met deze dame?' vroeg hij, en ze tilde haar glas naar hem op.

'Z'n gangetje.'

'Je weet toch wel waar je zit, hè?' vroeg hij.

Met gespeelde verbazing lichtte ze haar billen iets op van haar stoel.

'Op een stoel,' zei ze met een blik naar beneden.

'Wees nou maar niet zo bijdehand. Als je hier vaker kwam, zou je weten dat dit niet gewoon een stoel en een tafel zijn, maar onze tafel en stoelen. Kijk hier maar,' zei hij terwijl hij met zijn vinger wees naar iets wat in het tafelblad was gekrast.

Ze stak haar nek uit om te kijken waar hij wees. Er stond 'Onze tafel'. Samira haalde haar neus op.

'Wat schattig,' zei ze toen. 'Dat deed ik vroeger ook. Toen ik nog op school zat.'

'Nu moet je niet beginnen te kutten. Je weet net zo goed als wij dat je hier niet moet zijn. Dit is onze plek.'

'De laatste keer dat ik ernaar vroeg, was hij van Henry,' antwoordde Samira terwijl ze naar de bar keek.

Vlezige Henry wierp haar een steelse blik toe, maar wendde zich daarna weer tot een klant. Geleidelijk was het drukker geworden in de bar en het geluidsniveau was omhooggegaan. Niemand hoorde waarover aan Samira's tafel gepraat werd en Henry gaf aan dat hij niet van plan was zich ermee te bemoeien. Ze had haar drankjes allang op moeten hebben en weg moeten wezen voordat de herrieschoppers van vanavond kwamen, maar ze had ervoor gekozen te blijven zitten, zich volledig bewust van de gevolgen, dus moest ze het zelf maar uitzoeken. Ze slikte en voelde zich ter plekke kleiner worden. Ze bereidde zich voor op van alles en nog wat, maar ze wist dat deze jongens een rijke fantasie hadden. Het waren geen hobbyracisten. Het waren profs. Nu leunden ze met krakende kleren over de tafel naar voren.

Pief, paf, poef, schoot het door haar hoofd en onwillekeurig moest ze lachen. Ze zweeg snel toen de grootste van hen nerveus met zijn ogen begon te knipperen. Ze zag dat hij nijdig begon te worden.

'Dat zit hier maar een beetje d'r uitkering op te zuipen,' zei hij zachtjes.

Dat kon Samira inderdaad niet ontkennen, dus ze pakte haar glas en nam een grote slok.

'En het smaakt nog verrekte goed ook,' antwoordde ze, maar

ze was nauwelijks uitgesproken of het glas vloog uit haar hand en belandde met een klap naast de jukebox.

De jongen die daar stond was lang en slank. Hij had een oogje op het vriendenclubje gehouden vanaf het moment waarop het allemaal was begonnen. Nu stoof hij op en kwam naar haar toe.

'Kuthoer!' mompelde hij, terwijl hij langs het trio drong dat bij het tafeltje zat te broeden.

Hij boog zich voorover en greep Samira bij haar haren. Ze deed haar ogen dicht en zette haar tanden op elkaar. Hij trok haar van haar stoel omhoog, maar een van zijn kameraden hield hem tegen.

'Hé, Pitertje. Rustig aan. Het was mijn fout, hoor.'

'Je had me anders bijna vermoord met je verrekte glas,' vervolgde degene die Pitertje werd genoemd terwijl hij Samira meesleurde naar de uitgang.

Zijn vrienden bleven aan tafel zitten.

'Ik zal die hoer zelf wel even een lesje leren!' riep Pitertje.

Iemand reageerde door te zeggen dat hij een condoom moest gebruiken, anders zou zijn lul er de volgende dag af vallen. Samira's lichaam voor zich uit duwend baande hij zich een weg. De tranen sprongen haar in de ogen van de greep om haar haren. Ze bezeerde haar ellebogen aan de deur en struikelde over de mat. Toen ze op de parkeerplaats kwam, begon ze te gillen. Hij legde zijn hand over haar mond en fluisterde in haar oor: 'Sorry, hoor. Ik moest zorgen dat het wel een beetje echt leek.'

Ze bleef gillen, slaan en schoppen toen hij haar een auto in sleepte en het voorportier dichtsmeet. Terwijl hij wegreed, brachten zijn kameraden binnen in de Angel Bar door het raam een toost op hem uit.

Samira drukte zich tegen het portier en tastte naar de handgreep. Ze was opeens misselijk. Ze wist het portier open te maken en gaf onder het rijden over. Hij gilde: 'Pas op voor de bekleding!' Daarna remde hij af.

Zij rolde de auto uit, maar hij was er al bij. Terwijl ze met pijnlijke knieën op het trottoir lag, boog hij zich over haar heen. Hij haalde een pakje sigaretten uit zijn zak. Haar gezicht was nat van zweet en tranen.

'Rustig nou maar,' zei hij en toen was het alsof de mist in haar hoofd optrok.

Het was een heel gewone middag. Herfst. Schoolkinderen met bovenmaatse schooltassen liepen gehaast over het trottoir. Iemand keek in hun richting, maar niemand maakte zich echt druk. Ze keek op, recht in zijn ogen. Ze waren bruin. Net als de hare.

'Wat wil je van me?' lalde ze terwijl hij een sigaret uit het pakje tikte.

'Niks. Je naar huis brengen. Je hebt toch wel een huis?'

Ze knikte, haar blik gericht op zijn vingers.

Hij stak een sigaret op en met behulp van de eerste vervolgens nog een, die hij haar aanreikte. Ze aarzelde, maar nam hem toch aan. Ze inhaleerde diep en keek hem aan. Hij zat op zijn hurken voor haar. Hij glimlachte, maar zij niet. Nog niet. Hij stond op. Hij zei tegen haar dat ze ook moest opstaan en weer moest instappen, en dat deed ze. Ze reden hard en rookten, en de muziek in de auto bonkte. Ze kon de keren dat ze in een auto had gezeten op de vingers van één hand tellen, want bij haar in de familie nam je de bus. Dit was de auto van een vriend, vertelde hij toen ze over de snelweg de stad binnensuisden. Ze voelde hoe de snelheid haar een kriebelend gevoel in haar buik gaf.

Goh, dat het zo kan zijn, dat iemand zo leeft, gewoon in een auto springt en ervandoor gaat, hard rijdt, zo vaak als hij wil, dacht ze. Ze zag hoe in zijn ogen een glimlach werd gewekt die meer glinsterde dan eigenlijk had gemoeten.

Ze wendde snel haar blik af, want ergens diep in haar binnenste was iets ontbrand op een manier die angstaanjagend was. Het was iets wat ze nog niet eerder had meegemaakt. Dat een blik net een elektrische schok kon zijn. Ze durfde hem niet opnieuw aan te kijken, bang dat hij het aan haar zou zien, dat ze dacht als een hoer, en ze voelde het bonken in haar hoofd. Te veel drank en sigaretten. Ze liet zich achteroverzakken in haar stoel.

De rest van de rit keek ze recht voor zich uit en ze begon zich precies zo rot te voelen als ze verdiende. In de kleine uurtjes werd ze wakker met hoofdpijn en een vage herinnering dat hij haar de trappen had opgedragen. Ze had haar schoenen nog aan haar voeten, haar jas en sjaal aan haar lijf, en haar maagdelijkheid was nog intact.

Ze stond van het bed op en liep wankelend naar de keuken om een glas water in te schenken waaraan ze een pijnstillend bruistablet toevoegde. Terwijl het in het glas siste en bubbelde, liep ze naar het balkon. Het was nog donker, op de manier waarop dat in de nazomer vlak voordat de zon verrassend boven de horizon uitkomt vaak het geval is, en ze huiverde in de koude tocht. Ze trok haar jas steviger om haar lichaam. De confrontatie van gisteren en haar daaropvolgende dronkenschap hadden haar tot in het diepst van haar ziel geschokt en ze stond een poosje tegen haar tranen te vechten. Ze greep de balkonreling met beide handen vast en ging op haar tenen staan, gewoon om naar beneden te kijken. Haar haren vielen over haar wangen en ze slaakte een diepe zucht.

Ze dacht aan de asfaltengelen. Hun handen om de balkonreling, hun vingers die probeerden zich in haren en huid in te graven, sommigen klampten zich vast en hun vingers werden door een voet verbrijzeld, anderen hesen zich gehoorzaam over de reling, vrijwillig. Ze sprongen om te ontsnappen.

Ze werden asfaltengelen genoemd, maar het waren geen engelen, maar gewoon gevallen meisjes die zichzelf en hun verlangen boven de straat uit elkaar lieten spatten. Ze waren al dood voordat ze de grond raakten. Als holle vaten doolden ze rond, misschien maandenlang, al dood. Zonder zich daar bewust van te zijn.

Zelf zou ze nooit springen. Ze zouden haar naar beneden moeten smijten en ze zou zich gewoon weer terugklauwen naar het leven, veel te wild om te kunnen worden uitgedoofd. Ze dacht aan Jasmina, die altijd zei dat Samira was ontsnapt, met haar flatje en haar studie, en dat, ongeacht waar ze zich mee bezighield, niemand daar iets tegen kon doen, omdat haar moeder een Finse moslim was en haar vader een soort *kafir*.

'Jij hebt geen broers,' zei ze altijd tegen Samira. 'Jij hebt geen familie die je in de gaten houdt, die altijd vertelt waar ze je hebben gezien en met wie, en je weet niet hoe het is wanneer al die verschillende dingetjes bij elkaar worden opgeteld en je uiteindelijk bekendstaat als iemand die altijd met verschillende vrienden te zien is, op verkeerde plaatsen. En ook al sta en loop je daar toevallig, en ga je daarna meteen naar huis en doe je niets fout, dan is dat toch precies de fout: dat je zichtbaar bent. Dat je uitgaat. Dat je met mensen praat. Dat je je met je lijf tussen andere lijven beweegt. En opeens zeggen ze zelfs dat je alleen naar de moskee gaat om naar jongens te gluren. En dat geloven de mensen dan algauw. Vervloekt is degene die ook nog mooi is en de aandacht weet te trekken. Die is kansloos.'

Maar Samira was eenzaam. Ze keek Jasmina aan en zei: 'En weet je hoe het voelt wanneer zich sowieso niemand druk om je maakt? Als je de halve stad zou kunnen neuken, maar niemand je belt om te vragen hoe het nou echt met je gaat? Nee, daar weet jij niks van. Jij klaagt dat ze zich te druk maken over wat je doet, maar er is niemand die zich ook maar ene moer aantrekt van wat ik doe.'

Ze hadden elkaar niet begrepen. Ze hadden elkaar mompelend aangestaard en waren algauw uiteengegaan. Jasmina was naar haar gevangenis thuis teruggekeerd en Samira was in die van haarzelf gebleven. De een opgesloten, de ander buitengesloten.

Samira liet de balkonreling los. Heel even was haar hoofd duizelingwekkend leeg en ze kon in haar lichaam de val voelen. Daarna deed ze een paar stappen naar achteren en ze struikelde bijna over de drempel voordat ze de woonkamer in stapte. Ze liep snel naar het aanrecht en dronk het glas dat daar stond in één teug leeg.

oktober 2007

Leila

HOOFDSTUK 22

Tango met Anna

Anna staat in de pauzes altijd dicht bij de deur om als eerste naar binnen te kunnen gaan, en ze bekijkt de kringen van leerlingen, groepen die net zo stevig verknoopt zijn als de veters van haar schoenen.

Het schoolplein is vol stemmen. Ze komen als radiosignalen langszeilen, maar het lukt haar voor geen enkele ervan de juiste frequentie in te stellen. Als een van de leraren langsloopt wendt ze zich af, ze wil niemand aankijken, maar tijdens de pauzes kijken ook de leraren straal langs haar heen, met een vreemd glazige blik.

Tijdens de pauzes verdwijnt ze. Meiden uit haar klas in kleurrijke clubjes. Ze slieren zo dicht langs haar heen dat zij zich tegen de muur moet drukken. Zo dicht dat ze de geur van hun deodorant kan ruiken, de zachte donshaartjes op hun gladde, zongebruinde wangen kan zien. Soms geeft iemand haar zonder een spier te vertrekken een duw. Ze zien. Ze kiezen wat ze zien. Kiezen ervoor niet te zien.

Ik sta haar met mijn handen in mijn zakken van een afstandje op te nemen, met mijn capuchon op mijn hoofd en mijn rugzak op mijn rug.

Anna staat met haar blik naar de grond in de steentjes te schoppen. Ze heeft ervoor gekozen op het kerstfeest te zingen zodat ze tijdens de pauzes in het schoolgebouw mag zijn, weliswaar met Linda Lindqvist, maar alles is beter dan de eenzaamheid van de pauzes. Anna's blik kruist de mijne. Twee eenzamen. We zouden kunnen. Maar Anna wil niet. Ze kijkt weg.

De jongens maken hun rondjes. Ze komen van de onofficië-le rookplek achter het pompgebouwtje. Als ze dichterbij komen, wordt de tabakslucht sterker en ze stevenen recht op Anna af. Ze omsingelen haar en zij blijft doodstil staan, want ze weet dat het geen zin heeft om te gillen of weg te rennen.

Haar spijkerbroek is te kort. Ze heeft geprobeerd de zomen los te tornen en de pijpen aan de onderkant uit te leggen om hem wat langer te maken, maar wat helpt dat als de broek in de taille op-gehesen is om niet van haar spichtige lijf te zakken? Ze draagt een bril en geruite bloesjes die veel te groot zijn. Onder haar bloes is ze plat. En daar komen de jongens. Ze lopen wijdbeens, hun voeten in reusachtige schoenen met losse veters gestoken, en ze hebben altijd een grijns om hun lippen. Anna staat van haar ene voet op de andere te wippen en houdt de schouderriemen van haar rugzak zo stevig vast dat haar knokkels er rood van worden. Weet ze echt niet dat je een Guess-tas moet hebben? Miu Miu of Louis Vuit-ton is ook prima. Maar niet die versleten, tweedehands rugzak die Anna heeft, een soort vunzig zakje. Die trekken ze van haar af zo-dat ze met een ruk naar achteren schiet. Micke rent schel lachend een half rondje met de rugzak terwijl Kriba Anna beetpakt. Ver-volgens: papiersnippers boven Anna; resten van geruite schriften, muziekpapier en huiswerk dwarrelen over haar neer. Haar gezicht is verhit maar onbewogen, haar blik helemaal verstijfd achter haar bril.

Terwijl Kriba Anna's rugzak leegt, pakt Micke haar nu vast en hij draait haar met haar gezicht naar zich toe. Ze kijkt recht in zijn bleekblauwe ogen. Hij pakt haar in walshouding beet en danst met haar. Ze hangt helemaal slap in zijn armen. Terwijl iemand met de baard in de keel 'taaa-ram-tam-taaa' zingt, een valse tango, en een meisje schel lacht, vliegt Anna alle kanten op.

'Nee, maar moet je hun zien! Nee, die zijn gek!'

En enkelen draaien zich om en gillen: 'Kom snel kijken! Waar zitten jullie?'

Dan roept Micke: 'Finale!' en hij tilt Anna op in zijn armen.

Om niet te vallen en met haar hoofd tegen het asfalt te slaan, hangt ze om zijn nek en hij houdt haar dijbenen vast zodat haar benen aan weerskanten langs zijn lichaam bungelen. Dan stoot hij met zijn onderlijf naar voren en naar achteren, en nu lacht iedereen hysterisch. Anna stuitert op en neer en Micke roept: 'Oooh! Oooh!'

Anna's haar plakt op haar gezicht. Haar bril glijdt naar beneden en komt scheef te zitten. Kriba bewerkt Anna's billen van achteren: 'Oooh, oooh!'

De bril valt op de grond, Anna valt op de grond en Micke en Kriba kijken elkaar lachend aan. Ze zijn vrienden. Ze zijn leuk. De grappenmakers van de klas, de favorieten van de meisjes. Ze laten Anna in haar eentje rondkruipen om de restanten van haar schriften, haar boeken en haar pennen bij elkaar te rapen, die alle kanten op zijn gerold en waar iemand op gaat staan zodra ze die wil pakken. Maar Micke en Kriba lopen verder. Ze zijn nog niet door iedereen in audiëntie ontvangen. Ze naderen mij. Ze hoeven niet eens naar me te kijken of ik weet al waar ze naartoe gaan. Ik werp een snelle blik naar de deur, maar op de gang patrouilleert de pauzesurveillant. Het is kansloos om binnen te komen, nog niet eens om naar de wc te gaan.

Nog even, dan zijn ze bij me.

'Vond je het leuk wat je hebt gezien? O, wat was dat lekker!'

Gelach. Ze kijken om zich heen.

'Wil jij misschien ook een beurt? Ik zie heus wel aan je dat je dat wilt,' zegt Kriba.

Ik reageer niet. Mijn mond is dicht vanbinnen, vanbuiten.

'Is het trouwens waar dat ze je klit hebben weggesneden en je kut hebben dichtgenaaid?' vraagt Micke.

Gelach. Ze kijken om zich heen.

'Ja, ja, dan is het vast extra lekker, als je zo klein en nauw bent. Misschien moet er een mes aan te pas komen om je doos eerst een beetje open te snijden?'

Micke kijkt me aan. Blauw ontmoet bruin. De bel gaat. Hij

blijft me een poosje aankijken. Dan loopt hij weg. Het korte moment van contact is voorbij.

oktober 2006

Samira

HOOFDSTUK 23

Als iedereen een hoer was

'Het zou het meest humaan zijn om meteen na de geboorte bij meisjes het maagdenvlies operatief te verwijderen,' zei Jasmina en ze stak een sigaret op nadat Samira haar had verteld over de Angel Bar en hoe bang ze was geweest dat Piter haar zou verkrachten.

'Dan zou niemand over maagden dit en maagden dat zitten te drammen. Er zouden geen maagden zijn. Niet met bloederige lakens en zo.'

Ze zaten aan Samira's keukentafel. Jasmina was met droge bladeren onder haar schoenen naar binnen geglipt en had in de hal de kou van zich afgestampt. Ze zetten thee om warm te worden. Buiten in de schemering gloeide de herfst voor het raam.

'Nou, ik weet het niet. Dan zou er immers niets zijn wat tussen kleine meisjes en vieze oude mannen in staat. Die zouden gewoon hun gang kunnen gaan,' zei Samira terwijl Jasmina hoorbaar een rookwolk in haar richting blies.

'Heeft dat tot nu toe wel gewerkt, dan? Er is niets in de wereld wat tussen kleine meisjes en vieze oude kerels in staat, een maagdenvlies al helemaal niet, Samira. Als dat zou moeten werken, zou het van titanium gemaakt moeten zijn. En wat schiet je daarmee op als een meisje toch altijd gewoon de schuld krijgt, hoe klein ze ook is? Als haar hele wezen *fitna* belichaamt. Ik raad je aan om jezelf van je maagdelijkheid te ontdoen. Dan valt in elk geval geen jongen die eer te beurt.'

Jasmina inhaleerde diep.

'En bovendien. Het ergste is dat een maagdenvlies niet eens

bestaat. Niet op de manier zoals ze het ons vertellen. De meeste meiden bloeden helemaal niet. Maar probeer dat maar eens aan onze ouders te vertellen. Dan krijg je meteen dat gedram te horen dat dat alleen maar pogingen zijn van lesbische verpleegkundigen van de schoolartsendienst om ons allemaal ons seksuele debuut te laten maken, en daarna zitten we daar met onze bloederige onderbroekjes en beseffen we, te laat, dat papa en mama weer gelijk hadden. Het is net een psychologisch spelletje. De een zegt dit en de ander dat, maar hoe is het, Samira? Heb jij een maagdenvlies? Niet? Weet je het zeker? Als je het niet hebt, dan ben je het zeker op de een of andere manier kwijtgeraakt, want nette meisjes hebben er namelijk wel eentje.'

Samira wuifde de rook weg die Jasmina in haar richting blies en wendde haar blik af. Net als Samira had ze haar hele leven hetzelfde te horen gekregen: 'Blijf bij jongens uit de buurt.'

Jongens waren het kwaad in persoon. Die wilden iets van haar wat zij hun absoluut niet wilde geven.

Jasmina's vader had haar voorbereid. Hij had een van haar broers als voorbeeld genomen en haar laten zien waar ze moest slaan als ze ooit met een vent alleen in een ruimte achterbleef. Die arme Sebastian, die de bittere vrucht van hun inspanningen had moeten smaken toen Jasmina bij de gymnastiekles een keer samen met hem in het magazijn springtouwen voor de klas moest ophalen.

'Ik zal toen een jaar of acht geweest zijn,' zei Jasmina, 'en ik rende heel gehoorzaam en vrolijk weg met Bastian. Toen we in het magazijn kwamen, was het helemaal donker en ik begreep opeens dat ik precies in een situatie was beland waarvoor papa en mama me altijd hadden gewaarschuwd. Bastian en ik. Samen alleen in een ruimte. Dus ik raakte in paniek en ik sloeg hem gewoon recht in zijn ballen. De stakker viel en bleef op de grond liggen, terwijl ik gillend wegrende.'

Jasmina schudde haar hoofd bij de herinnering.

'Er volgden een extra ouderavond en serieuze discussies met de directeur, en ik moest beloven dat ik dat nooit meer zou doen, en ik was doodsbenauwd voor wat er daarna zou gebeuren, toen we weer naar huis gingen. Wat de straf zou zijn omdat ik alleen met een jongen in een ruimte was geweest. Maar papa omhelsde me en zei dat ik het goed had gedaan. Precies zoals hij me geleerd had.'

Vanaf die dag had ze jongens gemeden als de pest. Ze voelde dat ze in de zaak Sebastian op het nippertje was ontsnapt en dat het haar fout zou zijn geweest als er iets vreselijks was gebeurd. Want zij had zichzelf immers in die situatie gebracht. Vrijwillig was ze met hem naar het magazijn gerend. Ze had geen idee wat er zo vreselijk was. Dat had niemand haar verteld. Ze had zich een soort strijd voorgesteld, maar wat er zou gebeuren nadat hij haar op de grond had gewerkt wist ze niet. Daar hield haar fantasie op.

'Later begreep ik dat natuurlijk wel, wat jongens willen. Maar ik snapte ook dat jongens helemaal niet vreselijk zijn. Ze zijn gewoon lekker, en ik ben gek op ze. Ze zijn lekker tot ze hun zin krijgen en daarna zijn het net je broers die over hoeren zitten te praten. Ik dacht serieus dat mijn broers naar prostituees waren gegaan voordat ik doorhad dat voor hen alle meisjes hoeren zijn.'

Jasmina pauzeerde even en staarde voor zich uit in het luchtledige, waarna ze vervolgde: 'Maar stel je voor, Samira, als er nou ook eens een beetje energie werd gestoken in het opvoeden van jongens. Stel je voor hoe het dan zou zijn. De Koran zegt dat alle gelovige mannen en alle gelovige vrouwen hun blik moeten neerslaan en niet naar elkaar moeten zitten gluren, maar wat doen de vaders wanneer hun jongens het over al die hoeren van hen hebben? Niets. Ze zijn zelf namelijk net zo geweest.'

Jasmina keek Samira met een schuin hoofd aan.

'En, ben je van plan om weer met hem af te spreken?'

oktober 2007

Leila

HOOFDSTUK 24

Amy is Amy en Annie is niemand

Wanneer ik op een dag uit school thuiskom, ligt mijn mobieltje op de keukentafel met een handgeschreven briefje van mijn moeder eronder.

'Heb hem bij de politie opgehaald. Er liggen gehaktballetjes in de koelkast maar je moet er nog aardappels bij koken. Ben vanavond laat.'

Ik verfrommel het briefje, gooi het weg en zet dan mijn mobieltje aan. Het knippert en pingelt en vraagt om mijn pincode en is precies zoals het altijd is, maar het voelt toch verkeerd want het is in vreemde handen geweest.

Het toestel begint te zoemen en er komen een paar berichten door. Ik open ze. Een paar van Linda, die allemaal dezelfde zeurderige toon hebben.

'Bitch waar zit je?' en meer van dat soort dingen.

Een paar berichten van leraren die zich afvragen waar ik eigenlijk uithang, omdat ik bij die of die les had moeten zijn, en een paar die afkomstig zijn van een nummer dat ik niet ken. Ik aarzel, maar open er eentje.

'Hoi. Ik heb je nummer een hele tijd geleden een keer van Samira gekregen, just in case, en nu is het in case. Stuur me even een berichtje, Jasu.'

Jasmina. Ik laat de telefoon zakken en voel hoe mijn hart begint te bonken. Mijn vingers glijden een beetje zweterig over de toetsen.

'Ben ik weer. Ik weet dat onze relatie niet top was maar je zou me kunnen sms'en. Ik moet met iemand praten. Jij bent de enige die er is.'

En daarna: 'Waar zit je?'

En daarna: 'Ik voel me nu een beetje een meid van veertien die achter een jongen aan zit die geen belangstelling voor me heeft maar je zou toch kunnen reageren en zeggen dat ik moet oprotten of zo...'

En als laatste: 'OK. Ik snap de hint.'

Ik denk: *Sorry, sorry, Jasmina* en tik vervolgens snel een berichtje in.

De telefoon glinstert en knippert en leeft. Contact.

Het komt steeds minder vaak voor dat we na schooltijd bij Linda aan de keukentafel zitten met glossy's, die nog geen paar minuten geleden onder Linda's beschermende jack zijn verdwenen van de plank bij de winkel op de hoek, langs de rij bij de kassa naar buiten, en die nu opengeslagen voor ons liggen.

Met zweterige vingertoppen bladeren we verder, op jacht naar vaste sterren waar we onze navigatie op kunnen richten. Al die voorovergebogen hoofden, gezichten die schuilgaan achter grote zwarte brillen, broodmagere benen in lichtblauwe spijkerbroeken en op spitse hoge hakken, en piepkleine hondjes in tasjes die rinkelen van het geld hebben iets waardoor Linda en ik de tijdschriften bijna stukscheuren in onze strijd om als eerste bij de gedetailleerde informatie te komen over de laatste trip naar de rehab of over luxe aanschaf.

'Dat zal ik op een dag zijn,' hijgt Linda, terwijl ze met een dromerige blik naar het aanrecht kijkt, waar de schalen in gevaarlijk hellende stapels staan opgetast en waar je snel een bord moet afspoelen als je, wat onwaarschijnlijk is, iets in de koelkast zou vinden om in de vlekkerige magnetron op te warmen.

Tussen mascara en kohlstreep door kijkt ze me aan en ze leest hardop en demonstratief voor over Britneys nieuwe hond of nieuwe kind of nieuwe plaat die flopt, maar ik zit heen en weer te schuiven op mijn stoel en kijk op mijn horloge. Onder de tafel het mobieltje dat vibreert en een blik die naar beneden verdwijnt.

'Hoi snotneus. We zien elkaar in het winkelcentrum.'

En ik zeg dat ik moet gaan. Linda achtervolgt me met het tijdschrift in de aanslag.

'Swarkovski-kristallen!' gilt ze snerpend. 'Die plakt iedereen op zijn mobie... ach laat maar, je luistert niet eens!'

Ze slingert het tijdschrift achter me aan, maar het raakt mijn rug niet en landt met een plof naast de voordeur.

Met een kopje koffie erbij zitten we samen te puzzelen met Samira's leven, we praten met zachte stemmen en wisselen informatie uit die zo lang geheim is geweest. Wist jij dat... nee, dat meen je niet... En elke keer dat ik met een waardevol stukje weet te komen waar Jasmina geen idee van had, leunt ze zachtjes tussen haar tanden fluitend achterover en blaast ze haar wangen bol. Dan is het net of ik zou kunnen wegvliegen van trots. Ik ben haar zus. Haar Zus. Jasmina is gewoon de vriendin die haar verliet en die werd verlaten. Deze momenten, het is net of die haar terug zouden kunnen halen. Alsof we Samira opbouwen, stukje bij beetje, tot ze weer echt is. Tijdens onze ontmoetingen vormt zich de echte Samira; de zus in het ziekenhuisbed verdwijnt in de krochten van ons geheugen.

Wanneer ik later naast Samira zit en haar hand of haar haren streel, is het of ik geen woorden meer heb. Die zijn al naar Jasmina gegaan. Dus in plaats van met haar te praten lees ik over de sterren voor uit *What!* en *Snap-Magazine*, en Samira ligt te luisteren. Ik druppel sterren in haar oren en terwijl ik lees, voel ik dat de taal oplost tot de tekst op de tijdschriftpagina's er niet meer toe doet. Die is niet eens waar. De sterren hoeven niet eens te bestaan. Ik verzin dingen, want het maakt niet uit wat ik Samira zit te vertellen. Dus vertel ik haar over de oudere zus van Amy Winehouse. Annie. Annie Winehouse.

Annie Winehouse is niet zoals Amy. Toen Amy als een junk

in smerige hotelkamers lag, ging Annie naar klassieke concerten. Voor haar ontwikkeling, zei ze met een knipoog toen ze werd ge-interviewd door *Snap-Magazine*. Net als Amy was ook Annie min of meer een slordige muzikant. Hun stijlen leken op elkaar, hun stemmen leken op elkaar, soepel en raspend, oeroud en jong, alles tegelijk, maar tegelijkertijd was het verschil immens. Amy Wine-house had namelijk iets. Iets waar de muziekcritici de vinger niet precies op wisten te leggen. Een glans in haar junkie-ogen. Een klank in haar kapotgezopen stem. Een gloed over haar getatoeëer-de, geprikte en uitgeteerde lichaam. Amy had gele tanden, terwijl Annie witte had. Amy's haar viel uit, terwijl dat van Annie dik en glanzend bleef. Amy lag in haar eigen braaksel op een hotelkamer, terwijl Annie met een alpinopet op en suèdelaarsjes aan in een studio op een trompet zat te blazen. Amy was altijd van de partij, met een heroïnenaald in haar arm, terwijl Annie onder een wit donzen dekbed in haar bed liedjes zat te schrijven in een geruit schrift, een slaapmuts op haar krullende haar. Onder die slaap-muts zat haar haar. Het haar dat haar alles had moeten schenken wat haar hartje begeerde en nog meer, want dat is zo met haar: het kan iedereen in wie het maar zin heeft betoveren en verwoesten. Maar Amy had geen haar, dat was uitgevallen, en toch was Annie totaal niet in staat iemand te betoveren of te verwoesten. Zichzelf nog het minst. Maar ze vroeg het zich af. Ze vroeg zich af wat Amy (die op dat moment op handen en knieën op de vloer in Hamper Bar rondkroop in een poging haar wisselgeld en een oorbel te vin-den) had wat zij niet had en wat ze kon doen om het te krijgen. Ze veranderde van kledingstijl (grunge in plaats van hipster), van kapsel (hanenkam in plaats van loshangend), van manier van pra-ten (vloeken in plaats van beschaafde woorden) en van houding (hard en kil in plaats van warm en welwillend), maar niets leek te helpen. Amy is Amy en Annie is niemand, werd er gezegd.

'Wat ik ook doe, het is gewoon fout,' zei ze in een interview met *Snap-Magazine*, en zuchtend leunde ze met haar kin op haar hand.

'Je moet er helemaal gek van worden,' reageerde de journalist en Annie keek hem met grote ogen aan.

'Moet dat?' vroeg ze. 'Maar zo zit ik niet in elkaar.'

'De mensen houden alleen maar van degenen die echt gek worden. De dood of de dreiging van de dood is het enige wat acceptabel is. Ze kunnen van een kilometer afstand zien wie fake is,' antwoordde de journalist terwijl hij zijn spullen bij elkaar raapte. Zijn bandrecorder. Zijn notitieblok. Zijn pen.

Annie bleef achter aan een ronde tafel met een namaakanjer in een vaas en zoog op de top van haar pink, terwijl ze zat te piekeren. Of ze gek zou worden. Met opzet. Maar echt. Daarna schudde ze haar hoofd. Daartoe was ze niet bij machte, dacht ze, want als er iets was wat ze was, dan was het bij haar volle verstand. Aan haar hoofd had nooit iets gemankeerd. Dat zei James Hammock toen zij hem tussen de bierkratten in de achterkamer van Hamper pijpte om ervoor te zorgen dat ze haar eerste platencontract mocht tekenen en hij ondertussen een foto van Amy voor haar gezicht hield.

En op dat moment begreep ze dat de kunst alleen voor gekken is weggelegd, en dat zij, hoe vlijtig en goed ze ook was, hoe hard ze ook werkte, nooit een naald in haar arm zou steken en met haar ogen zou rollen, en dat ze daarom ook nooit aanbeden en geroemd zou worden door al diegenen die mensen ophemelen en naar beneden halen. Zoveel van zichzelf zou ze nooit geven. Maar de windhonden. De windhonden wilden alles hebben.

Een tijdje later verdween Annie Winehouse uit de media en uit de schijnwerpers, die eigenlijk nooit van haar waren geweest. Ze pakte haar egoïstische drang tot zelfbehoud en haar verstand in een koffer en verhuisde. Er werd nooit meer wat van haar vernomen, maar iemand vertelde me dat ze bibliothecaresse was geworden in een stadje op het platteland. Haar verdiende loon, vind ik. Amy bleef over. Stervend, mompelend, stoned en vloekend. Precies zoals ze moeten zijn, willen ze voor ons goed genoeg zijn. Stervend, zoals we ze graag hebben.

De stoel van Amy Winehouse bij *The Tonight Show* vertoont een gapende leegte. Er wordt gewacht. Ze komt niet opdagen.

Maar Samira, zolang er in de Hollywood Hills leven is, is er hoop. Wanneer ze elkaar tegenkomen, botsen en in elkaar opgaan, brengen de grote sterrenclusters aldoor nieuwe sterren voort. Britney is weer zwanger. Binnenkort baart ze een ster die gekleurd is door al haar soja-lattes. Weer een constellatie die de flitsende paparazzihemel domineert. Wanneer die als een champagnekleurige supernova explodeert, zal de toekomst van de sterrenhemel veiliggesteld zijn. Duizenden knipperende oogjes die nieuwe constellaties vormen.

Amy Winehouse is daar niet. Waarom verrast me dat niet?

Ik laat het tijdschrift op mijn schoot zakken en uit mijn handen glijden. Met een glad en koud geluid landt het op de vloer. Ik zie Samira. Daar ligt ze. Voor me. Op de vloer het tijdschrift, Samira warm en levend in het bed. Hoelang ligt ze daar al? Ik kijk naar haar alsof ik haar voor het eerst echt zie. Maar ik begrijp dat zij ook niet de antwoorden op alle vragen heeft.

Opeens word ik bang, daar bij Samira. Dat is me nog niet eerder overkomen. Ik heb steeds gedacht dat ze zich voor ons verstopt, maar ik realiseer me plotseling dat we haar onderweg misschien zijn kwijtgeraakt en ik strek mijn hand uit om de hare te pakken. Geen spiertrekking die zou kunnen verraden dat ze me herkent; gewoon de droge, warme, slappe greep van een slapende hand in eentje die wakker is. Ik leun naar voren. Breng mijn lippen dicht bij haar haren. Ze ruikt sterk naar iets synthetisch. In hetzelfde tempo als waarmee de infuusvloeistof bij Samira binnensijpelt, dringt de ziekenhuiswerkelijkheid tot mij door. Maar ik wil er niet aan. Wil niet. Wil niets.

'Wat wil je dat we doen?' fluister ik.

Ik wrijf met haar hand langs mijn ogen, maar er gebeurt niets. Samira blijft slapen en ik blijf zitten. Wanneer ik het niet meer kan volhouden om te blijven zitten ga ik naar huis.

oktober 2006

Samira

HOOFDSTUK 25

Hoe Samira haar maagdelijkheid verloor

Ze zaten samen op Samira's bed in lange zachte T-shirts en met hun kousen tot de knieën opgetrokken, het glanzende haar los over de schouders. Samira's krullen, waar al veel borstels in gesneuveld waren, en Jasmina's mooie golven, die ze desgewenst kon opsteken. Jasmina had een baantje aangenomen als glazenophaler in de Trix en de doorwaakte nachten spreidden zich als donkere schaduwen uit onder haar ogen. Samira rook naar frituurvet van hamburgers en friet. Ze zaten te roken en de rook hing onder het plafond en kleurde de crèmekleurige muren nog geler. De asbak stond op het bed naast Samira's knie, die bijna wit was maar toch die vleug van donkerte had, een pigment dat wachtte op de zonnestralen van de Maghreb. Als ze als kind aan het strand in de glinsterende golven speelde, werd ze altijd pikzwart. Ze wist nog hoe de golven haar hadden gedragen en haar blik zich in het blauw van de hemel had verloren, en ze sloeg zuchtend een bladzijde om van een van de tijdschriften die met de lesboeken sociologie en de vrijetijdslectuur op het gebied van islamitisch feminisme om hen heen lagen uitgespreid.

Jasmina hield een artikel omhoog over vrouwenbesnijdenis in Oost-Afrika en zei: 'Jemig... heb je dit gelezen?'

Samira wierp er een snelle blik op en antwoordde: 'Mmm.'

'Van alle onderwerpen die je had kunnen kiezen om te bestuderen...'

Jasmina neusde het artikel door en zei: 'Moet je luisteren... "In bepaalde gevallen kan de bruid zo stevig dichtgemaakt zijn dat de bruidegom niet in staat is haar te penetreren. De penetratie kan wel vier dagen duren. In de gevallen waarin penetratie helemaal niet mogelijk is, is anale seks gebruikelijk." Dat klinkt zoals in een natuurprogramma waarin het paringsgedrag van vreemde soorten wordt beschreven.'

Ze pauzeerde even en keek Samira met glanzende ogen aan.

'Maar stel je nou voor, Samira, dan hebben ze hun hele leven lopen wachten op dit moment en dan is het zover en dan lukt het niet en dan gaan ze toch nadenken of dit nu echt het wachten waard was.'

Ze las verder: ' "In de gevallen waarin het de man niet lukt om de vrouw te penetreren moet het mes eraan te pas komen. De volgende maanden wordt de opening bewerkt tot die groter is geworden, vaak met als gevolg dat de littekenvorming keer op keer weer wordt opengehaald. In bepaalde gevallen is de littekenvorming zo dik dat de vagina bij de bevalling alleen met chirurgische scharen geopend kan worden. Er zijn artsen die tijdens hun pogingen scalpels hebben gebroken." '

Jasmina liet het tijdschrift zakken.

'Somaliërs en Egyptenaren hebben begrepen hoe je een vrouw echt goed moet sluiten. Geen wonder dat die mannen seksueel gefrustreerd zijn. En onze profeet, die ook hun profeet is, had het over seksueel genot voor de vrouw. Werp u niet als een wild dier op uw vrouwen, maar neem de tijd, en meer van die dingen. Een vrouw heeft recht op echtscheiding als haar man haar in bed niet kan bevredigen. Hoever kun je daar eigenlijk van verwijderd raken? Ze zijn niet eens in staat dit artikel zodanig te schrijven dat je je er een mens bij kunt voorstellen. Vier dagen bewerken. Vervolgens wordt de opening na verloop van tijd wijder gemaakt. Alsof het om mijnbouw gaat. Waar vind je de vrouw terug in dit alles? Wie beschrijft wat zij denkt en voelt terwijl de man met de bewerking bezig is?'

Weer pauzeerde ze om Samira aan te kijken.

'Sommige moeders, christelijke moeders, gaan bij hun dochters met hete strijkbouten over de borsten zodat die niet meer zullen groeien. Andere moeders, moslimmoeders, knippen met een schaar de vagina's van hun dochters kapot en naaien die dicht met naaigaren zodat ze geen seks zullen hebben. Hindoeïstische meisjes verhangen zich aan de waslijn of drinken chloor om aan hun mannen te ontsnappen. De mensen weten wel hoe ze huisvrouwenkennis maximaal moeten inzetten om de seksualiteit van vrouwen te onderdrukken.'

Ze smeet het artikel aan de kant en stak een nieuwe sigaret op. Ze keken elkaar aan.

'Weet je nog dat ik zei dat ik me niet door een jongen zou... je weet wel... zou laten ontmaagden, zoals dat zo mooi heet, maar dat ik het zelf zou doen?' zei Samira.

Jasmina knikte.

'En heb je het al gedaan?'

Samira schudde haar hoofd.

'Ik durf niet.'

'Hoezo durf je niet? Zo dramatisch als ze het willen laten klinken is het niet.'

Samira schoof ongemakkelijk heen en weer.

'Ik weet niet, maar... Ik dacht dat...'

Ze sloeg haar ogen neer. Ze kon de woorden bijna niet over haar lippen krijgen, maar het moest.

'Ik wil dat jij het doet.'

Jasmina hoestte een keer en inhaleerde de rook daarna zo heftig dat ze echt moest hoesten. De tranen stroomden uit één oog langs haar wang. Toen ze uitgehoest was, schudde ze haar hoofd.

'Je bent gek!'

'Nee. Dat ben ik volgens mij niet. Ze hebben altijd gezegd dat we moesten uitkijken voor jongens. Of niet?'

Ze was even stil en keek Jasmina aan. Die beantwoordde haar blik heel kalm.

'Maar ze hebben ons nooit voor meisjes gewaarschuwd. Lesbiennes met lange vingers die je op een heel andere manier van je maagdelijkheid kunnen beroven, als echte dieven,' zei Samira glimlachend.

Jasmina lachte en Samira vervolgde: 'Nee, maar nu serieus. Ik ben dat gepraat over jongens zo beu, dat ze achter maagden aan zitten en maagdenvliezen kapotprikken en...'

Ze zuchtte.

'Ons hele leven horen we al dat het enige wat we zijn als vrouw, het enige wat we waard zijn, verbonden is met dat vlies, en dat moeten we in de vorm van een sluier op ons hoofd dragen. Het meisje dat geen sluier draagt, kan niet onaangeraakt zijn, denken ze, maar dat zeggen ze niet. Dus om je maagdenvlies te beschermen moet je een sluier dragen, of je nou onaangeraakt bent of niet. Getrouwde vrouwen dragen de sluier ook, maar om andere redenen. Om te laten zien dat haar koes al aan iemand toebehoort. Ons hoofd is ons geslachtsorgaan gaan vertegenwoordigen. Als we een paar haren op ons voorhoofd laten zien, is dat hetzelfde als wapperen met je schaamhaar. Je zendt signalen uit dat je flirt, verleidt door aan te geven dat er misschien iets te halen valt, en het enige wat we zijn is een kut. Die is onaangeraakt of die is dat niet. En het maakt niet uit hoe we als mens zijn, of we een opleiding hebben gevolgd of niet, of we goedhartig zijn of niet, of we warm, liefhebbend en fantastisch zijn of kil, hardvochtig en berekenend. Het enige wat van belang is, is het vlies tussen onze benen. De rest van ons leven, alles wat we kunnen, denken of meemaken, heeft geen betekenis. Wij zijn het vlies tussen onze benen. En ik ben het zo beu om niet te weten of ik er eigenlijk wel eentje heb, of dat mijn hele leven is opgehangen aan een illusie en ik misschien vanaf mijn geboorte waardeloos ben zonder dat ik het zelf weet. Ik ben het zo beu dat mijn geslachtsorgaan nooit van mij is, maar altijd van iemand anders. Van mijn vader en moeder, van mijn man, van mijn familie, of, als het tegenzit, van mijn dokter, van de staat, of van mijn pooier en mijn klanten, als ik een seksslavin in een bordeel in Peru ben. Ze hebben het over mijn geslachtsorgaan alsof het mij niet eens aangaat. Dus als ik het heb, wil ik dat jij het maagdenvlies bij me verwijdert. Ik heb er geen behoefte aan en ik wil ook niet dat iemand anders mijn maagdelijkheid neemt.'

Jasmina zat een poosje peinzend te roken. Ze krabde op haar wang.

'Shit, Samira. Dan heb ik van tevoren wel een hoop glazen sterke drank nodig.'

Samira schudde haar hoofd.

'Geen drank. Ik wil niet dat mijn eerste keer een aangeschoten vergissing wordt.'

'Dit telt niet als je eerste keer,' antwoordde Jasmina.

'Je weet wat ik bedoel.'

Ze bleven zwijgend zitten.

'Oké, *fine*. Ik doe het.'

Samira trok haar slipje uit en ging liggen. Jasmina spreidde Samira's benen. Ze aarzelde. Daarna stak ze met gestrekte vingers haar hand uit.

'Een of twee?'

Jasmina's zachte vingers spreidden de buitenste schaamlippen en Samira sloot haar ogen. Het deed maar heel even pijn.

HOOFDSTUK 26

Hoe Samira aan een seksleven kwam

Het allereerste waar Samira ooit naar keek toen ze thuis in haar eigen flatje het internet op ging, was Amina Wadud die op 18 maart 2005 in een moskee in New York voorging in het gebed. Samira hield Jasmina's hand vast en ze knepen in elkaars vingers. Een vrouw die voor een gemeente van mannen en vrouwen voorging in het gebed. Ze moesten zich verbijten om niet te gaan huilen. Opeens hadden ze het gevoel dat alles mogelijk was.

Maar toen Samira haar maagdelijkheid had verloren zette ze haar computer niet aan om naar gebedsmomenten te kijken of haar iman te versterken. Ze zocht juist naar het meest verbodene. De dans van het vlees.

De tijd verdween. Angstig zette ze het geluid van de speakerboxen zachter, voordat haar te binnenschoot dat er niemand was die kon horen wat ze deed, en dat de buren waarschijnlijk met hetzelfde bezig waren als zij, in het donker, met het licht van het computerscherm dat in je gezicht sloeg. Ze wist dat waar zij naar keek haram was, dat ze werd gezien als iemand die niet kon stoppen met kijken naar het verbodene, ook al fluisterde elke cel in haar lichaam dat ze niet moest kijken. Maar ze wist ook dat ze het moest zien. Ze moest zien waarover werd gefluisterd, waar achtjarige jongens op hun mobieltje naar keken en wat ze later hun vriendinnetjes lieten imiteren bij het vader-en-moedertje spelen achter het schoolgebouw. Feesten zonder ouders erbij waren niet meer wat ze ooit geweest waren, toen er gezoend werd en het spelletje 'Doen, durf of de waarheid' werd gespeeld. Nu ging het om groepsverkrachting en anale seks. Want dat was de volwassen wereld. Een kreunende berg vlees, lang haar dat werd uitgerukt, vuisten vol blonde haren, nekken die achterover werden gebogen, de man boven en de vrouw op de knieën, zijn gezicht verborgen, haar kut ontbloot.

Hij kon iedereen zijn; dat was ook het idee erachter. Hij kon de tienerjongen met puistjes zijn die veel te spichtig was om een meisje te krijgen, maar een hoer kon hij wel krijgen en hij kon haar laten zeggen dat ze hem wilde. Hij kon haar van achteren neuken en haar bespugen, en zij kon alle meisjes vertegenwoordigen die hij in de bovenbouw leuk vond maar die hem uitlachten en die te achterlijk waren om een fatsoenlijke baan te krijgen, maar die op een dag de deur wel opendeden en hem daar dan zagen. Ze liepen op dezelfde batterijen als hun dildo. Het licht dat in hun ogen brandde, ging voor een paar centen aan en doofde uit wanneer ze in het ochtendlicht hun ogen sloten en een gat in de dag sliepen.

Ze zag vrouwen op stilettohakken die zo hoog waren dat hun enkels er bijna van knakten wanneer ze op hun hurken gingen zitten om zichzelf onder te plassen, omdat er iemand betaalde om naar hen te kijken. Het was niet zo dat die vrouwen ervan genoten dat te doen, maar iemand anders genoot er wel van hen dit te zien doen, net zoals iemand ervan genoot om haar met twee pikken in haar mond te zien, terwijl ze twee andere mannen aftrok en door weer twee anderen anaal en vaginaal geneukt werd. Elke geslachtsgemeenschap die Samira zag, leek voor de vrouwen pijnlijk en bijna onmogelijk uit te voeren. En vanbinnen zaten er eierstokken, een baarmoeder en zaadcellen, maar wat een natuurlijke vereniging zou kunnen zijn, werden vruchtafdrijving en abortussen. Camera's die filmden hoe vrouwen, met uitgelopen mascara op hun wangen en een gezicht dat glom van het sperma dat uit hun mondhoeken borrelde, op een smerig bed in een bedompt hok werden verkracht, alleen maar omdat ze de fout hadden gemaakt een pizza met extra salami te bestellen of omdat ze een loodgieter nodig hadden. Samira zag vrouwen die gewurgd werden, gebeten, geslagen, die ontlasting in het gezicht gesmeerd kregen, die zaten te blaffen met een halsband met spikes om hun nek en een hondenbak voor zich waar PUSSY op stond. Zover was de bevrijding van de vrouw dus gevorderd. Vroeger werkten de vrouwen in de industrie, maar nu waren de vrouwen de industrie, en ze voelde dat ze iets verloor in deze wirwar van stront, pis, bloed, sperma, tranen, haren en pijn, waarbij het verwrongen, kreunende gezicht van de man boven alles zweefde. Zijn gezicht vertoonde geen tederheid of liefde, maar een eenzijdig sadistisch genot dat misschien zelf ook wel een vernedering inhield. Want hoe zou hij van een vrouw kunnen houden nadat hij een andere vrouw op deze manier had gebruikt?

Ze zette het scherm uit. Duisternis. Stilte. Ze bleef een hele poos zitten om te verwerken wat ze had gezien. Ze zou die wereld nooit meer bezoeken.

Ze kon begrijpen dat haar moeder niet wilde dat ze die kende, dat haar moeder haar ervan wilde wegjagen met haar 'haram' en haar 'de zonde van de ogen is de zonde van de ziel'. Maar tegelijkertijd loog ze. De grens tussen man en vrouw werd niet bepaald door een hoofddoek en een gesloten deur. De drijfveer van de emancipatie was het successievelijk ontkleden van het lichaam van de vrouw, het spreiden van haar benen zonder het ongemakkelijke risico dat ze zwanger zou worden. De seksuele vrijheid werd de eindoverwinning van de man op het lichaam van de vrouw, want wanneer vrouwen hun lichaam eenmaal hadden weggegeven zou het ongelooflijk moeilijk worden het terug te krijgen. Porno werd de emancipatie van de man. Die zei hem dat het oké was om wat dan ook met wie dan ook te doen, wanneer dan ook en hoe dan ook.

november 2007

Leila

HOOFDSTUK 27

Virgo in neergang

Het begint met één opgevouwen briefje dat door Maria doorgegeven wordt. Het gaat in de klas van hand tot hand, maar bereikt Linda Lindqvists nieuwsgierige lange vingers niet. Haar nagels trommelen hard op haar tafeltje. Het briefje komt dichterbij. Het is klein, stevig opgevouwen, geruit. Door elke hand die het passeert wordt het opengevouwen. Er wordt gegiecheld. Dan wordt het weer dichtgevouwen, en het wordt elke keer zachter, schilferiger en smoezeliger. Het nadert Kira, die haar hand uitsteekt om het aan te nemen, het leest maar niet giechelt, alleen maar stijf glimlacht en het opvouwt. Linda steekt haar hand al uit, maar het briefje gaat haar kant helemaal niet op, maar wordt verder naar voren doorgegeven, aan Kriba. Linda likt haar lippen, maar geeft de hoop nog niet op. Ze volgt het briefje met haar ogen, terwijl het van stoel tot stoel naar voren gaat en daarna weer naar achteren, om bij haar lessenaar een klein sprongetje te maken. Het komt ook bij mij, en gaat daarna van hand tot hand verder, tot een broekzak.

Dan is het verdwenen.

Linda blijft zitten. Haar gezicht volkomen onbewogen. Misschien een kleine trilling om haar mondhoeken. Ze gumt iets uit wat ze op haar lessenaar heeft geschreven, ze gumt hard en lang.

Ze weet dat er iets gaande is en dat ze het moet stoppen voordat het zich verder kan verspreiden. Wanneer de bel gaat voor de pauze geeft iemand haar een duw en later in de kantine merkt ze dat iemand kauwgum in haar haren heeft geplakt.

Ik blijf op een afstand en kijk naar haar. Zij bestudeert Sussi en Nettan die tegenover haar aan tafel zitten. Ze kauwen en kletsen en doen net als eerst. Hun gladde, opgemaakte gezichten verraden niets. Ze lachen om haar grapjes, maar het is net of er vlak onder de oppervlakte toch iets beweegt. Ik weet het niet zeker, maar kijkt Sussi niet wat ongemakkelijk als Linda iets te hard lacht? En wisselen Nettan en Maria geen steelse blikken als Maria langs hun tafel loopt? Hebben de twee meiden die knäckebröd eten en van hun water nippen niet een vage glans van iets samenzweerderigs over zich? Die meiden, die zo tenger zijn, en Linda, die zoveel ronder is. Niemand zou zeggen dik. Niet eens mollig. Nee, dat zou heus niemand zeggen. Zij weet dat ze het briefje hebben gelezen. Ze weten dat zij weet dat ze weten wat erop stond en dat ze het haar nu eigenlijk zouden moeten vertellen. Maar ze kauwen gewoon hun knäckebröd fijn, heel fijn, en Linda kijkt in mijn richting, naar de plek waar ik in mijn eentje als een zwarte vlek tussen de pastelkleurige meisjes zit. Ze weet dat ik haar zou vertellen wat er op dat verrekte briefje stond, maar ze kan niet zomaar haar dienblad oppakken en de rest de rug toekeren, en dus ben ik ook niet van plan het haar te vertellen. Ze blijft gewoon zitten en verfrommelt haar papieren servet. Daarna pakt ze haar dienblad met tomatensoep op en gaat ermee naar Maria's tafel. Linda loopt met resolute stappen in de richting van de rug met het lange, roodbruine, volkomen glanzende haar met de schattige krullen en ze pakt haar bord op en giet de inhoud over de schattige krullen en de roze trui met de capuchon met de witte voering die spiksplinternieuw is.

De doodse stilte voorafgaand aan de gil, de blikken bij de tafel zijn geschokt en geschrokken, en niemand, helemaal niemand vindt het leuk. Linda geeft met haar vlakke hand een klap tegen Maria's hoofd en pakt haar vol bij haar natte haar.

'Laat dit de laatste keer zijn,' fluistert Linda in haar oor en Maria gilt.

Dan staat Markus op. Hij delft het briefje op uit zijn zak en slaat het met een klap in Linda's handpalm.

'Kut, zeg. Jij moet ook altijd overdreven reageren. Je bent echt gek in je kop,' zegt hij, terwijl zij het briefje uitvouwt.

HOI IDIOTEN. LINDA IS MORGEN JARIG. ALS WE ALLE-MAAL 50 CENT GEVEN KUNNEN WE ALVAST WAT SNOEP KO-PEN. GEEF HET BRIEFJE NIET DOOR AAN LINDA.

Linda kijkt op en opent haar mond. Haar lippen bewegen, maar er komt geen geluid. Dan draait ze zich om en loopt weg. Niemand loopt achter haar aan. Sussi en Nettan snellen met tissues naar Maria.

Ik heb mijn armen om Linda heen geslagen. De tl-buizen flikkeren boven haar geblondeerde haar en mijn hand die daarop rust. Ze klampt zich aan me vast. Haar lange nagels knijpen in mijn gladde jack dat nooit houvast biedt. Ze heeft haar mond open en huilt speekselbellen, haar mascara is in een halve kring onder haar ogen uitgelopen. Ik stink. Ik heb een paar dagen niet gedoucht, maar dat lijkt haar totaal niet te deren en ik hou haar in mijn armen op de meisjes-wc.

Ik wil zeggen: hé, Linda, het komt wel goed. Wat je ook probeert, het zal je lukken. Dus zeg ik dat ook, en daarna druk ik mijn lippen op haar voorhoofd en mijn beide handen, met alle vingers stevig tegen elkaar, tegen haar zachte wangen. Ze kijkt me met open mond aan en ik weet dat het niet waar is, dat het allemaal niet goed zal komen, want ze is niet de slimste van de wereld, is op school nooit goed geweest en kan het nooit opbrengen haar huiswerk echt naar behoren te maken. Voor mensen zoals zij is het al voorbij voordat het is begonnen, en het kan gebeuren dat je er op school achter komt wie je echte vrienden zijn wanneer je in je donkerblauwe basketbalshort, waar iedereen jaloers op was toen je die uit de winkel had gejat, midden onder het kastiespel tijdens de gymles omvalt omdat je benen het op dat moment toevallig zomaar begeven, op dat beslissende moment wanneer je op het punt staat iemand met de bal af te maken, maar dat niet kunt omdat het leven opeens zo dichtbij komt. Terwijl je daar op je zij ligt omdat je benen het hebben begeven, en kijkt naar degenen die met open mond om je heen staan, degenen die later op de rookplek achter het pompgebouwtje zullen zeggen dat dit anders net je verdiende loon was, kom je erachter dat het enige wat je in je leven te zien zult krijgen, de zweterige gympen van anderen zijn op een plek helemaal onderaan. En wanneer de bal daarna uit je handen rolt en iemand van de tegenstander die oppakt en met een brede glimlach keihard op je scheiding laat neerkomen, dan weet je dat het eigenlijk al voorbij was voordat het begon, en dat het beste wat je overkwam, gebeurde toen je een jaar of vijftien, zestien was, toen je dacht dat die kracht die je vanbinnen had opgespaard ook voldoende zou zijn wanneer alle anderen in het leven uitzwermden en verdwenen.

Maar zo is het niet, Linda Lindqvist, en nu beginnen ze je een hoer te noemen, Janne en de rest. Je handen tasten naar mijn gezicht en je ademhaling is zo dicht, zo dicht bij mijn lippen. Je adem ruikt naar hongersnood en mintkauwgum.

Ik zeg: 'Linda Lindqvist, wat je ook wilt doen, het zal je lukken.'

Ze kijkt me een poosje aan en knikt dan. Knikt koortsachtig en snel, en ik weet dat ik lieg, maar dat maakt niet uit. We liggen samen naast de wc-pot en klampen ons aan elkaar vast. Ze kalmeert en mompelt tegen mijn hals: 'Waarom kun jij verdomme geen jongen zijn?'

Ik slik, maar geef geen antwoord. Ik antwoord niet dat als ik een jongen was, zij me vermoedelijk koud zou laten. Ik hou haar gewoon nog steviger vast en luister naar de conciërge die met afgemeten passen door de gang loopt op zoek naar iemand die hij in de pauze buiten de deur kan zetten.

Het schoolplein krioelt van de leerlingen die rennen en lachen en duwen en zich aan elkaar vastklampen, en boven alles zweeft hun ademhaling als mist, wolken die omhoog worden geblazen als ze lachen. Enkele eenzamen met hun blik op het asfalt gericht. Dat allemaal, en achter de muur: wij.

Linda blijft tijdens de pauzes steeds vaker binnen. Ze heeft haar zangrepetities voor het kerstfeest, maar ook als ze niet zingt, sluit ze zich op in de meisjes-wc waar ze op haar kleren zit te tekenen. Ze schrijft 'Britney' en tekent een hartje rond de naam, en als de klas dat ziet, is er iemand die begint te fluisteren dat ze een lesbo is en iemand anders die fluistert dat ze haar 's avonds met mij hebben gezien. En dan is er natuurlijk al het andere wat wordt gefluisterd, dat ze het met Hasse en Kriba en Santeri en nog een heleboel, heleboel anderen heeft gedaan. Het hoeft allemaal niet eens waar te zijn, want het bos is al droog en er is maar een vonkje voor nodig om het flink in de fik te zetten.

Linda verweert zich niet eens. Ze noemt mensen geen hoer meer. Misschien is dat slim, want er was iemand die tamelijk vijandig duidelijk maakte dat zij nou bepaald niet de aangewezen persoon was om dat woord in de mond te nemen.

Maria's trui is nooit meer helemaal goed schoon geworden. Ze heeft hem moeten weggooien, en haar moeder wilde weten wie hem verpest had en heeft Linda's moeder opgebeld. En wanneer het thuisfront in de strijd betrokken wordt, kun je er donder op zeggen dat het de leraren op een bepaald moment ook ter ore komt. Linda en Maria moeten zich allebei bij de maatschappelijk werker van de school melden en daar wordt Linda onder druk gezet om zich te verontschuldigen, hetgeen ze ook doet; ze gooit er bits een 'Nou, sorry dan!' uit.

Wanneer dat niet goed genoeg is, moet ze wel een serieus gezicht trekken en Maria in haar bruine ogen kijken, die door iedereen mooi worden gevonden, en echt haar excuses aanbieden. Daarna moet ze een paar uur blijven zitten om met de maatschappelijk werker haar privéleven op een rijtje te zetten, terwijl Maria weg mag en het gerucht verspreidt dat Linda door het stof is gegaan, misschien voor het eerst. De andere meiden omhelzen Maria en zeggen dat het jammer is van haar trui die zo mooi was. De volgende dag heeft Maria al een nieuwe, een lichtgroene, en de meisjes zwermen om haar heen om aan de stof te voelen en haar over haar arm te strijken. Ze maken ook van de gelegenheid gebruik om te zeggen dat ze zulk mooi haar heeft en dat ze echt model zou moeten worden. Ze is immers veel knapper dan Linda, want Linda maakt zich veel te zwaar op en begint eigenlijk ook best dik te worden.

Een verjaardagscadeau kreeg Linda niet. In plaats van snoep liet Maria door haar broer voor het geld sigaretten kopen, die ze onder de rokers in de klas uitdeelde om zichzelf extra populair te maken. Daarna stonden ze allemaal samen achter het pompgebouwtje te roken. Af en toe hoorde je Linda's naam vallen, waarna smakelijk gelach volgde, en Sussi was erbij en Nettan misschien ook. Een paar weken later had iedereen dezelfde trui als Maria, maar toen koos Maria opeens voor een andere stijl en stapte ze in de pauze met haar lichtgroene trui opgevouwen in haar hand op Linda af. Ze drukte hem tegen Linda's borst en zei: 'Hier. Neem maar. Ik weet dat jij geen geld hebt om zo'n trui te kopen en ik ben er zelf op uitgekeken. Misschien komt hij over een jaar of zo wel weer in de mode.'

Daarna liet ze haar blik die dodelijke wandeling over Linda's lichaam afleggen.

'Maar misschien is hij te klein. Dit is natuurlijk maar een L.'

En voor de verandering stond Linda met haar mond vol tanden. Ze stond maar met de trui in haar hand naar Maria te kijken, die over het schoolplein liep met haar sliert meisjes achter zich aan. Het hielp niet dat Linda de trui in de modder op het schoolplein vuilmaakte en hem daarna aantrok, want toen schreeuwde Kriba dat ze eruitzag als het varken dat ze was. Linda boog haar hoofd, zette haar capuchon op en ging met haar hoofd op haar tafeltje liggen. Ze bracht het uur slapend door, terwijl gummetjes in haar richting vlogen en er uiteindelijk een kring rond haar tafel werd gevormd. Zelfs Anna draaide zich om om naar Linda te kijken, en hoewel we Finse les hadden, werd zij met rust gelaten. Ging er niet ook een glimlach schuil achter die dikke brillenglazen? Een glimlach die versterkt werd door het feit dat Linda en de rest uitgesloten werden van de repetities in het muzieklokaal, waar Anna achter de geluiddichte deur aan het zingen was. Hoe hard ze ook tegen de deur stonden te schoppen, het hielp niet. Hij was en bleef dicht.

De verandering staat Anna goed. Opeens is ze een mens. Zij mag achter gesloten deuren zingen. Dat mocht nog nooit iemand, en het is net of de anderen nu ook merken wat ik een tijd geleden al in haar ogen zag. Ze ruilt haar bril in voor contactlenzen en iemand zegt bijna vriendelijk dat ze groene ogen heeft. Een laagje mascara en algauw ziet iedereen haar echte oogkleur. Groen! barsten ze uit. En wanneer ze haar haren vaker wast en het in een ander model laat knippen en het wat donkerder verft, zou je bijna kunnen denken dat ze toch best een beetje knap is.

Ze krijgt nieuwe kleren. Iemand heeft blijkbaar besloten dat als hun dochter de zingende ster van de school is, ze er ook als zodanig uit moet zien, en haar broeken hebben vanaf nu de juiste lengte. Een paar van de keurige, ambitieuze meisjes in de klas zoeken aftastend toenadering tot Anna en soms mag ze meedoen, een klein beetje, en in elk geval bij hen zitten als ze het antwoord willen overschrijven van een extra moeilijke opgave bij wiskunde. Anna is namelijk goed in rekenen. Maar hoe goed Anna ook in rekenen is, ze is slecht in het uitvogelen van wat mensen eigenlijk bedoelen wanneer ze niet zeggen wat ze bedoelen.

Ik zie dat ze zich uitslooft en onderdanig gedraagt als iemand haar een compliment maakt over een nieuwe bloes, en dat ze de dodelijke laatste zin niet lijkt te horen: 'Wat mooi! Ik wist niet dat ze op de vlooienmarkt zulke mooie kleren hadden.'

Dat ze dom en vrolijk antwoordt 'Natuurlijk!' als iemand zegt: 'Anna! Ik heb mijn natuurkundeschrift thuis laten liggen en daar stond al mijn huiswerk in. Mag ik dat van jou alsjeblieft heel eventjes lenen om te kijken of ik de opgaven goed begrepen heb?'

En ik zou gewoon naar haar toe willen lopen en haar opzij willen trekken om te zeggen: 'Jezus, ben je achterlijk, of zo?'

Maar ik weet dat ze niet achterlijk is. Ze is de beste van de klas. De enige van ons die misschien echt slim kan worden als ze later groot is, kernfysicus of astronoom of zoiets, maar voor iemand die slim is, snapt ze er gewoon geen reet van. En ik weet natuurlijk ook wel wat ze tegen me zou zeggen. Ze zou antwoorden dat ik gewoon jaloers ben omdat ze eindelijk vrienden heeft, dus ik laat haar maar. Zij is niet degene die op dit moment mijn hulp nodig heeft. Dat is Linda.

Linda, die lijkt te verbleken tegen de muur van de school, waar ze steeds vaker in haar eentje staat terwijl Sussi en Nettan discreet op afstand blijven. Die hebben nieuwe Guess-tassen, maar het lijkt of Linda het allemaal niet meer zo goed kan volgen. Ze blijft ook vasthouden aan haar Gucci van vorig jaar, die er een beetje sleets begint uit te zien omdat hij zo vaak over het schoolplein wordt rondgeslingerd. Als er namelijk iets is waar Linda slecht in is, dan is het voor haar spullen zorgen, en het wat slordige en slonzige dat eerst nog een pikant detail in haar stijl was, begint nu op een storende manier de overhand te krijgen. Ze heeft ook steeds meer uitgroei, haar nepnagels zitten los en worden niet vervangen door nieuwe, en haar panty's beginnen allerlei gaten te vertonen.

Ik volg haar verval, dat gelijk op lijkt te gaan met dat van Britney. Britney, die huilend op de rand van een trottoir zit met een hondje op schoot. Britney, die vergeet dat ze haar baby op het dak van haar auto heeft gezet, zodat de paparazzi het leven van het kind moeten redden. Britney, die autorijdt met een latte in haar hand en een kind in haar armen. Britney, die haar kale poes aan de hele wereld laat zien wanneer ze wankelend uit haar limousine stapt. Britney, die keer op keer op de lijst van slechtst geklede mensen in het hele universum terechtkomt, die op foto na foto laat zien waar haar extensions zijn bevestigd en die zelfmoord pleegt in een badkuip, in een muziekclip waar Linda thuis op haar kamer zwarte mascaratranen om huilt. Britney, die haar warrige haarbos blauw verft en dan groen en dan bruin, alsof ze niet echt kon beslissen hoe lelijk ze het wilde hebben. Linda volgt dat allemaal wanneer ze in de gang zit, gekleed in een spijkerbroek met een gat in de achterkant; haar bleke ogen schieten heel snel over de regels in *Snap-Magazine* en de volgende dag verschijnt ze op school in een ultrakorte short, kapotte netkousen en een slordig topje waaronder je zwarte bh-bandjes ziet. Ze heeft haar haren in een slordige staart midden op haar hoofd bijeengebonden en iedereen die een paar jaar geleden nog zei dat ze een beetje op Britney lijkt, denkt nu: potverdomme, het is net of hare hoogheid zelf binnenkomt op haar wankele hakken.

In de gangen wordt er om haar heen gedromd, maar om de verkeerde redenen, en ze lijkt het niet eens te merken. Ze sleept de Gucci van vorig seizoen achter zich aan op weg naar de muziekrepetities en staat tegen de deur te schoppen tot iemand haar toch maar binnenlaat, want Sussi en Nettan zijn al heel wat keren zonder haar met de repetitie begonnen.

november 2006

Samira

HOOFDSTUK 28

Piter

Hij zag haar al van een afstand in de mensenmassa in het centrum van de stad en bracht haar met een luide schreeuw tot stilstand.

'Samira!'

Ze draaide zich om.

Een paar minuten eerder hadden Jasmina en zij zich aan de lussen in de tram vastgeklampt, giechelend als middelbare scholieren elke keer dat ze tegen iemand aan botsten die sorry zei en zich aan hun scherpe ellebogen en veel te grote tassen probeerde te onttrekken. Elke keer dat de tram zich met een ruk in beweging zette en ze bijna hun greep om de metalen stangen verloren en in de acceleratiekracht die door de wagon ging werden meegezogen, hadden ze gepraat, gelachen en gegild. Vervolgens waren ze lawaaiig de metalen trappen af gestormd, de kille lucht in, en dat was het moment waarop hij riep en Samira bleef staan.

Hij stond haar van een afstandje op te nemen. In zijn eentje. Zijn kale schedel net een doodshoofd. Het scheermesje had het helemaal schoongelikt. Samira stond stil, gevangen door zijn blik, verrast doordat ze hem tegenkwam. Ze had gedacht dat ze hem nooit meer zou zien. Jasmina trok aan haar. Ze hervond haar bewegingsvermogen en pakte Jasmina bij de arm. Op een holletje staken ze de straat over naar het warenhuis.

Op de afdeling voor handschoenen en mutsen haalde hij hen in. Toen Samira een grijze wollen muts opzette, stond hij een paar meter bij hen vandaan een paar dameshandschoenen te passen. Samira had hem al aan Jasmina aangewezen en die was in lachsalvo's uitgebarsten. Daar leek hij zich niets van aan te trekken. Hij kwam juist een paar stappen dichterbij en Samira wierp hem een steelse blik toe. Hij glimlachte en zei: 'Hé. Jij ziet er bekend uit. Heb ik jou niet eerder gezien?'

Samira zette de muts af. Ze probeerde een glimlach te verbergen.

'Weet je, ik weet het echt niet meer. Maar jij bent in elk geval op de verkeerde afdeling, als je dat nog niet gemerkt had.'

'Meen je dat nou? Geen wonder dat alles veel te klein is.'

Jasmina duwde Samira weg.

'Behalve je hoofd dan. Dat is veel te groot.'

Ze slingerde een helderblauwe, gehaakte muts in zijn hand.

'Echt waar. Bedek die meloen. Een mens zou zich moeten schamen.'

Hij keek haar even aan. Toen zette hij langzaam de muts op. Hij verdeelde hem zo goed mogelijk over zijn hoofd, maar de muts bedekte slechts het bovenste gedeelte van zijn schedel. Samira en Jasmina moesten hun uiterste best doen om niet in een bulderende lach uit te barsten. Het zag eruit alsof hij een islamitische *taaqija* droeg.

Ze ontvluchtten hem naar de afdeling voor dameskleding, maar hij kwam achter hen aan, en uit pure wanhoop schoot Samira een pashokje in. Ze ging op het krukje voor de spiegel zitten en keek zichzelf aan terwijl ze probeerde te kalmeren. Hij had haar achter het zware zwarte gordijn zien duiken, maar ze durfde niet naar buiten te gluren om te zien of hij er nog stond. Ze was Jasmina kwijtgeraakt en wilde haar net bellen toen het gordijn bewoog. Een hand stak een jurk op een kleerhanger naar binnen. Ze zat er even naar te staren. Pakte hem langzaam aan. De jurk was groen, de stof een glanzende taft, niet direct iets wat ze zelf zou hebben uitgekozen. Een paar minuten later stond ze zichzelf in de spiegel te bekijken. De donkere stof sloot aan in de taille en op de heupen. De zoom viel precies onder de knie. De rok was nauw, de schouderbandjes waren breed en lieten haar halve rug bloot.

Ze maakte haar haren los. Bekeek zichzelf opnieuw in de spiegel. Haalde diep adem. Daarna schoof ze het gordijn opzij en stapte naar buiten.

Ze wist niet wat ze had verwacht toen ze langzaam en zorgvuldig haar kleren had opgevouwen, ze op het lage ronde krukje had gelegd en de zijritssluiting had dichtgetrokken. Maar toen ze daar stond, nog steeds in haar donkere laarsjes en in de jurk die strak aangesnoerd om haar borstkas zat, werd ze opeens duizelig. Ze moest haar best doen om niet op de grond te gaan zitten. Hij stond vijftien meter bij haar vandaan en de plagerige uitdrukking verdween van zijn gezicht toen hij haar zag. Hij deed langzaam zijn mond dicht en ze kon zien dat hij slikte. Ook hij had dit niet verwacht, dat zag ze aan zijn gezicht, en na een moment waar maar geen einde aan leek te komen, sloeg hij zijn ogen neer en knipperde hij een paar keer flink met zijn oogleden, alsof hij haar beeld van zijn netvlies wilde wissen. Maar het was al te laat. Het had zich diep in zijn geheugen geëtst en hij zou zich altijd herinneren hoe ze er die keer uitzag. Ze bleef een poosje staan en glipte toen weer achter het gordijn. Verhitte wangen, ijskoude vingers. Ze duwde haar handen tegen haar gezicht. Haar hartslag bonkte in haar lippen en slapen. Ze trok de jurk snel uit. Trok haar gewone kleren weer aan en bekeek zichzelf. Een strakke spijkerbroek en een slobberige trui. De betovering was verbroken. Toen ze de paskamer uit liep, liet ze de jurk hangen en zocht ze Jasmina op, die bij de kassa zonnebrillen stond uit te proberen.

Een paar dagen later stond hij bij haar voor de deur. Hij had aangeklopt. Ze had een poosje staan kijken zonder dat hij dat wist. Haar wimpers hadden langs het spionnetje geschraapt. Ze had zich een paar centimeter teruggetrokken en de bekende rillingen door haar buik voelen gaan. Ze had de voor- en nadelen afgewogen en was tot de conclusie gekomen dat er alleen maar nadelen waren en daarna had ze, in een moment van euforische moed, de deur geopend.

Hij schrok, verbaasd en in gedachten al op weg de trap af toen de halfdonkere gang als reactie op zijn geklop niet anders voortbracht dan onbekend kindergehuil. Ze liet hem binnen en deed de deur met een klap dicht.

Hij draaide zich naar haar om. Ze zei nog steeds geen woord. Het enige wat ze deed was hem in de woonkamer binnenlaten en toen stond ze daar, met haar armen om haar lichaam geslagen. Ze liet ze weer zakken en wipte van haar ene voet op haar andere. Daarna kwam ze opeens in actie en ze ging koffiezetten, een poosje rommelend tussen de mokken zodat die rinkelend op de planken ronddansten. De lepeltjes rammelden in de la toen ze die pakte. De koffiepot gorgelde gevaarlijk. In de stilte leek de suiker veel te hard te ritselen.

Maar ze kreeg het voor elkaar. Ze slaagde erin een kop koffie te zetten voor de vreemde man die aan haar keukentafel zat en zijn ogen niet van haar gezicht kon afhouden, behalve dan één keer, toen hij door het raam naar buiten keek met een verstrooide glimlach om zijn lippen.

Dat zag ze en ze wendde zich snel af om een pakje biscuits te zoeken. Ze wilde niet dat hij zag dat ze het had waargenomen.

Toen ze tegenover hem ging zitten en ze elkaar over de dampende kopjes heen aankeken, had hij een verloren blik in zijn ogen.

'Ik heb eigenlijk nooit de kans gehad om jou te bedanken voor... je weet wel, voor laatst,' zei ze.

Hij nam een teug van de koffie en slikte.

'Jawel, je hebt me wel bedankt. Heel wat keren. Zeker veertig. Bij elke trede die ik je omhoogsleepte.'

Ze sloeg haar hand voor haar mond en leunde met haar elleboog op tafel.

'Is dat zo? Ik herinner me er niet veel meer van. Alleen de auto, de muziek en de snelheid, maar verder niets.'

'Nou. Je was ook tamelijk laveloos.'

'Inderdaad.'

Hij nam haar op en zij kon het niet laten een gebaar naar zijn hoofd te maken. Het was gladgeschoren. Ze kon aan zijn slapen de aderen zien kloppen. Zijn haar vormde slechts een schaduw over zijn schedel. Hij droeg een zwarte bloes met gele vlammen op de mouwen. Ze kreeg zin om koffie over hem heen te gooien om ze te doven. Om zijn nek droeg hij een zware gouden ketting. Zijn hele verschijning kondigde problemen aan.

'Wat is de bedoeling van je look? Ben je een skinhead, of wat is dit?'

Hij grijnsde en ging met zijn hand over zijn schedel.

'Dit?' vroeg hij, terwijl hij haar met opgetrokken wenkbrauwen aankeek. 'Ja, wat denk jezelf? Ik zit in dienst. Daarom was ik uit beeld verdwenen.'

'In dienst?'

'Ja, militair. Het leger. Je weet wel. Kleine jongens die met grote wapens spelen. Dat soort dingen.'

Hij ging weer met zijn hand over zijn hoofd.

'Maar ik zit erover te denken om het zo te houden, straks als ik afzwaai. Je hebt geen idee hoe je met rust gelaten wordt als je er zo uitziet. Dat is fokking respect, man. De mensen kijken weg als je over straat loopt.'

'Dus hoe oud ben je dan? Achttien, zeg maar?' vroeg Samira.

'Nee, ik ben wel iets ouder.'

Hij keek haar even aan. Zij beet verward in een biscuitje. Hij glimlachte.

'We kennen elkaar wel, weet je. Maar jij herinnert het je gewoon niet meer.'

Ze kauwde. Het knapperige geluid vulde haar hoofd. Haar gedachten tolden leeg rond.

'Het Kvarnängen, ik zat twee klassen onder je, jij was de coolste van het hele schoolplein, of nou ja, dat vond ik in elk geval, maar je zou me natuurlijk nooit zien staan, zo'n mager lulletje dat nog niet wilde groeien. En toen verdween jij naar het vwo en ik ging twee jaar later naar het beroepsonderwijs. Autotechniek. Ik heb een paar stommiteiten begaan, moest een tijdje zitten en daarna ben ik het leger ingegaan. *Long story short.*'

Ze staarde hem aan. Slikte. Toen begon haar iets te dagen.

'Jij bent de kiddo van kapster Emmi.'

Hij grijnsde en knikte.

'Ja, dat is mijn ma.'

'Nu weet ik weer wie jij bent,' zei Samira.

Ze schudde haar hoofd.

'Waarom heb je niet eerder wat gezegd?'

'Had dat dan wat uitgemaakt?' vroeg hij.

'Dan had ik me in elk geval wat snuggerder gevoeld,' antwoordde Samira.

Ze keek hem even aan en alles werd anders nu ze iets deelden, een verleden, of althans delen daarvan.

'En je vrienden? Ga je met ze om om je ingebeelde trauma te verwerken dat je bent afgewezen door een negerwijf, of waar gaat het om?'

'Ik heb je toch gered, of niet?' zei hij.

Ze zwegen even.

'Het zijn mijn vrienden niet. Niet echt. Maar we zijn solidair. Dat moet wel, zoals de wereld er tegenwoordig uitziet. Een mens durft niet meer alleen over straat. Op elke straathoek zijn lui die willen vechten, vooral als je eruitziet zoals ik. Je moet ergens bij horen. Anders ben je gewoon de lul.'

'Dus jij kiest ervoor racist te zijn?'

'Ik zou mezelf geen racist willen noemen, maar wij houden de buurt veilig zodat vrouwen en jonge meisjes zich vrij kunnen bewegen zonder bang te hoeven zijn.'

'Aha, dus alleen vrouwen zoals ik en meisjes zoals mijn zus moeten bang zijn? Automonteur, zei je? Ik wist niet dat ze je daar ook tot imbeciel konden opleiden,' zei Samira.

Hij lachte.

'Ik heb misschien niet veel opleiding, Samira, maar dat wil niet zeggen dat ik dom ben. Mijn pa is een gewone arbeider. Hij werkt in de haven, en je kunt je wel voorstellen dat lesboeken en grappen thuis niet hoog aangeschreven stonden als je een echte vent wilt opvoeden. Maar ik kan lezen. En ik heb genoeg gelezen om te weten hoe het hier in de wereld toegaat.'

'Ja, godzijdank is er Wikipedia. Hoe deden we dat vroeger toen we alle feiten door elkaar haalden?' vroeg Samira.

Ze keek hem aan en hij beantwoordde haar blik.

'Maar wat doe je dan hier? Als je eigenlijk juist bij de tegenpartij hoort?' vroeg ze.

Ze keek hem met een kille blik strak aan. Hij liet zijn hoofd hangen. De Finse vlag in zijn nek werd groter toen zijn huid werd opgerekt.

'Nee... ik weet het niet. Ik weet niet wat ik hier doe. Ik moest hier gewoon naartoe, sinds ik je laatst gezien had. Ik bleef maar denken aan hoe je eruitzag... die jurk...'

Mompelend en haspelend deed hij zijn pathetische bekentenis en zij stond op van haar stoel en pakte zijn mok. De helft van zijn koffie zat er nog in, maar ze goot hem leeg in de gootsteen.

'Kom maar terug als je het wel weet,' zei ze en ze ging zijn jas halen.

Het zwarte leer kraakte onder haar vingers. Hij stond langzaam op en kwam echt dichtbij. Samira was lang, maar hij was aanzienlijk langer. Toen hij zijn jas aanpakte, had zich iets gevaarlijks in zijn blik genesteld.

'Jij moet niet denken dat ik alles vergooi voor een simpele kut,' zei hij en Samira glimlachte onwillekeurig, ook al moest ze haar best doen om haar mondhoeken niet te laten trillen.

'Prima. Ik ben namelijk een ingewikkelde kut,' antwoordde ze.

Ze voelde zijn adem op haar wangen. Toen glimlachte hij. Hij trommelde naast haar oor met zijn vingers tegen de muur, draaide zich om en vertrok.

Een paar avonden later stond hij onder haar balkon. Ze bestudeerde hem toen hij naar haar raam omhoogstaarde. Jasmina vlijde zich dicht tegen haar aan en legde haar kin tegen haar schouder. De warmte van Jasmina's lichaam tegen haar rug en de kou van de ruit tegen haar gezicht. Boven de daken van de gebouwen de weerschijn van de stad. Hij stond daar beneden te wankelen. Had een bierflesje in zijn hand. De mensen liepen met een boog om hem heen.

'Wat wil hij?' vroeg Jasmina en Samira stak haar hand uit om de balkondeur te openen.

Ze stapte op kousenvoeten het koude beton op. Hij keek met toegeknepen ogen naar haar omhoog. Deed een paar onvaste stappen naar achteren.

'Sorry!' brulde hij naar boven. 'Sorry, sorry!'

Zij steunde met haar vingertoppen op de reling en ging op haar tenen staan, alsof ze wilde dat haar gedempte kreet hem beter zou bereiken.

'Luister es! Kom maar een keer terug als je niet hebt gedronken!'

november 2007

Leila

HOOFDSTUK 29

Jasmina en de skinheads

We zitten een paar weken in november en het is net of Jasmina van de aardbodem is verdwenen. Ditmaal ben ik het die achter haar aan zit in de clusterformaties op de trottoirs en in de ondergrondse tunnels waar meisjesbendes gillend en glinsterend voorbijtrekken op jacht naar de dronkenschap van de woensdagavond. Maar als ik iemand tegenkom, Farida of Hanan of iemand anders van haar verwilderd kijkende, hooggehakte vriendinnen, is het enige wat ik te horen krijg: 'Ga naar huis!' of *Ma'a al abalisah.* Geen idee. Ik heb haar al niet meer gezien sinds... ik weet het niet eens.'

Ze is verdwenen, net als Samira. Ik heb een naar gevoel, tot ik haar op een middag midden in het stadscentrum langs zie glippen in de richting van de kerstversieringen.

'Jasu!' roep ik. Ze schrikt en blijft staan, kijkt me met grote ogen aan, maar buigt dan haar hoofd en snelt met haar handen in haar zakken verder.

Nu moet ik achter haar aan rennen en heel even doen we op de gladde straat een soort variant van freerunning, tot ik haar bij de mouw van haar jas grijp, wat misschien maar goed is ook, want het scheelde niet veel of ze was uitgegleden en had zich bij Samira in het ziekenhuis kunnen voegen.

'Wacht nou, verdomme!' roep ik. Ze blijft inderdaad staan, maar probeert zich ook aan mijn greep te ontworstelen.

'Ik ben het maar,' zeg ik terwijl ik mijn capuchon afdoe. Dan is het net of ze wakker wordt en ze pakt mijn hand.

'Niet hier,' zegt ze zachtjes en ze trekt me mee.

We gaan naar een café waar ik nog nooit geweest ben, met lampen als glazen bellen aan het plafond en ronde oranje stoelen. Wanneer ik om me heen kijk, zijn we omringd door schel lachend jong grut, en dat is waarschijnlijk precies Jasmina's bedoeling. Ze wurmt zich uit haar jas en kijkt om zich heen.

Ze bestelt twee koffie en na een poosje ontspant ze een beetje. Ze warmt haar handen aan haar mok, op zo'n typische meiden-manier, maar het is buiten koud, dus ik begrijp haar wel. Ze nipt aan haar koffie, maar er is iets mis met haar. Ze ziet er bleek uit. Vermoeid. Ik leun naar haar over.

'Waarom rende je zonet weg?'

Ze gaat met haar tong langs haar lippen. Dan lacht ze een beet-je.

'Weet je, ik weet het niet. Sorry. Wanneer er 's avonds laat maar genoeg mensen op de deur komen bonken, word je waarschijnlijk vanzelf een beetje paranoïde. En jij bent eigenlijk de laatste die ik had verwacht te zien. Hoor je niet op school te zitten?'

'Nee, ik heb een tussenuur.'

Eerlijk gezegd is er bij mij de laatste tijd meer sprake van tus-senuren dan lesuren, maar er is iets met Jasmina, want het lijkt haar niet eens op te vallen dat ik lieg. En nu zie ik het duidelijk. Haar vingers trillen. Ze is doodsbang.

'Ik woon bij mijn ouders, bij mijn broers en zussen. Kut. Weet je hoe het er begint uit te zien, als er maar genoeg gasten aanklop-pen en naar je beginnen te vragen?'

'Ik snap er dus niets van. Wat voor gasten?'

'Gozers, gabbers, mannen. En dan ook nog van die types met wie je niks te maken wilt hebben. Stomme skinheads en racisten.'

'Echt waar?'

'Ja, over dat soort dingen zou ik niet echt liegen, toch?'

Ze zwijgt en drinkt van haar koffie. Schel gelach. Iemand be-spreekt de vergissingen van afgelopen zaterdag wat betreft kle-ding- en kerelkeuze.

'Maar waarom?' vraag ik na een poosje, maar Jasmina schudt haar hoofd.

'Ik weet het niet. Weet je nog dat je vroeg of ze een vriendje had? Samira, niet je moeder?' zegt Jasmina met een glimlachje.

Misschien is ze nu toch iets meer zichzelf.

'Jawel, maar...'

'Je weet wel wie het is,' zegt ze dan.

Ik kijk haar even aan.

'Nee, die niet.'

Ik schud mijn hoofd. Ik kan het niet geloven.

'Jawel. Hij. En nu die jongens hem zoeken, zit ik dus in de stront. Wist je dat hij moslim is geworden of zoiets?'

'Wat? Nee, zeg. Ik heb hem vorige week of zo nog in de Angel gezien! Hij stond als een gek bier naar binnen te gieten.'

'Dat is anders wel wat ik heb gehoord. En weet je wat ik nog meer heb gehoord? Dat alle tot de islam bekeerde Finnen het over hen hebben gehad, over hem en Samira. Iedereen wist het, de hele oemma.'

Ik blijf een hele poos zwijgend zitten. Dan schud ik mijn hoofd.

'Nee, Jasmina. Want weet je? Dat zou ze me hebben verteld. Samira zou het hebben verteld.'

Jasmina heeft haar ogen neergeslagen. Ze wil me niet aankijken.

'Hé... ik weet dat je haar zus bent en zo, maar ze heeft tegen me gezegd dat ik niet over hem mocht vertellen.'

'Waarom niet?'

'Omdat... omdat jij je mond altijd voorbijpraat. Je moest je moeder zelfs zo nodig over die tv vertellen.'

Even zit ik met mijn mond open. Er komt geen geluid over mijn lippen. Het is net of God op MUTE heeft gedrukt.

'Uh... ja... ja... maar... maar dat was gewoon per ongeluk,' weet ik ten slotte uit te brengen. 'Ze hoorde Linda en mij over een film praten en ik zei dat ik die bij Samira had gezien en toen...'

'Het maakt niet uit. Jij bent een jonkie, nog maar veertien. Snap je dat niet?'

Ik staar haar aan en inwendig protesteer ik heftig. Ik ben geen veertien. Dat ben ik niet! Ik ben namelijk inmiddels al vijftien.

HOOFDSTUK 30

Zo tuchtig je een moslima

Het duurt een paar dagen voordat ik voldoende moed heb verzameld om het onderwerp Samira en een eventueel vriendje bij mijn moeder aan te kaarten. Ik benader haar wanneer ze aan het poetsen is geweest en het stof en de dweil haar een uitlaatklep hebben geboden voor het grootste deel van haar negatieve gevoelens. Nu staat ze de was te vouwen. Het lijkt of ze neuriet maar dat doet ze niet, want muziek is haram en zo'n overtreding zou ze zichzelf nooit toestaan.

In plaats daarvan reciteert ze de Koran. Ik weet dat ze dat doet, want dat zegt ze altijd.

'Wanneer ik me gelukkig wil voelen, Leila, dan lees ik in stilte voor mezelf de *Soera at-Tariq*.'

Wanneer ze in die stemming is, is ze open. Ze kijkt opgewekt uit haar ogen. Ik kan naar haar toe lopen. Ik kan zeggen: 'Mama. Ik moet met je praten. Het is belangrijk.'

Ze gaat op de bank zitten. Ik wring mijn handen. Kijk door het raam naar buiten. Dit is echt niets voor mij en ik weet niet eens waar ik moet beginnen. Maar we zwijgen nu al lang genoeg en we moeten een keer gaan praten, dus dat kan net zo goed nu.

Ze begint me met een milde stem uit te horen over school. Ik vermoed dat er een luchtje aan die porrende vragen zit, maar ik heb geen tijd om me daarmee bezig te houden, dus ik antwoord dat het op school supergoed gaat en ze laat het onderwerp vallen.

'Mama. Er is iets wat je moet weten. Had Samira... Had ze een vriendje?'

Mama glimlacht naar me.

'Natuurlijk had ze geen vriendje. Samira is moslim.'

Ik zucht. Ik begrijp dat ik mijn moeders stemming verkeerd heb ingeschat. Haar openheid is openheid voor God, niet voor mij of voor lastige vragen die onze illusie van orde zouden kunnen verstoren.

'Mama. Ik ben op de hoogte. Ik heb met Jasmina gepraat en zij zegt dat alle Finse mos... dat onze oemma het wist en dat jullie hebben besproken wat jullie met het probleem aan moesten.'

Ze zwijgt een poosje. Ze glimlacht niet meer. Ze vermant zich.

'Nou dan,' zegt ze. 'Als je uitgerekend met Jasmina hebt gepraat, dan ken je vast de hele waarheid, en nog een beetje meer. Dat meisje heeft namelijk fantasie in overvloed.'

Ik zie dat ze zich afsluit en opmaakt om Jasmina als een leugenaar neer te zetten, en opeens is het alsof iemand anders mij vanbinnen overneemt en via mij praat. Later zal ik mijn moeder tegen Fatima horen zeggen dat het de sjaitan was, maar dat kan me niets schelen, want ik ben vijftien en geen kind meer en ik verdien het om te weten wat er nou eigenlijk is gebeurd.

Dus zeg ik tegen mijn moeder dat het haram is om te liegen, ook als je denkt dat het voor een goed doel is. En dat als zij het niet vertelt, ik de imam kan bellen om het hem te vragen, want hij weet het in elk geval. En dat ik denk dat zij die avond naar Samira is gegaan. Dat ze ruzie hebben gehad, en dat de gemeenschap vond dat het probleem moest worden verholpen door Samira een ongeluk te laten krijgen en dat de dingen toen liepen zoals ze zijn gelopen. Wanneer ik zwijg, is mijn moeders mond een heel smal streepje en ze zegt helemaal niets. Ze staat alleen op van de bank en loopt naar de kast in de hal waar ze een tijdje in rommelt. Ik blijf doodstil zitten.

Wanneer ze terugkomt, smijt ze iets voor me op de salontafel neer. Het is een dunne brochure en ze knikt naar me. Ik pak die op.

In het Fins staat er: 'Een opvoedingsgids voor moslimmeisjes.

Uitdagingen en problemen van alledag.'

Ik kijk haar aan. Wat is dit? Gaat ze disciplinaire maatregelen treffen? Ik heb de neiging om te lachen. Als ze denkt dat ik me daarmee de mond laat snoeren...

'Een opvoedingsgids voor Finse moslims. Er is er ook eentje voor jongens, maar ze dachten dat ik daar in dit geval niet echt iets aan zou hebben.'

'Dus... Wat?'

'Ze hebben me deze gegeven,' zegt ze en ze pakt me de brochure af.

Ze strijkt er bedachtzaam met haar hand over en zucht.

'Hier zou het antwoord op al mijn vragen in staan. Ik heb er niet eens in gekeken, astghfiru'llah. Ze is drieëntwintig. Volgens mij is het een beetje te laat om de gaten in haar opvoeding nu nog te dichten.'

Ze pauzeert even en vervolgt dan: 'Jij denkt, en Samira denkt, dat ik alles moeilijker voor jullie wil maken. Jullie willen dat ik jullie maar gewoon je gang laat gaan. Je elk weekend bezatten en met jongens afspreken, en dat jullie daar gelukkig van zouden worden. Tot jullie op een dag bij mij komen, helemaal stuk vanbinnen, om te vragen waarom ik niets heb gedaan, waarom ik jullie niet heb gewaarschuwd, en of ik niet wist dat jullie moslim waren. Geloof me. Ik heb het meer zien gebeuren. Finse moslima's die van hun man zijn gescheiden en het geloof achter zich hebben gelaten, en die hun kinderen precies hetzelfde lieten doen als hun Finse vrienden. En later, als het allemaal helemaal verkeerd was gelopen, dan kreeg moeder de schuld, want het is altijd haar fout.'

Mijn moeder werpt me een steelse blik toe.

'Toen ik je vader leerde kennen, was ik nog nooit verliefd geweest.'

Ze glimlacht even en ik merk dat ik ongemakkelijk heen en weer schuif. Ik krijg het er helemaal warm van. Ik wil niet horen wat ik zal horen, maar ik moet het gewoon weten.

'Hij reed op de bus. Op een dag was hij er ineens. De knapste man die ik ooit had gezien en hij keek niet eens naar me. Maar ik nam elke ochtend die bus naar mijn werk en keek naar hem via de achteruitkijkspiegel en elke keer dat ik hoopte dat hij mijn blik zou beantwoorden, was ik weer even nerveus.'

Mijn moeder schudt haar hoofd bij de herinnering.

'Maar dat deed hij nooit,' vervolgt ze. 'Na een paar maanden was ik al helemaal... helemaal hoteldebotel. Het enige wat belangrijk voor me was, waren elke ochtend die vijftien minuten als ik in de bus naar hem kon zitten staren. Ik zou alles hebben gedaan om hem te krijgen, maar waarom zou hij naar mij kijken?'

Ze lacht in zichzelf, kijkt me aan en gaat dan verder.

'En toen op een dag deed ik iets wat ik in geen eeuwigheid had gedaan. Ik was helemaal wanhopig en bad tot God. Ik zei dat als ik hem kreeg, als ik hem maar kreeg, ik alles zou doen. Nou. Toen ik een paar dagen later de bus in stapte, had ik mijn portemonnee thuis laten liggen, met mijn buskaart en alles, en toen ik die wilde pakken kon ik hem niet vinden. Ik stond daar bij hem in mijn tas te rommelen en te zoeken, en het huilen stond me nader dan het lachen, maar toen legde hij zijn hand op mijn arm en zei dat ik gratis mee mocht als ik hem een keer terugbetaalde met een kop koffie. Ik kon niet geloven dat het waar was. Ik dacht dat hij dat gewoon zei omdat hij medelijden met me had, en misschien was dat ook wel zo. Maar een paar dagen later herinnerde hij me eraan en toen hij een keer op de avondbus zat, ben ik niet uitgestapt maar zijn we doorgereden naar de remise en was hij het die op koffie trakteerde en niet ik.'

Ze glimlacht.

'Heel lang was onze relatie iets bijzonders. Hij was een van de weinige buitenlandse buschauffeurs en mijn vrienden waarschuwden me. In elke Arabische man schuilt een chauvinist, een ouderwetse huistiran, zeiden ze. Eerst dwingt hij je om te stoppen met werken en daarna is het een kwestie van de hidjab en de vier muren van je huis. Eerst leek het erop of ze misschien gelijk zouden krijgen. Een van de eerste dingen die hij tegen me zei, was inderdaad dat hij met een moslima moest trouwen. Hij vroeg of ik me misschien wilde bekeren. Ik zei ja. Ik had wel van het dak willen springen als hij dat van me gevraagd had. In mijn hoofd was het zo mooi. We zouden jullie iets geven wat ik nooit had gehad. De geborgenheid van een vast punt in je leven: God. Zo hadden we het gepland. Ik heb namelijk altijd in God geloofd. Altijd. Vanaf dat ik heel klein was. En hoe meer mijn vader en moeder zeiden dat God niet bestond, hoe meer ik ging geloven. Dus we kozen voor de islam vanwege het gezin. Maar opeens had ik het gevoel dat het alleen op mij neerkwam om jullie tot moslim op te voeden, en wee ons als ik er niet in zou slagen dat voor elkaar te krijgen. Want als ik jullie maar gewoon vrij liet rondrennen, dan zou jullie vader dat stukje overnemen en dat hadden jullie niet gewild. Hij heeft zo zijn ideeën... zijn gedachten over de plek van de vrouw... en die hebben niets met de islam te maken. Geloof me, dat wil je niet weten. Dat heeft hij van thuis. En als ik niet mijn godsdienstige bewustwording had gehad, dan had jullie vader die wel gehad en dan zouden we hier op dit moment echt niet zitten.'

Mijn moeder slaakt een zucht.

'In het begin, toen ik merkte dat Farid tegenstribbelde, dat hij niet mee wilde doen, dacht ik dat het aan mij lag. Dat ik het verkeerd deed. Dat ik te Fins was als ik aan het werk was en naar de fitness ging en fietste, en zwom in de zomer. Later dacht ik dat het kwam omdat ik geen hidjab droeg. Dat schoof hij me ook allemaal in de schoenen; hij zei dat hij het geloof niet met een Finse vrouw kon naleven. Dus deed ik wat ik kon om niet langer Fins te zijn, maar Arabisch te worden. Maar dat lukte niet. En jaren later, toen ik Fatima en de anderen had leren kennen, kwam ik erachter dat ik daar niet alleen in stond. Dat het bij de meesten net zo was gegaan. Je wordt deel van de cultuur van je man om het gemeenschappelijk leven gemakkelijker te maken, maar tegelijkertijd verwijdert de man zich van het geloof en opeens heb je niets meer van je eigen cultuur over. Je wordt vreemdeling in je eigen land, maar dan is het te laat om op je schreden terug te keren, want de kinderen zijn al opgevoed naar de waarden van de vaders. Het heeft lang geduurd voordat ik besloot wat mijn eigen waarden eigenlijk waren.'

Ze likt met haar tong langs haar lippen, bevochtigt ze voordat ze haar verhaal vervolgt.

'Het gekke is dat ik geen moment heb overwogen om van hem te scheiden. In onze familie ga je niet scheiden. Zo is het gewoon. En opeen waren jullie groot. Klaar. Toen was het voor Samira al te laat. Ze had naar Farid gekeken en naar mij, en gezegd dat ze wilde worden zoals haar vader.'

Mijn moeder zucht en haalt haar schouders op.

'Toen dacht ik: ze doet maar. Ik trek mijn handen ervan af. Snap je? *Khallas!* Ze is volwassen en heeft haar eigen weg gekozen, maar daar wil ik niets mee te maken hebben.'

Ze schudt haar hoofd. En dan zegt ze iets wat echt verschrikkelijk is. Dat ze voor het eerst sinds lange tijd weer kan slapen, omdat ze weet waar Samira zit. Omdat ze weet dat Samira in elk geval veilig is.

Dan sta ik op, ook al roept ze me na.

'Niet weggaan! Niet nu!'

Ik verdwijn naar buiten, de trappen op, helemaal naar Linda, en hoewel die maar half is aangekleed en haar kapsel zo'n warboel is dat ze een pet moet opzetten, trek ik haar mee. Ze heeft haar mond open als een vis wanneer ik haar arm in een stevige greep houd en haar meesleur naar de bushalte, tot ze zegt: 'Laat me los, gekke hoer! Waar gaan we naartoe?'

Linda en ik in de metro. Oranje banken. Zij zit onderuitgezakt, haar ene voet op de zitting tussen mijn benen. Ze draagt een smalle, bleekblauwe spijkerbroek, haar schoenen met hakken zijn zwart en puntig aan de voorkant, en ze is vergeten haar sokken uit te trekken. Vandaag is ze venijnig. Ze inspecteert de wagon.

Er zijn al heel wat verbale oorlogen begonnen vanwege Linda's blik, en ik draai me om, om te zien waar ze naar staart. Ik geef haar een por en ze mompelt: 'Kut, die hoer daar. Dat ze het trekt om zo te loeren.'

Als iemand tegen Linda zegt dat ze haar voet van de stoel moet halen omdat 'er na haar ook nog andere mensen op moeten zitten', tilt ze haar voet op in de richting van het gezicht van de spreker en zwaait ermee voordat ze hem weer op de zitting, of in mijn armen, legt met de woorden: 'Mmm. Masseer hem eens. Jij hebt zulke lekkere handen.'

En dan loopt wie het ook is die zijn mond heeft opengetrokken altijd verder, terwijl Linda de idioot nakijkt.

Vandaag is er helemaal niemand die wat zegt en Linda's blik peilt de wagon.

'Moet je die daar eens zien. Het is dus niet zo dat ik vlezige mensen haat, maar ik heb bepaald geen medelijden met ze.'

Haar blik verplaatst zich.

'Hetzelfde met die stomme zuipschuiten. Weet je, als je jezelf in die toestand hebt gedronken, heb je het toch gewoon aan jezelf te danken.'

Wanneer de metro bij het station stopt en de deuren weer dicht zijn kreunt Linda: 'O nee!'

Dan begint de muziek. Eerder opgenomen achtergrondmuziek en een toonloos gehijg in een klarinet. Het gerinkel van munten in een pet en Linda's stem: 'Je zou ze eigenlijk money moeten geven om te stoppen met spelen.'

Ze gaat rechtop zitten en zwaait met haar handen.

'Hé! Hé, jullie daar! Ja, jullie! Kunnen jullie niet ophouden met dat deuntje? Kut, een mens kan er niet eens bij nadenken! Begrepen?'

Het eindigt ermee dat wij wegrennen. Lachend. Buiten adem. Linda heeft een klarinet in haar hand. Die schopt ze onder de stoelen. Ze lacht tot ze geen geluid meer kan uitbrengen. Haar hakken slaan tegen het synthetische vloermateriaal. De roltrap trekt ons naar boven. De tl-buizen flikkeren. Haar ogen zijn smalle spleetjes van het lachen. Alle gezichten, alle ogen zijn er alleen maar voor ons. Alleen wij tweeën bestaan. Wij en niemand anders.

We vliegen samen tussen de gevels van de gebouwen door en ik hou Linda Lindqvists hand in de mijne. We zijn gek. Met onze laarzen, onze capes, onze superalterego's. Het is niet de eerste keer. We vliegen over daken van huizen, tussen muren, over auto's, onder relingen en bruggen door. De kristalnacht behoort aan ons toe en we laten hem uit elkaar spatten, gooien ruiten in, gooien verkeersborden om.

Het behoort tot de oeroude traditie van freerunning om niets kapot te maken, te verstoren of te verplaatsen, maar vannacht zijn de stad en de straten van ons. Glas regent op de trottoirs neer en knerpt als wij rennen. Oude wijven zoeken een goed heenkomen tegen de muren en grijpen naar hun borst als wij voorbijzeilen. Hou je hart maar goed vast, schatje! Anders raak je het misschien nog kwijt.

Hijgend stoppen we in portieken om uit te blazen en rennen dan weer verder. Niets kan ons tegenhouden. We halen andere teams die aan het freerunnen zijn in, eigen teams, en trekken ons van geen enkele van de gouden regels van freerunning iets aan. We roepen tegen ze dat ze onze kut kunnen kussen en ze blijven met een teleurgestelde blik staan, maar wij rennen lachend verder.

Dan lopen we tegen de lamp. Dat gebeurt buiten bij het spoorwegstation waar we ons allemaal hebben verzameld en de sukkels rollende bewegingen met hun onderlijf maken en met hun armen zwaaien om zich op te warmen. Wanneer iedereen al is vertrokken voel ik een hand op mijn schouder en ik draai me om. Het is Hessu. Linda blijft ook staan, maar hij werpt haar alleen een blik toe en ze verdwijnt. Het laatste wat ik van haar zie, is haar witte hoody met knalroze sterren die stuiterend verdwijnt achter het blokvormige stationsgebouw.

Hessu staat voorovergebogen met zijn handen op zijn knieën en kijkt met gefronst voorhoofd naar mij op. Zijn mond in het baardige gezicht staat open. Hij ademt hijgend kleine wolkjes uit. Dan richt hij zich op, zwaait een paar keer met zijn armen en komt ter zake.

'Isabella en Jontsu hebben jullie een paar dagen geleden gezien, in de buurt van de kerk en de universiteit. Ze zeiden dat jullie je op een paar ramen hebben uitgeleefd.'

Ik sta er met afhangende armen bij en kijk hem aan. Slap. Besluiteloos. Hij draagt een donkerblauw Adidas-trainingspak met witte strepen, de broek iets afgezakt, maar niet ver genoeg. Die zit nog steeds bijna in zijn taille en de pijpen zijn te kort. Er is toch geen mens die tegenwoordig nog Adidas draagt, denk ik, maar niet zonder dat er een steek door me heen gaat. Ik wil niet denken dat Hessu fake is.

'O?' zeg ik.

'Hé, daar heb ik nou geen zin. Jullie weten allebei dat vandalisme verboden is. Dat dat niet bij het freerunnen hoort. Als we een slechte naam krijgen, kunnen we deze sport niet meer beoefenen zonder dat iemand de politie belt. Je weet hoe de mensen zijn.'

Ik antwoord niet. Als iemand staat te preken hoef je niet te antwoorden. Je hoeft alleen maar te luisteren en te knikken en de indruk te wekken dat je de boodschap hebt begrepen, zodat het lijkt of je het ermee eens bent. Het liefst moet je ook een beetje verdrietig zijn en spijt hebben, zodat de ander gewoon ophoudt. Maar Hessu houdt niet op. Hij legt een hand op mijn schouder en dan zie ik wat ik niet heb willen zien. Hij draagt zachte wollen vingerhandschoenen. Zachte, dunne, meisjesachtige wollen vingerhandschoenen.

'Luister es, je moet weten dat er mensen zijn die met je begaan zijn als jij het thuis nu een beetje moeilijk hebt.'

Ik sluit me af. Ik hoor hem mompelen over familie en over freerunning en dat het team niet alleen maar een team is dat bij elkaar komt om te sporten, maar ook een soort familie, als je het zo wilt noemen. Daarna begint hij hinnikend te grinniken. Dan snap ik dat Hessu met freerunnen is begonnen en een team om zich heen heeft verzameld omdat hij geen echte vrienden heeft, en ik vermijd het om hem aan te kijken. Ik wil zijn glazige blik en zijn bewegende lippen niet zien, dus kijk ik maar naar de mensen die langskomen. Ze hebben plastic tasjes in hun handen. Ze hebben tassen met veel metaal eraan. Guess, Guess, ik tel verschrikkelijk veel Guess-tassen, en de mannen dragen donkere kleren en aktetassen. Ik vraag me af of er ook bepaalde aktetasmerken zijn die je gewoon moet hebben, en of iedereen hetzelfde merk heeft en er daarom hetzelfde uitziet. Maar natuurlijk: de heuptas is de nieuwe aktetas. Of de babydrager op je buik. Je neemt de kinderen mee als je vaderschapsverlof hebt. Ik vermoed dat Hessu nu uitgepraat is en wend mijn blik naar hem. Ik zie hem voor de laatste keer zijn mond dichtdoen.

'Ja, ja,' antwoord ik, maar hij kijkt me aan met een blik waaruit blijkt dat hij het nog niet heeft opgegeven.

Hij begint zachter te praten. Totaal onnodig, want er is op kilometers afstand geen mens die zou willen horen wat hij te zeggen heeft.

'Ik weet best hoe het is, weet je, met je zus.'

Dan krijg ik er genoeg van. Zijn woorden raken iets in me en ik voel hitte opkomen, die sissende, bubbelende warmte, en ik kijk hem aan, kijk naar die idiote open mond en die belachelijke vingerhandschoenen en ik word nerveus en dwing mezelf mijn handen in mijn zakken te steken. Hij slaakt een zucht en wil doorgaan, maar ik wil geen woord meer horen van die hoge, malende stem.

'Ach, hou toch gewoon je bek!' zeg ik en hij doet zijn mond dicht, een uitdrukking van bleke verbazing in zijn babyblauwe ogen.

'Jij weet gewoon helemaal niks over Samira of mij, dus je moet gewoon je bek houden,' vervolg ik en hij steekt zijn hand uit.

De vingers van zijn handschoenen spreiden zich.

'Fucking Adidas!' zeg ik en ik spuug een keer.

Daarna loop ik weg.

HOOFDSTUK 31

Contact

Het is meer dan een maand lang onrustbarend stil, maar dan krijg ik een bericht van Jasmina. Kerstmis staat voor de deur en klopt aan, maar wij reageren niet. Ik zit gewoon op mijn bed met mijn mobieltje te frutten als het ineens begint te piepen. Ik open het bericht.

'Hoi kiddo.ben bij samira.kom.'

Een halfuur later loop ik op een holletje door de gang van het ziekenhuis, en zonder te weten waarom vlieg ik op Jasmina af, die aan het bed van Samira zit en haar over haar haren strijkt. Ze staat op en omhelst me. We houden elkaar een hele tijd stevig vast, waarna zij loslaat en een paar hardnekkige tranen wegknippert. Het is net of iedereen die ik de laatste tijd tegenkom vanbinnen aan het smelten is en overstroomt, en misschien is dat goed. Misschien kan ik dat aan mijn vader vertellen, die altijd moppert dat alle Finnen van sneeuw en ijs zijn gemaakt.

'Ze ziet er zo klein uit,' zegt Jasmina terwijl ze naar Samira kijkt. 'We raken haar kwijt. Of zo ziet het er in elk geval uit.'

Ik schud mijn hoofd.

'Nee, we raken haar niet kwijt. Ze is daar. Ze wacht.'

Jasmina zwijgt een poosje alsof ze Samira niet wil loslaten, niet eens met haar blik.

'Waar wacht ze op?' vraagt ze zachtjes.

Ik haal mijn schouders op.

'Wie dat wist.'

Ik kijk haar aan en zeg: 'Je hebt ge-sms't.'

'Jaa...'

'Nou?'

Jasmina zwijgt even. Knijpt haar lippen op elkaar. Stevig.

'Ik zit in de stront,' zegt ze na een poosje.

Ik ben doodstil. Er is iets met haar stem. Iets gelatens. Helemaal niet de Jasmina die altijd alles aankan, en het liefst ook nog helemaal in haar eentje.

'Wat is er?'

'Ik ben opgepakt. Je weet wel. Voor kruimeldiefstal.'

'Kruimeldiefstal? Jij?'

Ze knikt.

'Maar wat had je dan gestolen?'

Ze slaat haar ogen ten hemel. Blaast een enorme luchtbel uit.

'Wat heb ik niet gestolen? Van alles. Parfum, make-up, kleren, schoenen, sieraden, tassen...'

Ze werpt een snelle blik op mijn gloednieuwe Gucci-tas en zegt: 'Die ook.'

En ik schud mijn hoofd, waarschijnlijk een beetje onder de indruk, ook al wil ik dat niet. Een Gucci-tas. Die rotdingen bewaren ze achter slot en grendel.

'Maar waarom?'

Ik heb zo'n hekel aan hoe ik klink. Net een maatschappelijk werker op school. Net een leraar. Net een politieagent. Net een moeder. Maar dat is misschien wat Jasmina nodig heeft, want ze begint te praten en de woorden stromen er gewoon uit.

'Ik weet het niet... Je weet wel dat Samira altijd zei dat ze dingen jatte om de statistieken op peil te houden. Wij zijn roetmoppen, dus we stelen. Oké, zij is ermee opgehouden, maar ik niet. Ik heb haar voorbeeld zeg maar nooit kunnen volgen en zij is ertussenuit geknepen. Wij bleven in de stad achter en gingen gewoon net zo door als eerst, en zopen en vochten en gingen tekeer, want dat is wat de mensen van ons verwachten. Ik snap zelf niet wat me mankeert. Ik heb goeie ouders. Ze zijn betrokken. Daar kan ik het niet op schuiven. Ze gaan niet tekeer over wat het geloof allemaal voorschrijft. Maar misschien is het gewoon dat niemand iets van me verwacht. Iedereen vindt het prima dat er van mij nooit iets terechtkomt. Ze verwachten dat ik ga trouwen. Verdomme. Ik ben tweeëntwintig! Ze vinden me al oud. En op school wilden ze me in een klas voor allochtonen stoppen, ook al ben ik hier geboren. Op de beroepskeuzedag duwden ze me een briefje in handen voor de opleiding tot ziekenverzorgster en toen ik naar huis ging en dat aan mijn ouders liet zien, knikten ze alleen maar en zeiden ze dat dat een goeie keuze zou zijn. Niemand vroeg me wat ik wil. Waar ik goed in ben. Ik ben goed in wiskunde. Wist je dat? Ik wilde proberen of ik op de Handelshogeschool toegelaten zou worden om economie te gaan studeren. Maar ik heb nergens aan de toelatingsprocedure meegedaan en ben gewoon in het restaurant van Rashi gaan werken, vuile borden afruimen, precies wat ik de rest van mijn leven zal doen als ik ga trouwen, en het is net of ik alleen maar hoefde te bevestigen wat iedereen al denkt. Dat dat het enige is waar ik goed voor ben, snap je, dat mijn hersens op de een of andere manier minder goed zijn, omdat ik een meid ben en een moslima, en ook nog, vinden ze dus, een buitenlander. Dus ja, ik steel en ik drink en ik vecht en ik vloek, omdat ik harder moet gillen dan alle anderen om niet helemaal fokking gek te worden. Ik heb zin om ergens te gaan staan schreeuwen: hier ben ik! Kijk dan, verdomme! Want ik blijf hier en daar kunnen jullie helemaal niks tegen doen!'

Ze is steeds harder gaan praten, en op hetzelfde moment zie ik in mijn ooghoek een beweging. Jasmina zwijgt. Ik voel hoe mijn hart opspringt tot ergens in de buurt van mijn mond en ik moet mijn lippen op elkaar persen om te voorkomen dat het naar buiten vliegt. Want daar is het, een zwakke maar onmiskenbare beweging van Samira's hand.

Haar vingers krabben voorzichtig over de deken, alsof ze is geschrokken, en Jasmina gilt het uit en vliegt van haar stoel omhoog. Met klepperende hakken rent ze naar buiten en roept: 'Laat er in godsnaam gauw iemand komen! Help! Help!'

En opeens is het een en al consternatie om ons heen. Overal zijn mensen en de kamer die tot nu toe zo stil was, is net een van de hoofdstraten tijdens het spitsuur. Witte jassen zeilen langs en er wordt onder Samira's oogleden geschenen en met resolute stem gezegd: 'Samira. Knijp in mijn hand als je me kunt horen.' En wij houden elkaar vast en staan er trillend bij te wachten.

Jasmina's nagels boren zich in mijn arm en ik ben misselijk. Wanneer de rust in de kamer weerkeert, blijft de dokter achter en terwijl ze ons aankijkt, zegt ze: 'Wat jullie net hebben meegemaakt is wat wij een contactmoment noemen. Dat betekent dat ze jullie blijkbaar gehoord heeft en heeft geprobeerd dat te laten merken. En dat is goed nieuws. Dat betekent dat de kans dat ze bijkomt groter wordt. Ze toont tekenen dat ze het wil proberen. Dat is goed. Dus wat jullie ook deden, ga er vooral mee door.'

Ze legt haar hand op mijn arm.

'Ik ga je moeder bellen. Dit is absoluut een verandering en ze heeft ons gevraagd het te laten weten als er wat gebeurt. Ik zal haar proberen duidelijk te maken dat het belangrijk is dat ze komt. Dat ze met Samira praat.'

Ik knik. Nu ben ik degene die zin heeft om te gaan janken, maar ik hou me in en Jasmina laat mijn arm los. We blijven nog een poosje zitten en proberen Samira te verleiden om wakker te worden, maar ze ligt er net zo stil bij als eerst en het is net of we het allemaal hebben gedroomd. Alsof we het zo erg hoopten, dat het ons lukte om het te laten gebeuren. Maar wanneer we naar huis gaan, is het met een heel ander gevoel en we nemen afscheid met de belofte elkaar heel snel weer te zien.

Een herinnering. Het is de koudste dag van de winter. De lucht zit vol glinsters. Samira's haren trekken piepkleine sneeuwvlokjes aan. Ik heb het gevoel dat we in een van die sneeuwbollen rennen die je door elkaar moet schudden. Samira draait zich lachend om: kom! Heel even aarzel ik, maar ik volg haar. Waar ben je op weg naartoe, Samira? Ze geeft geen antwoord. Ze is twaalf jaar. Haar gezicht is een en al blijdschap.

Ik pak haar hand. We rennen. Passanten kijken naar ons met een glimlach in hun blik. Ik glij uit op mijn ongemakkelijke winterlaarzen. Ik hijg. Mijn adem slaat in mijn gezicht. We vliegen over straat. Een auto remt en we stoppen abrupt, geschrokken, maar lopen dan weer door. En algauw zijn we er. Samira stopt. Het schemert.

Het gedrang buiten bij het warenhuis neemt toe wanneer de kerstverlichting in de straat wordt aangestoken. Met het hoofd in de nek staan we naar de versieringen te kijken die hoog boven ons hangen. De sterren en de kerstbomen dansen in de wind. Zover je met het oog kunt zien, glinsteren de lichtjes langs de bovenleidingen van de tramrails. Mensen dragen bontjassen en praten met gesmoorde geluiden in een taal die ik niet versta. Jongens en meiden van Samira's leeftijd glijden langs op gladde zolen, lachen en klampen zich aan elkaar vast. Ik vraag aan Samira waarom ze aldoor om de rekening roepen, maar Samira geeft me een pets met haar in een want gestoken hand.

'Ach, wees stil!'

We rennen naar de etalages van het warenhuis en kijken naar het kinderkoor dat echt zingt, ook al bestaat het uit plastic poppen, en naar de kerstmannetjes die wuiven en om elkaar heen glijden.

Kerstmis is nog niet haram, en we gaan het bij oma vieren. Het is de laatste kerst. Wanneer die het volgend jaar wordt afgelast, haalt Samira haar schouders op en zegt: 'Alsof mij dat wat kan schelen. Het is sowieso een *holiday* voor sukkels.'

Ze viert Kerstmis dan met Jasmina en de anderen, met een fles buiten bij het winkelcentrum, terwijl ze tegen de blanke Finnen schreeuwen dat ze kafirs zijn die hun Jezus in hun kont kunnen steken. Hoewel onze moeder ons al is gaan voorhouden dat het haram is om dit te zeggen, en dat de christenen *ahl al-Kitab* zijn en Isa een zeer geëerde profeet is, na Mohammed een goede tweede, die bijna net zoveel respect verdient.

Een paar dagen later realiseer ik me opeens dat ik Jasmina nooit heb gevraagd wat ze bedoelde toen ze zei dat ze in de stront zat. We werden onderbroken door wat er met Samira gebeurde. Ik probeer haar te bereiken, maar krijg alleen de voicemail. Ik laat weten dat ze me moet bellen. Maar er gebeurt niets en een week later klop ik bij haar thuis aan. Haar moeder Nasrin doet open, met een ingevallen gezicht en diepe rimpels. Sinds die avond in het ziekenhuis heeft niemand Jasmina meer gezien. Ze is de volgende dag gewoon verdwenen, maar vanwege dat akkefietje, waarover Jasmina me niet meer heeft kunnen vertellen, heeft niemand de politie durven bellen. Sindsdien hebben Jasmina's vader en broers elke avond naar haar lopen zoeken. Ik zeg tegen Nasrin dat ze de politie wel moeten bellen, dat de politie beter is dan dat ze haar ergens dood vinden, maar Nasrin schudt haar hoofd en zegt: 'Geen politie. De politie kun je niet vertrouwen.'

Ik knik en beloof dat ik ga zoeken. Ik ga naar Samira en zit daar een poosje, maar ik kan de aanblik van haar gesloten, zwijgende lippen niet verdragen en ga de straat op. Terwijl ik daar loop, besef ik opeens dat ik weet waar Jasmina zit en ik zet resoluut koers naar Samira's flatje.

Nadat ik tien keer heb aangebeld doet Jasmina open, maar ze doet de veiligheidsketting er niet af en haar stem klinkt zwak en ellendig.

'Jasmina. Ik ben het maar,' fluister ik, maar ze aarzelt.

Heel even denk ik dat ze me niet zal binnenlaten, maar dan rammelt de ketting toch en de deur gaat open.

Nog voor ik echt binnen ben, wendt ze zich af en ik zie dat ze hinkt. Om haar ene arm heeft ze een soort verband. Ik ren op haar af en draai haar naar me toe.

'Kut!' fluister ik.

Iemand heeft haar gezicht als boksbal gebruikt. Ik herken haar nauwelijks. Haar oogleden zijn blauw opgezwollen en ze kan maar één oog openen. Ze heeft gescheurde lippen en ze zijn ongelijkmatig paars. Haar rechterjukbeen is één grote zwelling en overal heeft ze donkere plekken. Op haar keel, haar schouder, haar handen...

'Ze hebben me te pakken gekregen,' mompelt ze, terwijl ze zich abrupt uit mijn greep losmaakt.

'Zeg niet dat het een van die Aziatische meidenbendes was waar jullie altijd ruzie mee hebben,' antwoord ik en ze probeert te glimlachen, maar dat lukt niet.

'Au, dat doet verrekte zeer.'

'Ben je bij de dokter geweest?'

'Nee. Geen dokter. Geen politie.'

'Je klinkt verdorie al net zo gek als je moeder,' zeg ik.

'Ben je bij haar geweest?'

'Ja. Ze denkt dat je dood bent, of nog erger, ergens seksslavin.'

'Hou op.'

'Als je wilt, kan ik tegen haar zeggen dat ik weet waar je zit en dat het goed met je gaat,' zeg ik.

Maar ik zou mijn woorden meteen willen terugnemen, want Jasmina ziet er niet bepaald uit alsof het goed met haar gaat.

'Heb je wel wat gegeten?' vraag ik. Ze schudt haar hoofd.

'Zoals ik er nu uitzie, kan ik echt niet naar de winkel,' antwoordt ze. 'En ik heb trouwens ook geen geld.'

Ik loop naar Samira's kast om het kistje te pakken dat tussen haar kleren verstopt zit. Daar zit geld in, opgerold met elastiekjes eromheen. Ik sta met het metalen kistje in mijn hand en het is net of er iets ijzigs door mijn hele lichaam gaat. Op het kistje heeft iemand met witte tape een briefje geplakt waar HADJ op staat.

Ik blijf een poosje aarzelend staan. Geld wegnemen uit iemands pelgrimskas zou je misschien kunnen definiëren als hyperharam. Maar Jasmina heeft het geld harder nodig dan Samira, dus pak ik er een rolletje uit en verstop het kistje weer.

'Wacht hier. Ik ben zo terug.'

Jasmina eet. Ze zit in elkaar gezakt achter het brood met boter en het vruchtensap dat ik heb gekocht en ze eet zonder op te kijken.

Wanneer ze uitgegeten is, huilt ze een beetje en droogt ze voorzichtig haar gezwollen ogen.

'Je arm?' vraag ik. 'Is die...'

'Volgens mij wel,' antwoordt ze.

'Wie heeft dat verdomme gedaan?' vraag ik. Ze leunt in haar stoel achterover.

'Weet je nog dat ik laatst zei dat ik in de stront zat?'

Ik knik.

'Ja, sorry hoor. Ik was het helemaal vergeten toen Samira...'

'Vergeet het. Maakt niet uit. De vorige keer dat ik op pad was om... je weet wel... mezelf van spullen te voorzien, toen belde dat kutwijf van de kassa niet de politie, maar de bewaking.'

'Nee!'

'Jawel. Ze zullen daar bij de stationstunnel wel een of andere afspraak hebben. Als jij mijn rug krabt, krab ik die van jou, weet je wel, en toen die bewakers kwamen... Je raadt nooit wie het waren. Heikki en die anderen. Die vrienden van Piter.'

'O, kut.'

'Ze hebben me meegenomen en verdomd, ik dacht echt: nou ga ik eraan. Je hoort wel vaker dat die bewakers een arme roetmop meenemen naar achter het station of naar hun kantine om een beetje lol te trappen. Gebroken benen zijn niet bepaald het enige wat ze achterlaten. Ze hebben de rug van een jongen gebroken, de een of andere Somaliër, Abdel, en die zit nou in een rolstoel. Maar denk je dat zij worden aangepakt? Het zijn fokking *untouchables*.'

Jasmina lacht zonder een spier te vertrekken.

'Maar ze deden niks. Ze zeiden tegen me dat ik hun een dienst moest bewijzen, anders zouden ze me erbij lappen bij de politie.'

Ik zwijg. En schud mijn hoofd.

'Wat wilden ze dan dat je deed?'

'Dat ik voor muildier speelde. Een paar keer maar, je weet wel, een onsje hier en een onsje daar afleveren, en ik zou er nog voor betaald krijgen ook. Maar nadat ik dat twee keer gedaan had, heb ik geweigerd, en dit is wat ervan is gekomen. En weet je? Het is opgenomen. Ze handelden de verkoop recht onder een bewakingscamera af waar ik geen zak van wist, dus ze hebben het ergens in hun magazijn allemaal op de band staan. Kut. En vanaf die tijd hebben ze me onder druk gezet. Ik weet niet... ik weet niet wat ik moet doen.'

'Kun je niet gewoon... gewoon deze keer wel naar de politie gaan?'

'Nee, dat kan ik niet. Je weet hoe het is. Iedereen weet hoe het met die pizzaturk is afgelopen die in de cel door bewakers in elkaar werd getrapt nadat de politie ze daar had binnengelaten. Dit is een politiestaat en daarin heeft de bewaking de vrije hand.'

We zijn een poosje stil. Ze steekt een sigaret aan en haar hand trilt wanneer ze die naar haar lippen brengt. Maar hier zijn geen andere blikken dan de onze en die reageren op elkaar en worden één, en ik weet dat we iets delen wat zo diep zit dat het niet met woorden hoeft te worden uitgesproken. Het is net als met God. De taal van de mens is te beperkt om echt te kunnen zeggen wat God is. God weet dat, maar de mens vergeet het vaak en wordt dan overdreven zelfverzekerd. Maar de waarheid is dat alles alleen maar steeds in en over al het andere glijdt. Iets in haar blik, iets schuws en ontwijkends, maakt dat ik de vraag stel: 'Ze hebben toch niks anders gedaan? Je weet wel.'

Ze blaast de rook zachtjes uit, met een nauwelijks merkbare glimlach.

'Maakt dat wat uit? Ik ben bepaald geen maagd.'

Ze drukt haar sigaret uit en steekt een nieuwe op.

'Weet je, Samira en ik konden daar uren over zitten praten. Hoe het voelt om te worden gereduceerd tot een kut, of in het beste geval tot een baarmoeder.'

Ik voel dat ik heftig begin te blozen en ik moet mijn ogen neerslaan. Zat Samira over zulke dingen te praten? Ik moet mezelf ertoe dwingen niet van mijn stoel op te springen of te gaan giechelen.

'Dat je niet meer bent dan een omhulsel, een opblaaspop, die bestaat zodat de kerels iets hebben om aan te zitten en naar te kijken. Dat we ons moeten opensnijden en ons vol moeten spuiten met zenuwgas, en daarna moeten we trouwen en binnenblijven om te wachten op dat heilige moment waarop we worden geïnsemineerd en een kind baren voor een vent. Als we het daarover hadden, gaf dat altijd zo'n hopeloos gevoel, maar Samira verloor nooit de moed. Ik probeerde haar duidelijk te maken dat er toch een klein verschil is. Dat zij een Finse moeder heeft en geen broers die haar bewaken.'

'Maar je zei dat er aan jouw familie niks mankeerde,' antwoord ik. Jasmina slaat haar ogen neer.

'Jawel, maar nu zijn ze kwaad. Mensen staan elkaar vaak naar het leven als ze kwaad zijn. Helemaal per ongeluk.'

Ze zwijgt even, maar gaat algauw verder.

'Ik heb hem een paar keer ontmoet. Ik heb geprobeerd te begrijpen wat er zo speciaal aan hem was dat Samira... maar ik heb nooit begrepen wat het nou was. Hij kwam zo agressief over. Hij ging alleen maar tekeer over de mosliminvasie en dat heel Europa islamitisch zal worden omdat de moslims zich allemaal vermenigvuldigen als ratten. En dan die vrienden van hem. Ze zeggen toch dat je kunt zien hoe iemand is als je zijn vrienden ontmoet? Nou, die vrienden van hem zijn allemaal skinheads. Toen ik tegen haar zei dat ik niet kon begrijpen hoe die hele constellatie in elkaar zat, werd ze kwaad. We kregen ruzie. Ik heb haar gevraagd of het echt de moeite waard was, voor iemand als zij, om jezelf te vergooien voor een type als hij. Dat was de laatste keer dat we elkaar hebben gezien. Dus je snapt misschien... waarom we de laatste tijd niet zo...'

Ik zeg dat ik het begrijp en verder valt er niets meer aan toe te voegen. Behalve één ding.

'Het was mijn moeder niet en het waren ook de tot de islam bekeerde Finnen niet.'

'Ik weet het. Dat had ik ook niet gedacht. Ze irriteren me alleen, die geloofstoeristen. Hoe ze daar met elkaar zitten te praten over de hidjab en de sharia en de *fiqh*, en wensen dat ze weer in de Middeleeuwen zouden zitten. Ze snappen niet hoe goed ze het hebben dat ze kunnen kiezen. Mijn ouders hebben in een land gewoond waar de sharia gold. Ze zijn weggevlucht vanwege dezelfde dingen die door die hobbymoslims worden geïdealiseerd. En dan hebben ze het lef te zeggen dat wij de toeristen zijn en dat zij proberen terug te keren tot het ware geloof. Vrij van niet-islamitische tradities. Maar het zijn allemaal gewoon ware Finnen, met een blauw-witte tulband die zo stevig om hun hoofd zit dat ze niet helder kunnen denken, en met quasi-Arabisch jargon waar ik elke keer hard om moet lachen. *Masja* dit en *masja* dat. Natuurlijk is het mooi als veel mensen moslim willen worden, maar dan moeten ze verdorie ophouden met het indoctrineren van ons die het al zijn, op onze éígen manier.'

Jasmina slaakt een zucht. Ze is klaar. Ze staat op. Ik loop achter haar aan.

'Maar we weten nog steeds niet wie het heeft gedaan,' zeg ik. Ze aait me over mijn wang.

'Maak je niet ongerust, jonkie. Ik denk dat ik wel weet met wie ik moet praten.'

januari 2007

Samira

HOOFDSTUK 32

Alleen God kan je beoordelen

'Samira!'

Hij riep haar naam en ze draaide zich om. Het sneeuwde. Ze liep met haar handen in de zakken van haar bruine suède jas, de jas met de kraag van lichtbeige teddystof, en hij rende op haar af.

Het was midwinter en het werd 's middags om drie uur al donker. Zijn adem slingerde haar tegemoet, twee wolken vermengden zich boven hun hoofden. Zijn voetstappen kraakten in de sneeuw en ze voelde hoe het daarbinnen ergens brandde, in de diepte, op een waakvlam, en ze wist dat het lang, heel lang zou branden.

Hij had haar buiten bij de pizzeria zien lopen en was over zijn woorden gestruikeld toen hij voor zijn vrienden naar een excuus zocht. Daarna was hij achter haar aangerend; haar voetsporen brachten hem bij haar. Hij was nog een beetje nerveus. Een beetje buiten adem. Hij wilde niet dat iemand hen zou zien. Ze keek naar zijn gemillimeterde blonde haar en streek er met haar hand over. Ze lachte een beetje.

'Stekels? Laat je het aangroeien?' vroeg ze.

Hij antwoordde: 'Misschien.'

Op zijn mouw, helemaal bovenaan, zat een blauw-wit vlaggetje. De eerste keer dat ze elkaar hadden ontmoet, had ze eraan zitten pulken en hij had tegen haar gezegd dat ze dat niet moest doen. Een blauw-wit vlaggetje op zijn jas genaaid, een andere in zijn nek, in zijn huid geëtst.

Ze liepen samen door de duisternis die nog middag was maar

gewoon aanvoelde als nacht. Hun stappen protesteerden krakend, maar daar trokken ze zich niets van aan. Hij vulde de krappe ruimte tussen hen met onbeduidend gepraat; blij, misschien blij om haar en om hen, ook al zou hij dat nooit toegeven. Op de sneeuw om hen heen vormden de straatlantaarns ronde sporen die naar haar flatje voerden, de trappen op. In het donker, tussen de schaduwen, hielden ze elkaars hand vast. Vervolgens zijn vingers in haar haren. Hij trok haar dichter naar zich toe. Ademloze kussen, handen die onder dikke winterkleren tastten. Geladen verwachting. Ze lachten, struikelden de laatste traptreden omhoog en vielen in de hal bijna over elkaar heen, een beetje zwetend, en vrolijk. Toen kregen ze Jasmina in de gaten, die in het felle licht van de plafondlamp aan de keukentafel zat met een boek en een glas rode wijn voor zich. Ze droeg een wit t-shirt met daarop de woorden I RAN FROM IRAN. Dat hadden Samira en zij laten drukken bij een studentenevenement, waar de afspraak was dat iedereen die avond een t-shirt zou dragen dat iets belangrijks over hem of haar onthulde, om het ijs te breken, voor gespreksonderwerpen te zorgen en het sociale spel wat te vergemakkelijken. Samira had er zelf eentje waarop stond IK BEN MOSLIM, KUS ME, en Hamid, een van hun vrienden die basketbalde, droeg er een met de tekst I SLAM U DONK.

Jasmina keek op toen ze binnenvielen. Samira slikte haar lach snel in en probeerde die om te turnen in een glimlach die ze op haar vriendin afvuurde.

'Zit jij hier? Ik dacht dat je vanavond thuis zou zijn?'

Jasmina zuchtte.

'Zou, zou... Moet je luisteren: "Hang je zweep op waar de gezinsleden hem kunnen zien, want het zal hun discipline bijbrengen."'

Jasmina lachte een beetje en bladerde wat in het boek. Ze las verder: '"Ik heb het hellevuur gezien en de meesten die daarin vertoeven zijn vrouwen."'

Jasmina grinnikte. Samira hing haar jas op. Ze gebaarde naar

Piter dat hij dat ook moest doen. Ze wist al hoe laat het was. Hij stond met zijn handen in zijn zakken en knikte in de richting van Jasmina.

'Ik denk dat ik misschien maar moet gaan...'

'Nee, kom binnen,' zei Samira, en Jasmina keek snel op.

'Ja, wat sta je daar verdorie te hangen? Kom erin,' zei ze.

'Wat lees je?' vroeg Samira.

Jasmina deed het boek dicht.

'De Hadith.'

Ze schonk nog wat wijn in en vroeg aan hen: 'Zal ik voor jullie ook een paar glazen pakken?'

Samira schudde snel haar hoofd. Piter tilde demonstratief het kratje bier op dat hij onderweg had gekocht. Jasmina haalde haar schouders op.

'Jullie moeten het zelf weten.'

Samira liep naar de tafel en pakte het boek. Ze bladerde er wat in en schudde haar hoofd.

'Ik begrijp niet waarom je jezelf zo zit op te winden,' zei ze.

'Je moet toch weten wat je tegenover je hebt, zodat je niet voor onaangename verrassingen komt te staan,' antwoordde Jasmina.

Ze richtte haar blik op Piter.

'Weet je hoeveel moslims de Koran nauwelijks openslaan maar je wel kunnen vermaken met grappige uitspraakjes uit de Hadith, over hoe je je vrouw op de goeie manier moet slaan en dat het behagen van haar man de enige taak is van de vrouw?'

Piter maakte een flesje bier open en schudde zijn hoofd.

'Je moet mij hier niet in betrekken. Ik heb hier niks mee te maken.'

Jasmina hield haar hoofd schuin.

'O nee? Dus je hebt geen serieuze bedoelingen met Samira?'

Piter sloeg zijn ogen neer. Hij nam een slok uit zijn flesje.

'En wat dan nog, als ik serieuze bedoelingen heb?'

Jasmina keek om zich heen om te zien waar Samira was gebleven, maar die was naar de slaapkamer gelopen om zich te verkleden. Jasmina glimlachte naar Piter, boog zich voorover en begon zachter te praten.

'Je weet dat ze alleen met een moslim trouwt, wat ze ook tegen je zegt.'

'Wie heeft het over trouwen?' zei Piter.

'Niemand,' zei Jasmina luchtig. 'Ik vind het alleen verdomd brutaal van je om haar over te halen als je geen grotere ambities hebt. Je moet weten dat ze niet zomaar iemand is.'

Jasmina wierp hem een steelse blik toe. Hij knipperde iets te vaak met zijn ogen en nam te grote slokken. Hij wilde haar niet aankijken.

'Dus jullie hebben het niet... je weet wel?'

Hij grijnsde en schudde zijn hoofd.

'Jezus, jij bent hopeloos,' zei hij.

Jasmina lachte hard.

'Je meent het niet serieus.'

Ze leunde weer wat naar hem over, met een speelse, lachende blik.

'Je hebt er niet over nagedacht of ze misschien een beetje van de verkeerde kant is?'

Hij reageerde niet.

'Nee, dat zou van het geloof natuurlijk niet mogen,' zei Jasmina.

'Geloof...' Piter snoof. 'Daar moet jij nodig wat over zeggen.'

'Hoezo?' vroeg ze.

'Zoals jij leeft. Of wou je beweren dat jouw fantastische, liberale godsdienst dát niet verbiedt?' vroeg hij, met een knik in de richting van haar wijnglas.

Jasmina leunde achterover. Ze bestudeerde de wijnfles een poosje. Speelde met haar glas.

'Ik leef gewoon zoals wereldwijd de helft van de moslims leeft. 's Avonds de kroeg en 's ochtends de moskee. Wat maakt het uit wat je in de tussentijd doet? Het belangrijkste is dat je je bij het ochtendgebed vertoont zodra je de *azan* hoort. Bovendien is God degene die me moet beoordelen, alleen God en niemand anders. Zolang ik me kan heugen, kan ik zelf bepalen of ik bereid ben de straf voor mijn handelingen op me te nemen.'

'Klinkt leuk.'

Jasmina schudde haar hoofd.

'Leuk? Leuk heeft eigenlijk niets met de zaak te maken. Dit is beheerste agressie. Passief verzet. Jij strijdt toch tegen het islamisme? Het fundamentalisme dat Europa gaat veroveren? Maar je doet het op de verkeerde manier, door het met geweld van je af te stoten. Dat zal op niks uitdraaien. De enige manier om het fundamentalisme te bestrijden is door zelf een liberale moslim te worden. Hun spelletje mee te spelen, maar het te winnen. Je kunt jezelf beschouwen als een guerrillasoldaat, als dat beter in je wereldbeeld past. Doe met ons mee. Trouw met Samira. Maak een dozijn liberale, kleine moslims. Als Samira niet met je trouwt, doe ik het!'

Jasmina had haar stemvolume tot een zacht gemompel teruggebracht, maar ze zweeg toen Samira de kamer binnenkwam.

'Wat kijken jullie serieus,' zei die met een lachje. Jasmina reageerde met iets onverstaanbaars en schonk nog wat wijn in.

'Je vriendin probeert je uit te huwelijken,' zei Piter en Samira lachte opnieuw, maar nu nerveus, en ze keek van Piter naar Jasmina.

'O? Nou, ze probeert al jaren van me af te komen,' antwoordde ze.

'Dat moet jij zeggen,' kaatste Jasmina terug.

Piter opende nog een flesje bier en ging op de bank zitten. Jasmina pakte haar fles en haar glas en volgde hem. Ze ging zitten en terwijl ze hem aankeek, leunde ze met haar hoofd in haar handen.

'Heb je daar zelf dan nooit over nagedacht? Waar je in gelooft?'

Piter zat wijdbeens en hield zijn bierflesje in zijn hand. Hij haalde zijn schouders op. Dacht even na.

'Ik weet het niet, maar ik geloof in elk geval niet in een of andere Saoedi-Arabische importreligie die me zelfs voorschrijft hoe ik mijn kont moet afvegen.'

Samira, die een eindje bij hen vandaan stond, moest lachen.

'Daar bedoel je zeker mijn moeder mee, en niet Jasmina,' zei ze.

Jasmina keek haar aan en kroop in een hoek van de bank in elkaar. Ze trok een been onder zich, waarna ze haar aandacht weer op Piter richtte.

'Weet je waarom ik van deze godsdienst hou? Omdat die, in tegenstelling tot wat jij lijkt te denken, iedereen aanmoedigt om voor zichzelf te denken. De Koran waarschuwt alle moslims dat ze niet moeten luisteren naar iemand die aan de een of andere theologische madrassa heeft gestudeerd en vervolgens met opgeheven vinger staat te verkondigen wat je moet vinden en denken. Het is de plicht van elk individueel mens om te leren lezen, want als je niet kunt lezen, kun je ook de Koran niet interpreteren. Dus hoe kan dat dan samengaan met een verbod voor meisjes om naar school te gaan? De Koran waarschuwt tegen iedereen die dingen wil verbieden die God niet uitdrukkelijk verboden heeft. Muziek, afbeeldingen, make-up... De strengste verboden staan in de Hadith. En ik geloof niet in de Hadith. Ik ben een Koranist.'

'Een Koranist?' vroeg Piter.

'Geen sjiisme, geen soenna, alleen de islam en enige oemma,' antwoordde Jasmina. 'Wij zijn de nieuwe generatie. We houden van de profeet om wie hij is, maar we breken met de traditie. De toekomst van de islam ligt bij ons. Niet bij baardige fundamentalisten die ons geloof hebben gekaapt.'

Samira liep naar haar toe en aaide haar over haar hoofd.

'Misschien hebben we het voor één avond nu lang genoeg over godsdienst gehad. Dit interesseert Piter toch nauwelijks.'

'Niet? Anders is hij er altijd dol op om uitgebreid in te gaan op de islamitische invasie, en dat Deense imams hun antiwesterse scheldkanonnades afsluiten met de wens dat Denemarken vernietigd mag worden.'

'Jawel, maar nu is het wel genoeg,' antwoordde Samira resoluut. Jasmina dook weg voor haar hand.

'Het hindert niet,' zei Piter. 'Als het voor haar belangrijk is...'

'Het stoort me gewoon, oké?' zei Jasmina.

'Wat dan?' vroeg Piter.

'Nou, dat iemand als jij, die in z'n algemeenheid zo verschrikkelijk bang is voor moslims, hier wel kan zitten en met twee moslims omgaat. En ook nog eentje datet. Of wat het ook is waar jullie mee bezig zijn.'

Piter zette zijn bierflesje met een klap op de salontafel. Zijn kaken waren gespannen en hij boog zich voorover naar Jasmina.

'Maar het gaat niet om jou of een individuele moslim, of om mijn buurman Abdelkarim, die in feite de enige is die mij in het trappenhuis groet als hij 's ochtends voor dag en dauw opstaat om het kantoor van de Handelsbanken te gaan schoonmaken. We kennen allemaal wel zo'n aardige moslim die zo liberaal is en zo goed geïntegreerd dat je er vanbinnen warm van wordt. Het gaat om de massa...'

'Er is geen massa. Waar is die massa waar iedereen het over heeft?' vroeg Jasmina.

'Die bestaat uit afzonderlijke individuen die, als je ze bij elkaar optelt, in volume en aantal toenemen tot ze op een geheel vreedzame en democratische manier moslims, fundamentalisten, in de regering en in het parlement kiezen. En dan bedoel ik niet eens de ultrareligieuzen. Nee, de ergste zijn de seculiere moslims die een slecht geweten hebben. Juist degenen die altijd naar de moskee gaan zodat de buren hen zullen zien. Die zullen vooraan staan en het hardst schreeuwen wanneer er dingen beginnen te gebeuren, want dat moeten ze, anders ziet het er voor hen niet best uit als de fundamentalisten...'

Jasmina zwaaide met haar handen. Samira ging op de bank zitten en keek hen aan.

'Hou eens even op. Wacht even. Denk je niet dat ik net zo bang ben voor fundamentalisten als jij? Je praat alsof moslims, alle moslims, ook mensen zoals Samira en ik, op de een of andere manier geprogrammeerd zijn. Dat als je de juiste snaren raakt, ons vermogen om zelf te denken en te handelen wordt uitgeschakeld en we worden omgeturnd tot één organisme met één doel: de wereld overnemen en de ongelovigen doodmaken,' zei Jasmina.

Piter staarde haar aan, maar ze beantwoordde zijn blik.

'Ha! Vraag aan een moslim, maakt niet uit aan wie, wat in de wereld het belangrijkste voor hem is en hij zegt: Allah. De islam. Hoe geïntegreerd hij ook is en hoe weinig hij zich in het dagelijks leven ook aan het geloof gelegen laat liggen,' barstte Piter uit.

'Natuurlijk,' zei Samira, waarmee ze Jasmina voor was, die haar mond al had opengedaan om te reageren. 'God staat voorop. Zonder God is er helemaal niets. Het is een natuurlijk instinct om te antwoorden "God". We willen allemaal op een dag, misschien niet vandaag, maar morgen of op zijn laatst vlak voor we sterven, een perfecte moslim worden.'

'Jawel, maar als we daar dan achter komen, dat we daar staan, omringd door die massa van moslims die ieder afzonderlijk aardig zijn, maar die opeens niet meer zo liberaal zijn wanneer ze merken dat ze de overhand hebben, dan zal het te laat zijn om er nog wat aan te doen,' protesteerde Piter.

'Wanneer dat gebeurt, Piter, zullen wij hier niet meer zijn. Jij niet. Ik niet. Misschien onze kleinkinderen, als we die hebben. Maar weet je wat ik denk? Dat het misschien al te laat is om er nog wat aan te doen. Alle samenlevingen veranderen. Misschien is dit gewoon de volgende, natuurlijke stap op weg naar een nieuwe ontwikkeling,' zei Samira.

'Die ontwikkeling zal tot duisternis leiden,' antwoordde Piter.

'Anderen zouden zeggen dat die tot de jannah leidt. Wanneer de hele wereld de islam erkent, dan weten we dat de dag des oordeels voor de deur staat. Zie je niet wat er gebeurt? Zelfs jij bent aan het veranderen,' zei Samira.

Piter stak zijn hand uit en pakte haar bij haar arm. Hij trok haar dichter naar zich toe.

'Ik weet niet wat er met me gebeurt, maar één ding is zeker. Religieus is het totaal niet.'

Hij begroef zijn neus in haar haren, zijn lippen zochten haar hals. Ze wrong zich los.

'Sorry,' zei ze terwijl ze opstond.

Piter zat haar met afhangende schouders na te kijken. Hij schudde zijn hoofd en opende nog een flesje bier, dat hij in een paar lange teugen halfleeg dronk. Jasmina zat een poosje zwijgend naar hem te kijken.

'Je moet weten dat ze is weggegaan om te bidden,' zei ze toen.

'O?'

'Ze is geloviger dan ze jou wil laten merken.'

Piter keek haar aan. Jasmina zette haar glas weg en rekte zich uit.

'Ze drinkt niet meer. Ik krijg haar niet meer mee om uit te gaan. Ze bidt...'

Jasmina stond op en pakte de lege wijnfles. Haar bewegingen waren losjes en ze zette een paar wankele stappen.

'Het is waarschijnlijk gewoon een kwestie van tijd voordat ze jou dumpt.'

Jasmina bracht de fles weg en kwam weer terug.

'Maar. Je kunt het natuurlijk altijd faken.'

'Wat faken?'

'Tja, als je toch niet speciaal in iets gelooft, als je niets speciaals bent, kun je net zo goed moslim worden.'

Piter grijnsde en schudde zijn hoofd. Hij nam een slok uit zijn flesje.

'Sorry, maar ik moet even pissen.'

'Denk er eens over na,' zei Jasmina.

'Niet als ik aan het pissen ben.'

'Nee, dat is waarschijnlijk beter van niet,' constateerde Jasmina.

'Maak je om haar niet druk. Ze probeert iedereen die ze tegenkomt te bekeren,' zei Samira later, toen ze zich in de slaapkamer hadden teruggetrokken. 'Een mens verdient er in de hemel waarschijnlijk punten mee als hem dat lukt. Wie zal het zeggen.'

Ze lagen allebei op hun rug, hadden het bed dichter naar het raam geschoven om naar de sterren te kunnen kijken. Piter vouwde zijn armen onder zijn hoofd en Samira vlijde haar wang op zijn borst.

'Zou het dan zo'n slecht idee zijn?' vroeg hij.

Samira keek hem aan. Ze voelde hoe hij ademhaalde. Rook de bierlucht in zijn adem. Ze wendde haar blik naar de donkere daken van de gebouwen achter het raam.

'Het zou veel problemen oplossen,' vervolgde hij.

'Ik weet het niet. Denk er maar niet meer aan,' antwoordde ze.

'Als het belangrijk voor je is.'

'Je bent gek,' antwoordde ze.

'Ik zou bij je kunnen intrekken,' zei hij. Ze glimlachte naar de donkere hemel.

'Maar dat kan toch sowieso wel?'

Ze lagen in bed, alleen in lakens gewikkeld, hun huid daartussen, en het licht was teruggekeerd achter het raam en gluurde door de luxaflex naar binnen. Het vroeg of het binnen mocht komen, maar in hun zachte nest was slechts ruimte voor twee. Samira haalde haar vingers door haar haren. Ze hoorde gerammel in de keuken. Het geluid had haar wakker gemaakt. Daarna een dienblad en twee handen en een man die zichtbaar werd, naakt, met alleen een handdoek rond zijn middel. Ze schoof op en ging rechtop zitten, en hij zette het blad op het nachtkastje. Geroosterd brood, gebakken eieren, koffie, een geschilde appel in stukjes, cornflakes met melk. Hij kroop naar haar toe. Zijn handdoek gleed af en zijn handen vonden haar onder het dekbed en trokken haar naar zich toe, en meer haram dan dit kon het nooit worden. Samira stelde zich voor dat haar moeder voor haar stond, een poosje sprakeloos, om dan uit te barsten: 'Een man? In de keuken?!'

Het moment van warmte en intimiteit in hun nestje onder het dekbed was alles waar haar moeder haar altijd voor gewaarschuwd had. Een vrouw kan slechts één keer worden geopend, daarna is ze gebruikt, en een man kan niet trouwen met een vrouw die zichzelf heeft toegestaan vóór het huwelijk te vrijen. Niet eens als de minnaar dezelfde man is als de bruidegom.

Zulke woorden nam Sarah nooit in de mond, maar het was wel wat ze bedoelde. Samira's handen gleden over Piters donzige hoofd. De stoppelbaard op zijn wangen schraapte over haar dijbenen, maar ze was er niet meer. In haar binnenste explodeerde een supernova en ze liet zich wegvoeren achter het felle schijnsel daarvan.

zomer 2007

Samira

HOOFDSTUK 33

Terugkeer

Ze leefden als in een roes. Voor het eerst onttrokken aan het zicht van vreemde ogen gingen ze naar strandjes buiten de stad, plekken waar iedereen wit was en daarna rood en daarna misschien voorzichtig bruin. Aangelokt door zijn vederlichte kussen op haar enkels en door Jasmina's voorzichtige gespetter met water durfde Samira, die zich verstopte achter grote zonnebrillen en onder flaphoeden, in lange zwarte T-shirts en flodderige shorts, na verloop van tijd tenminste haar hoed af te zetten en haar T-shirt uit te trekken. En toen ze ontdekte dat er eigenlijk niemand naar haar keek, trok ze de rest van haar kleren ook uit. Maar toen ze met haar achterste in de lucht onder Gods verwijtende blik lag, begon langzaam een nieuw verlangen wortel in haar te schieten, een verlangen dat ze in verband bracht met het geluid van de azan in Dar El-Shams wanneer de zon onderging. De oproep tot gebed weerklonk in haar lichaam. 's Nachts werd ze af en toe wakker met haar hartslag bonkend in haar hoofd en dan keek ze naar de rode cijfers van de digitale wekker die haar in het donker tegemoet blonken.

Haar oom in Dar El-Shams werd telkens als het tijd was voor het nachtgebed spontaan wakker, en ze herinnerde zich dat tante Safiyya uit bed stapte om water op zichzelf te plenzen en in de kamer terugkeerde om te bidden. Samira stond dan altijd bij het raam uit te kijken over de binnentuin, waar sinaasappels, jasmijn, druiven en granaatappels groeiden en waar de bloemengeur overweldigend was. Wanneer de familieleden opstonden om te bidden werden er voor alle ramen kaarsen aangestoken. De brandende kaarsen en de zoele nacht maakten dat de tijd ophield. Een moment dat was uitgesneden en in haar binnenste was geëtst, en elke keer dat ze gemoedsrust nodig had, keerde ze terug naar toen ze bij het raam stond te luisteren naar Safiyya, die op gezette tijden 'Allahoe akbar' mompelde.

Die zomer werd ze bruin en later helemaal donker, net als toen ze klein was. Toen ze haar eigen lichaam in de spiegel zag, verlangde ze naar een mooie, losse, koele djellaba. Wanneer ze aan de keukentafel aan haar scriptie zat te schrijven, betrapte ze zichzelf er soms op dat ze verlangde naar de dag waarop ze de doek om haar hoofd zou knopen en niet meer achterom zou kijken. En ze voelde dat de gestolen momenten van die zomer, toen de kastanje overvloedig bloeide en de geur van de seringen haar hoofdpijn bezorgde, veel te snel vervlogen. Ze bad tot God dat ze nog even haar gang mocht gaan, een korte tijd maar, voordat haar verlangen te sterk werd. Ze voelde geen verdriet. Piter had wel een vermoeden van haar langzame terugtocht toen ze zich aan zijn aanraking onttrok, haar kleren losser en haar rokken weer langer werden. Wanneer ze 's avonds samen onder het open raam lagen, de lichte koelte van de nazomer op hun huid, pakten zijn handen haar beet en boorden zijn vingers zich tussen de hare.

Toen dat jaar het herfstsemester begon, zat Samira op de voorste rij in het auditorium, en haar studiegenoten, die gewend waren dat ze zich lang moesten maken om langs haar weelderige krullenbos te kunnen kijken, konden nu comfortabel achteroverleunen. Om haar hoofd had Samira een glanzende, lichtrode sjaal gewikkeld, die ze af en toe verschikte.

december 2007

Leila

HOOFDSTUK 34

Linda's frambozenlipgloss

Een week voor kerst begint het te sneeuwen. Grote, papierachtige vlokken vlijen zich op de grond tot alles bedekt is door witte schelpen. Elke keer dat hij bij het eindpunt bij onze flat heeft gepauzeerd, moet mijn vader de bus uit de sneeuwduinen graven, en soms sta ik te kijken wat hij doet. Ik rij tegenwoordig weer vaker met de bus mee waar hij als chauffeur op zit. Ik trek het gewoon niet om de hele weg door al die sneeuw naar de andere bus te baggeren, en het gebeurt wel eens dat ik de neiging krijg mijn armen om hem heen te slaan en met mijn hoofd tegen zijn schouder te leunen wanneer ik op de plek pal achter hem zit en naar zijn rug en zijn krullende haar kijk dat onder zijn pet uitsteekt. Maar ik doe het niet. Het kan trouwens niet eens, want tussen ons in zit beschermend glas, en een bordje waarop staat dat je de chauffeur niet mag hinderen in zijn zicht naar rechts. Dus laat ik me maar gewoon smelten door de warmte in de bus, precies zoals mijn moeder ooit smolt en misschien opnieuw zou kunnen smelten als mijn vader de thermostaat een tikje hoger zou draaien.

En Linda? Er kunnen weken voorbijgaan zonder dat we elkaar spreken. Ik wacht na schooltijd niet uit het zicht van anderen zodat we elkaar gezelschap kunnen houden. Ik vertrek alleen, terwijl een paar kinderen uit de onderbouw sneeuwballen op mijn rug gooien. En 's ochtends, als ik het portiek uit loop, doe ik mijn best om niet naar haar uit te kijken.

In de pauzes zit Linda meestal op de meisjes-wc, terwijl de conciërge aan de deur staat te rukken en zij schreeuwt: 'Fuck off, zeg',

254

en hij niets anders kan doen dan haar daar maar te laten zitten. Als ze niet op de wc zit, zit ze bij de maatschappelijk werker om te vertellen hoe het voelt om 'door echt iedereen gehaat te worden' en de maatschappelijk werker vouwt zijn handen achter zijn hoofd, zodat je de zweetplekken onder zijn armen ziet, en zegt: 'Ja, ik zou dit natuurlijk liever niet zeggen, maar vind je zelf niet dat dit je verdiende loon lijkt? Je bent nou niet bepaald altijd de vriendelijkheid zelve geweest tegen je klasgenoten.'

Daar valt dus ook geen hulp van te verwachten. Linda zit steeds vaker handenwringend in de les. Ze heeft roze nepnagels, en armbanden die rinkelen bij elke beweging, en ze denkt dat er een heleboel blikken op haar geblondeerde hoofd met de zwarte scheiding zijn gericht, maar zeker weten doet ze het niet, omdat ze tamelijk ver vooraan zit, wat vroeger niet zo was. Ik zie haar van achteren, vanaf mijn gebruikelijke plek, en ik zie haar ongemakkelijk zitten schuiven op haar stoel. Het is of er in haar binnenste iets omhoogkomt, een soort druk, en ze ademt snel, alsof ze alsmaar aan het rennen is.

En opeens, als we tijdens de Finse les het woord 'schuld' verbuigen, draait ze zich om naar het gesmoes achter haar rug en doet ze haar mond open.

'Maar hou eens een keer jullie bek dicht!' brult ze.

De klas valt stil, maar zij is al op weg naar buiten. Iemand schudt in verwarring zijn hoofd, een ander haalt haar schouders op. Daarna moeten ze lachen.

'Gekke hoer,' zegt iemand.

'Aanstelster,' zegt een ander.

Opgefrist door de onderbreking en met een gespreksonderwerp voor de volgende pauze wordt de les vervolgd. Ik ben de enige die zwijgt als het gepreek wordt hervat.

Maar dan op een dag. Een hand in de mijne. Warm en enthousiast, met een licht geschraap van lange nagels. Die hand komt aanzetten wanneer ik al van het schoolplein ben vertrokken en haalt me vlak bij de minisupermarkt in. Ik knijp in die hand en voel hoe er een rilling door mijn buik gaat. Ik glimlach en ik hoef niet stiekem naar links te kijken om Linda te zien en te weten dat zij ook lacht. Ze geeft me een duw met haar schouder en ik buig mijn hoofd om te kijken naar de grond onder mijn stevige schoenen, die in de sneeuwblubber schoppen en in die rottige keitjes die altijd onder je zolen blijven steken.

Ik ga niet naar huis.

In plaats daarvan rennen we als gekken het grasveld op en gooien we gillend en lachend sneeuw naar elkaar. De natte sneeuw smelt aan de binnenkant van je kraag en over je hele lijf. Onze wanten zijn zwaar van het water, maar we blijven doorgaan, tot Linda's haren helemaal in de war zitten en haar mascara en groene oogschaduw over haar wangen uitgelopen zijn. Ze lacht om de sneeuw die grijsgroen wordt en gilt: 'Nu is dit grasveld van mij!'

En daarna. Daarna rent ze op me af om me in te halen en ik val met een plons in de sneeuwblubber op het gras. En met een lach, waar maar geen eind aan lijkt te komen en waar ik pijn van in mijn keel en in mijn buik krijg. Ik moet lachen tot ik huil. Daarna moet ik ook echt huilen, want ik voel me zo overdonderd, doordat zij daar nu is, en door die hele situatie met Samira, mijn vader en vooral mijn moeder, het is allemaal zo ver weg maar het is er wel, en het is een soort bevrijding, maar ik slaag erin mijn tranen te camoufleren met een lach.

Ik doe mijn ogen dicht en de rest droom ik. Een mond op de mijne, zo warm, zo onverhoeds maar zo vastbesloten, en een zachte, natte tong. De smaak van kauwgum. Zij rookt niet. Ze kan soms verrekte kwaad worden als ze iemand ziet roken. Dan loopt ze op de roker af, trekt diegene de sigaret uit de mond en sist: 'Snap je niet dat je hier kanker van krijgt? En het ruikt ook nog eens een keer helemaal kut!'

Ik weet nu hoe haar lipgloss smaakt. Glad. Zoet. Misschien framboos. Alles draait. Ik knijp mijn ogen stevig dicht en zoek mijn weg in dat gevoel. Naar binnen. Ik wil niet naar buiten komen en zien dat alles veranderd is. Maar wanneer ik mijn ogen opendoe, zie ik haar daar in haar onwijs dure witte spijkerbroek midden in de blubber en de bruine nattigheid zitten alsof het haar geen reet interesseert, en ze draait haar gezicht naar me toe met haar warrige, natte haar op haar wangen geplakt, en dan lacht ze. Haar sterren blinken me tegemoet en ik knik terug.

HOOFDSTUK 35

Mahr

Ik spreek met Jasmina af bij de Griek. Ze heeft haar mond vol woorden en tussendoor vol grote happen van het eten dat ze besteld heeft, het ene bord na het andere. Ze kijkt anders. Haar blik vliegt tussen haar bord en mijn gezicht heen en weer en ze gunt zichzelf nauwelijks een adempauze.

Ik vraag haar niet wat er is gebeurd of hoe ze aan geld komt of hoe het met haar arm gaat, want daar lijkt het prima mee te gaan, ook al is het nog maar een week of wat geleden dat die ingepakt zat. Ik zit gewoon achterovergeleund met koude souvlaki op mijn bord, terwijl zij me met een gangsterglimlach en een gangsterblik aankijkt. Ik snap er niets van, maar ik word door haar enthousiasme meegezogen en vergeet even dat zij het is die daar zit en niet Samira.

Wanneer ik haar vraag wie ze had gedacht dat dit allemaal zou gaan betalen, of dat ze had gedacht dat we na het eten een sprintje naar de metro zouden trekken, zegt ze schouderophalend dat ze nu gaat trouwen. Ze heeft haar mahr gekregen, en ze heeft die lul alles afgeperst wat hij kon missen.

Ze kijkt tevreden. Terwijl ze uitlegt dat ook de onzedelijkste bruiden de schijn moeten wekken dat ze hun gewicht in goud waard zijn, kauwt ze. God zij de familie genadig die zo modern is dat ze haar dochter gratis weggeeft. Alsof ze van haar af willen en haar daarom meegeven aan de eerste de beste.

Het maakt niet uit of er echte gevoelens in het spel zijn of niet, beweert Jasmina. Goud moet er klinken, en de bruid moet worden geknepen, als de vette gans die ze is. Ze moet aan alle kanten worden gewend en gekeerd en ze moet haar blik neerslaan. En tijdens de huwelijksnacht moet ze bloeden.

Ik vraag aan Jasmina hoe zij het voor elkaar gaat krijgen om tijdens haar huwelijksnacht te bloeden, en met haar vork halverwege haar mond kijkt ze me aan.

'Hoezo? Waar zie je me eigenlijk voor aan?' vraagt ze, en ik sla met een verhitte blos mijn ogen neer, opnieuw in verlegenheid.

'Sorry, ik dacht dat jij... je zei toch...' mompel ik.

'Shit, Leila, ik maak maar een grapje!'

Ze lacht hard en vertelt over alle trucs waar je je toevlucht toe kunt nemen om te bloeden. Dat zijn stukjes glas en zakjes met kippenbloed, dat zijn maagdenpillen en namaakmaagdenvliezen die je online bij eroticashops kunt bestellen. Ze kauwt tevreden en lijkt nog een poosje lekker op alles te zuigen. Dan leunt ze achterover op haar stoel, opeens ernstig.

'Ik weet in elk geval dat ik in mijn huwelijksnacht ga bloeden, maar ik denk gewoon aan al die meiden in andere landen die binnen zijn gebleven, zichzelf onder controle hebben gehouden en zelfs van hand in hand lopen met een jongen hebben afgezien, en die op hun huwelijksnacht echt maagd zijn, helemaal heel en puur, maar die om de een of andere reden niet bloeden. Misschien omdat ze zonder maagdenvlies geboren zijn, of omdat het gewoon niet stukgaat of omdat het om een andere reden is stukgegaan. Daar zitten ze dan in hun huwelijksnacht, met hun schone lakens, en ze snappen niet wat er mis is, maar ze weten wel dat ze de volgende dag dood zullen zijn. Dat deze nachtmerrie de laatste nacht is die ze in dit leven meemaken, vlak voordat alles instort. Dus ik denk dat ik er nu uit ben wat ik met mijn leven wil. Ik wil gynaecoloog worden. Niet omdat ik het leuk vind om kutten te inspecteren, maar omdat ik andere meiden wil helpen, meiden die zichzelf niet kunnen helpen.'

Ik vraag haar of het haar niets kan schelen om te moeten liegen, maar ze antwoordt: 'Ach, Leila! Hij zat uren met mijn ouders te praten over wat een fijn en eerbaar mens hij is, dat hij het geloof naleeft, dat hij vrouwen respecteert en van hen houdt en dat hij al zijn vrije tijd doorbrengt met zijn gezicht naar beneden en zijn achterwerk omhoog in eerlijke en eerbiedige aanbidding. Klinkt te goed om waar te zijn, toch? Dus heb ik wat onderzoek gedaan, en wat hij zei, klopte inderdaad gedeeltelijk. Hij houdt van vrouwen en brengt al zijn vrije tijd door met zijn gezicht naar beneden en zijn achterwerk omhoog, maar niet direct in aanbidding van God. De Koran zegt dat een maagd alleen met een maagd mag trouwen. Iemand die heeft gehoereerd moet met een hoer trouwen. Dus hij is fake en ik ben fake. We verdienen elkaar.'

Ze lacht. Ze lijkt gelukkig, en als het niet gelukkig is, dan toch in elk geval tamelijk opgewekt. Het is of ze gewoon leeft voor het moment en zich totaal geen zorgen maakt over de toekomst, al die jaren na de bruiloft, wanneer ze haar mahr heeft opgemaakt en moet leven met een man die ze niet eens kent.

Elke getrouwde vrouw is een hoer, zei Samira, en ik begin te begrijpen wat ze bedoelde. Jasmina heeft zichzelf verkocht aan de hoogste bieder. Modellen die trouwen met rallyrijders en ijshockeyers doen hetzelfde. Maar die kunnen het in elk geval op liefde laten lijken. Voor Jasmina ligt dat moeilijker, maar ze is in elk geval eerlijk.

We eten en zij praat verder, over de bruiloft en over Habib. Ze leunt naar me over en doet haar tantes na: '*Habib is* tabib, *a doctor, veeery good husband material.*'

Ze bevochtigt de top van haar duim met haar tong en doet of ze bankbiljetten telt, en het is bijna alsof ze in haar dweperige tekstballonnen enthousiast over hem begint te worden, want ze voorziet hem van eigenschappen waarvan ze zonet nog zei dat hij die niet had. Ik zit in totale verwarring naar haar te luisteren, terwijl zij zichzelf oppept voor haar schijnhuwelijk. Ten slotte zwijgt ze en buigt over de tafel naar voren.

'En toch... wanneer ik erover nadenk... Weet je waar ik het bangst voor ben?'

Ik schud mijn hoofd.

'Dat ik nooit zal weten wat liefde is. Ik weet dat het een Hollywood-product is en een leugen om ervoor te zorgen dat de mensen trouwen en de maatschappij in het gareel houden, en al die dingen waar ik het met Samira over had, maar ik weet ook dat het kan bestaan en echt kan zijn. Maar misschien kan ik dat gevoel wel nooit met iemand delen.'

Ze kijkt me aan en wacht op mijn antwoord, maar dat heb ik niet. Ze houdt haar hoofd schuin.

'En jij? Ben jij... heb jij een jongen? Iemand op wie je verliefd bent?'

Ik trek mijn wenkbrauwen op.

'Maak je een grapje? Ik moet aan Samira en jou en mijn vader en moeder en Linda en Anna en Piter en racisten en de toekomst van heel Finland denken. Denk je nou echt dat ik tijd heb voor jongens?'

HOOFDSTUK 36

Opgesloten

Een week voordat het kerstfeest plaatsvindt, versieren we de school. We hangen glitters en sterren op, en engelen en kerstmannetjes. In alle gangen branden kaarsen die een stearinegeur verspreiden. Tegen mijn wil laat ik me door de sfeer meeslepen en ik vergeet dat kerst helemaal niets met mij te maken heeft, maar hé, als we de geboortedag van Mohammed vieren, waarom dan niet die van Isa? Hij was ook een profeet. Een goede tweede nog wel, degene die Mohammed het best beviel.

Er wordt erg geheimzinnig gedaan over het programma, maar wanneer ik overal in de school de posters aan het ophangen ben, zie ik dat Anna's naam helemaal bovenaan staat met een ster erbij. En ze gaat niet één, maar twee liedjes zingen. Wanneer de leerlingen dat zien, wordt er gevloekt en gemompeld, en iemand gilt 'Dat kan niet waar zijn!' en rent weg om het aan anderen te vertellen.

Daarna is het net of de spanning met de dag toeneemt, tot iedereen er bijna fysiek misselijk van is dat de tijd niet wat sneller verstrijkt. En Anna? Die lijkt zich met de dag verder terug te trekken en bleker en kleiner te worden, alsof ze nu pas in de gaten heeft waaraan ze is begonnen en dat het te laat is om nog van gedachten te veranderen.

Ik sta me voor de spiegel klaar te maken om naar het kerstfeest te gaan als ik de sleutel in het slot hoor. Hij wordt omgedraaid; totaal niet discreet, eerder resoluut. Ik sta met mijn witte bloes in mijn hand en laat mijn arm slap naar beneden vallen. Godverdomme. Ik loop naar de deur en druk de klink naar beneden. Ik stel me voor hoe zij aan de andere kant van de deur met de sleutel in haar hand staat en de klink op en neer ziet gaan. Heel even snap ik niet wat haar bezielt, maar dan gaat me een licht op. Ik heb niets gedaan; het is gewoon het kerstfeest. Mijn moeder gaat er niet naartoe, maar dat wil niet zeggen dat ze het vergeten is. En nu heeft ze de deur op slot gedraaid. Al maakt dat geen ene moer uit, want het raam kan open, dus daar loop ik naartoe.

Als ik het al koud kreeg toen de sleutel in het slot werd omgedraaid, dan is dat niets vergeleken met wat ik voel wanneer mijn vingers op zoek gaan naar de klink waar je het raam mee kunt openzetten maar die niet meer zit waar hij altijd heeft gezeten. Ik geloof dat ik het beetje verstand dat ik had aan het kwijtraken ben. Maar dan zie ik de verse krassen op het metaal rond de schroefgaten en ik besef dat ze in mijn kamer de klinken eruit heeft geschroefd. Mijn hoofd tolt ervan. Na al die jaren waarin ze net heeft gedaan of ze me opsloot, heeft ze nu de koe bij de horens gevat en het ook daadwerkelijk gedaan. Maar waarom? Om te verhinderen dat ik naar een feest ga waar ik sinds mijn twaalfde toch al niet meer naartoe wilde? Alleen is het deze keer verplicht om te komen. Ik laat me op een stoel zakken en voel in mijn hele lijf hoe ik het haat om opgesloten te zitten.

Mijn weerzin neemt toe. Hoelang gaat ze me hier vasthouden? De hele kerst? Zal ze me wel wat te eten geven? Wat denkt ze eigenlijk dat er zal gebeuren als ze me in de dagen voor Kerstmis vrij rond laat lopen? Denkt ze soms dat al die kerstreclames, speciale aanbiedingen en liedjes over rendieren en kerstmannetjes me zullen verchristelijken, zodat ik aan een Lucia-optocht wil meedoen en bij een van de meisjes die erin meelopen de kaarsen van het hoofd zal rukken om zelf halleluja te gaan brullen?

Terwijl ik daar zit, voel ik de muren op me af komen, zoals bij zo'n goochelaarstruc waarbij de goochelaar niet meer dan een minuut heeft om zich uit een glazen kist te bevrijden voordat de druk te groot wordt en hij als een insect zal worden geplet. Voor ik zelf in de gaten heb kunnen krijgen wat ik doe, heb ik al een van mijn dikke truien om mijn hand gewikkeld om daarmee de ruit in te slaan. Die gaat eigenlijk tamelijk geruisloos kapot, helemaal niet zo luidruchtig als op tv. Ik werp me recht het wilde, wemelende wit in, zonder me een moment druk te maken over waar ik land. Maar ook dat gaat goed. Al die sneeuw heeft tegen de muur onder mijn raam een flinke hoop opgebouwd en hoewel ik daar tot mijn knieën in wegzak, doet het totaal geen pijn. Maar dan, pas dan, dringt tot me door dat ik een t-shirt en een joggingbroek aanheb en niet eens schoenen aan mijn voeten, en dat het verrekte koud is. Het is hoe dan ook te laat om spijt te hebben, en weer naar binnen gaan om kleren te halen is ook bepaald geen optie, dus ik zet het op een rennen zonder me druk te maken over de kou en het vocht die door mijn sokken heen dringen.

HOOFDSTUK 37

Vallende ster

De duisternis valt die middag vroeg in. Over een paar dagen is het al Kerstmis. Wanneer ik over het open veld bij de zijgevel van de school sprint, heb ik geen gevoel meer in mijn voeten. Het schemert al wanneer ik langs de kantine mijn weg zoek naar de andere kant van het gebouw, waar ik de deur openruk die zich eigenlijk nooit laat openrukken omdat hij even moeizaam en traag is als wij die erdoor naar binnen en naar buiten moeten. In de wervelsneeuw branden flakkerende toortsen. Ik struikel over de stapels schoenen die binnen zijn neergesmeten. Ik ren verder naar de kleedkamer, waar ik voor de tweede keer struikel. Deze keer niet over een schoen, maar over iets anders.

Er brandt geen licht en ik loop op de tast. Iets hards en warms, iets absoluut levends, beweegt zich wanneer ik het beetpak en het schopt me opeens.

'Niet kietelen!'

Ik trek de jassen weg waaronder ze bedolven ligt en moet een paar keer met mijn ogen knipperen voordat ik doorheb wie ik zie.

'Anna! Wat doe jij hier nou?'

'Wat doe je hier zelf?'

Ze veegt nijdig over haar streperige gezicht en ik haal de jassen weg die ze met beide handen vasthoudt.

'Jij bent al niet meer op een kerstfeest geweest sinds... ooit,' vervolgt ze, nu iets zachter.

'Het is toch verplicht,' antwoord ik. 'Ik wil niet blijven zitten vanwege een of ander stom kerstfeest.'

Anna haalt haar neus op.

'Je blijft toch zitten, dus dat maakt niet uit.'

Ik kijk haar aan. Ze ontwijkt mijn blik.

'Is er iets gebeurd?' vraag ik dan, maar ze blijft koppig naar een beige mouw staren.

Ze schudt langzaam haar hoofd en haar kin begint te kreukelen.

'Ik kan het niet... ik kan gewoon niet...'

En het is alsof alles wat ik de laatste weken heb gedacht haar gewoon in één keer overvallen heeft, en ik weet dat ze helemaal niet zo dom is als ik meende, maar dat ze zich gewoon heeft overgeleverd aan de hoop dat het deze keer anders zou zijn. Haar plankenkoorts is echter niet van de normale soort; niet zoals bij Amy Winehouse, die elke keer overgeeft wanneer ze op moet, ook al weet ze dat het publiek dat op haar wacht werkelijk dol op haar is, maar een echte angst dat iemand haar van achteren zal besluipen en omverduwen.

'Maar Jezus, Anna... je had toch niet gedacht dat ze je hiermee zouden laten wegkomen?' vraag ik. Ze leunt met haar voorhoofd op haar knieën.

Ik ga even op mijn hurken voor haar zitten en zie hoe ze schokschoudert.

'Zeg... ik weet niet eens of je kunt zingen. Lukt dat?'

Ze geeft piepend antwoord.

'Ja!'

Ik zucht.

'Nou dan. Kom mee. We hebben niet veel tijd.'

Ik trek haar omhoog. Ze draagt een kort zwart jurkje, best mooi, en hoge hakken. Iemand heeft haar haren gedaan. Ze een beetje opgestoken. Het is geen complete transformatie, ze is nog steeds Anna, maar het is goed. Ze past in haar rol, en ik trek haar mee naar de wastafel.

'Was die smurrie eraf,' zeg ik. Ze bekijkt zichzelf in de spiegel.

'Jemig zeg, dat hadden smokey eyes moeten...'

'Het ziet er nu meer uit als *smoke got in your eyes*,' antwoord ik en ze lacht een beetje.

Ze wast zich en ik ga haar tas pakken om naar haar make-uptasje te zoeken. Maar dat zit er niet in.

'Waar heb je de plamuur?'

Ze kijkt verbaasd om zich heen en ik gooi haar tas aan de kant.

'Laat ook maar,' mompel ik, terwijl ik zoekend om me heen kijk naar een bekende, versleten Gucci waarmee gegooid is.

Als ik hem heb gevonden doorzoek ik de chaos van verkreukeld huiswerk, lege tampondoosjes, een aansteker, verkruimelde sigaretten die ze uit verbaasde monden heeft getrokken en in beslag heeft genomen, halflege parfumtesters, oorbellen, een halfleeg flesje *peppermint schnapps*, vuile wollen wanten en pagina's die uit *Snap-Magazine* zijn gescheurd. Ik vind het paarse make-uptasje en ren terug naar Anna.

Ze kijkt met open mond neer in de bende van testers.

'Wat is dat in gods... wat is dat?'

'Maakt niet uit,' zeg ik. 'Ogen dicht!'

Ze gehoorzaamt me. Mijn vingers zijn stijf, maar dit heb ik al duizend keer gedaan. Ik heb Linda's gesloten ogen opgemaakt, waarbij het achter haar oogleden verwachtingsvol trilde en haar roze lippen bewogen omdat ze moeite had om niet te gaan lachen. 'Het kietelt,' fluisterde ze dan. Maar Anna fluistert niets. Linda sloeg daarna haar groenglanzende oogleden op, knipperde er wat mee, en heel haar gezicht drukte verwachtingsvolle verrukking uit wanneer ze naar de spiegel trippelde.

En Samira's ogen. Samira's slapende ogen, zwaar van eyeliner en kohl en vijf lagen mascara. De verpleegkundigen die binnenkwamen zeiden: 'Oei, oei, je weet dat je hier op de afdeling geen make-up mag aanbrengen. Daar zitten zoveel bacteriën in.' Dan duwden ze me opzij om Samira's ogen af te nemen met een soort zalf die werkelijk alles oplost, en haar wimpers werden weer hun gewone, oude, dunne zelf, ook al zijn ze eigenlijk best wel dik, maar tegen 2000 calorie mascara met fiberborsteltje kan niets op.

Terwijl ik Anna's onbekende gezicht opmaak, flitsen al die beelden voorbij en wanneer ik klaar ben, heeft Anna iets van haar zelfverzekerdheid herwonnen en ik laat haar in de spiegel kijken. Zwijgend bestudeert ze haar gezicht.

'Ik zie eruit als...' zegt ze dan, maar ze onderbreekt zichzelf en draait zich naar me om. 'Bedankt.'

'Is goed,' antwoord ik, want Anna is maar een intermezzo. 'Heb jij Linda gezien?'

Ze kijkt om zich heen. Alsof Linda daar ook zou zitten. Ik geef haar ongeduldig een duw.

'Je kunt maar beter mooi gaan zingen, nu ik al die moeite heb gedaan,' zeg ik en ik loop achterwaarts de kleedkamer uit. Zij blijft met open mond en vers geschminkte pandaogen staan en roept: 'Ze is vast achter het toneel, want ze moet zo optreden.'

En dan, alsof ze nu pas de natte voetsporen ziet: 'Wat heb je met je schoenen gedaan?'

Het licht in de zaal is uit. Ik zie alleen vage omtrekken. De jongens uit de hoogste klas zitten helemaal vooraan, wijdbeens en met witte, oplichtende overhemden. In de rijen achter hen zitten de veertienjarigen en daarachter de dertienjarigen. Die hebben hun programma er al op zitten: een half mislukt kersttableau en iets wat stand-upcomedy moest voorstellen en dat inderdaad enig gelach ontlokte aan de ouders, die zelf voor glühwein hadden gezorgd. De veertienjarigen regelden koorzang, een soort hutspot van kerstklassiekers, en ze lazen het kerstevangelie in straattaal voor. Maar nu gaat het eigenlijke programma van start, het programma van de hoogste middenbouwklas, dat het programma van vorig jaar altijd moet overtreffen. Ik laat mijn blik over de ouders en leraren gaan die met hun hoofden dicht bij elkaar zitten te fluisteren en te glimlachen. En ergens achter het gordijn: Linda.

De jongens helemaal vooraan. Ze zitten elkaar al te duwen en ik vraag me af hoe het toch komt dat mensen altijd iemand zoeken die ze gewoonweg moeten buitensluiten. Als het je op school zelf overkomt, ben je de laatste die het merkt. Dat de anderen, je klasgenoten, de gaten met hun lichaam dichten zodat je als je naderbij komt meteen snapt dat de groep die bij het klaslokaal staat te roddelen en te lachen een kring van afgewende ruggen vormt met een reden: dat ze jou er niet bij willen hebben, dat je niet welkom bent. Niet dat ik ooit zou proberen me er toch tussen te wringen, maar ik weet nog hoe het in het begin was, voordat ik het doorhad, de eerste keer dat het gebeurde.

Ik was net als altijd bij de deur van ons natuurkundelokaal aangekomen en had de meisjes van mijn klas, 7B, met uitzondering van de rokers en Linda, daar over het huiswerk zien staan praten. Henna, Sara, Karina, Milja, Annika en iedereen die ik al vanaf de crèche kende. Ik wilde naar hen toelopen, zoals ik dat alle andere dagen ook had gedaan, maar ik merkte opeens dat het niet ging. Karina wierp een steelse blik over haar schouder en glimlachte wat. Daarna was het net of de andere meisjes, als op een onzichtbaar teken, iets dichter bij elkaar gingen staan. Niet meer dan een onbeduidend centimetertje, maar het was voldoende, en ik stond achter een muur van meisjesruggen in vrolijke, zorgeloze pastelkleuren. Ze gingen gewoon met hun gesprek door. Nu zag ik dat ze moeite deden, dat ze probeerden om niet naar mij te kijken, en toen de bel voor de les ging en de leraar kwam aanrennen draaide Nina zich met een blik van oprechte verbazing naar me om.

'O, stond jij daar? Ik had je niet gezien. Waarom zei je niets?'

En de boodschap kwam aan. Na die keer heb ik niet geprobeerd nog eens in de kring binnen te dringen. Ik was en bleef degene die aan de rand stond toe te kijken, en dat doe ik nu ook. Ik doe niet mee aan het programma. Ik was een van degenen die op de achtergrond hebben meegewerkt. Ik heb papieren sterren en versieringen geknipt. Kersttaarten en speculaasjes gebakken tijdens het uur huishoudelijke vorming.

Ik loop naar de stoelen helemaal achterin, maar probeer er ondertussen voor te zorgen dat mijn aanwezigheid door de leraren wordt opgemerkt. Frans, van wiskunde, kijkt me met een afwezige blik aan. Naast hem zitten De Heg en Helena, en ik blijf zolang mogelijk aan het eind van de rij staan voordat ik me op een lege stoel laat glijden.

Ik ben druipnat. Heb het ijskoud. Heel mijn lichaam jeukt. Mijn voeten zijn nog maar net gaan ontdooien en aan de wandeling naar huis wil ik niet eens denken.

Ergens achter de rode gordijnen staan de sterren van de school op hun beurt te wachten. Een paar minuten later schalt er accordeonmuziek uit de boxen en huppelt de volksdansgroep van 9D het toneel op. Ze struikelen en zijn ongeveer tien minuten lang uit hun ritme, waarna ze het podium af stampen, gillend, in hun handen klappend en met hun rokken zwaaiend. Daarna voert 9E een soort parodie op de leraren op waar alleen de leraren zelf om moeten lachen, behalve de betrokkene die op dat moment in de schijnwerper wordt gezet. Het slachtoffer laat zich gewoon iets op zijn stoel onderuitzakken of duwt zijn bril wat hoger op de zweterig gladde neus. Dan een onverdraaglijk nummer van de jongens van 9C, die bulderend een heavy-metalband playbacken die niemand kent. Aarzelend applaus en snerpend gefluit. Een paar meisjes uit 9A proberen grappig te zijn in een scène uit een saai middeleeuws toneelstuk, waarbij Fanny met een doodshoofd in haar hand staat en zich afvraagt wat er na dit schooljaar van haar zal worden. Boegeroep. Daarna is er een lange pauze. De verwachtingen in de warme, zuurstofarme zaal zijn hooggespannen. Wanneer het gemompel van het publiek door de eerste tonen van een soort ukelelemuziek tot zwijgen wordt gebracht, steekt iedereen zijn nek uit om beter te kunnen kijken.

In een onzekere en een beetje scheve rij komen Maria, Heardi, Karina, Ellu en Pinja het podium op dansen. Ze zijn gekleed in bananenrokjes en hebben halve kokosnootschalen voor hun borst geknoopt. Ik heb hen horen rondrennen, schel gillend wanneer Micke of een van de anderen tijdens het oefenen de strik op hun rug probeerde los te trekken. Ik heb ook het geërgerde geschreeuw van de andere meisjes gehoord toen Maria de choreografie niet onder de knie kreeg. Maar nu lijkt ze het door te hebben: twee stappen naar rechts, eentje naar links en weer twee naar rechts, tot ze aan de andere kant van het podium aankomen. Daarna hetzelfde omgekeerd. Al na de eerste minuten wordt het pijnlijk, maar uit de duisternis van het publiek klinken gefluit en joelende kreten. De glimlach van de meisjes is stijf en strak om de mondhoeken. Karina kijkt of ze het liefst zou willen wegrennen. Ze blijven dicht bij elkaar, ook al hebben ze het hele podium tot hun beschikking, en ik zie dat Ellu hysterisch lacht met op elkaar geklemde tanden. Ze dansen een eeuwigheid met wuivende armen en wiegende rokjes heen en weer tot de muziek zwijgt. Dan blijven ze even staan en trippelen vervolgens naar de uitgang, onder een enorm fluitconcert en applaus waar maar geen einde aan lijkt te willen komen.

Daarna volgen er nog maar een paar nummers. Eerst is Anna aan de beurt en daarna Linda, en als alles goed gaat voor Anna komt zij daarna nog een keer, met haar tweede nummer. Ik blijf zitten en nadat de bananenrokjes zijn afgegaan, zie ik Gabby van muziekles het podium betreden. Gabby pakt de microfoon en glimlacht ongemakkelijk naar Maria, die als enige is achtergebleven en haar schoonheidskoninginkgewuif wuift, waar ze langer op heeft geoefend dan op de eigenlijke choreografie. Maar dan verdwijnt ook Maria. Gabby begint te praten, maar de microfoon staat niet aan. Ze lacht een beetje, zet hem aan en schudt haar hoofd om haar eigen domheid.

'Tja,' zegt ze en ze maakt een lichte buiging naar het publiek. 'Tja, dames en heren. Nu komt het moment waar we allemaal op hebben zitten wachten. Niet omdat de andere nummers niet mooi waren. Integendeel. We hebben het genoegen dit jaar van een bijzonder getalenteerde groep leerlingen te mogen genieten. Maar nu begint de avond helaas op zijn einde te lopen en gewoontegetrouw hebben wij het lekkerst voor het laatst bewaard, zou je kunnen zeggen.'

Ze pauzeert even en kijkt naar het gordijn.

'Dames en heren. Ik heb de eer en het genoegen u te presenteren, voor het eerst voor publiek, de zangvogel van onze school: Anna Hartmann!'

We applaudisseren zonder eigenlijk te weten waarvoor en Gabby trekt zich buigend terug naar de piano. Ze gaat zitten. De gordijnen gaan open. Midden in het schijnsel van een ijskoude schijnwerper staat Anna.

Het wordt doodstil in de zaal. Hoofden gaan omhoog. De jongens vooraan wachten af. Gabby slaat een daverend akkoord aan.

Anna's kristalheldere stem bereikt het publiek en het is niet zo dat Anna niet goed zingt. Anna zingt verschrikkelijk goed. Ze zingt Josh Grobans 'You Raise Me Up', en al bij de eerste tonen gaat er een belachelijk geroezemoes door het publiek. Ik zie dat Micke en Kriba ophouden elkaar te duwen en stil blijven zitten. Wat ze ook van plan waren, het gaat er duidelijk niet van komen. Dit is niet de juiste tijd of plaats. Anna maakt een bijzonder sterrenmoment mee daar op het podium, en dat was natuurlijk helemaal niet de bedoeling. Het trio Sussi, Nettan en Linda zal echt moeite hebben om hier nog overheen te gaan. Ze zouden schitteren en triomferen ten koste van Anna, maar nu lopen ze het risico een komisch intermezzootje te worden voorafgaand aan Anna's eindzege. Wanneer Anna's nummer is afgelopen barst het publiek los in een wild applaus. Op het toneel maakt Anna netjes een buiging. Ze loopt verward de coulissen in en Gabby rent weer het podium op.

Ze kondigt degenen aan die 'helemaal niet minder getalenteerd zijn' en dan betreden ze het toneel: een onzeker groepje dat dicht opeen staat. Sussi en Nettan houden elkaars hand vast, Linda kijkt naar de rijen gezichten in het halfdonker. Haar moeder is er niet. Natuurlijk niet. Die is nog nooit gekomen. Zelfs niet toen Linda klein was en met engelenvleugels en kerstglitter op haar hoofd over het podium rende. Maar toen had ze mij natuurlijk. Ons gezin. Mijn vader en moeder zeiden altijd dat ze trots op haar waren. Wanneer ze nu haar blik over de bekenden en onbekenden laat gaan, ziet ze mij opeens. Het is net of ze dan ontspant, een beetje maar, en in haar ogen ontbrandt een glimlach. De schijnwerpers verblinden haar en ze begint ervan te zweten. Het is zover. Ze haalt trillend adem en brengt de microfoon naar haar mond.

Al na de eerste tonen moet het publiek lachen om dat ene meisje, dat beetje dikke blonde, in die slonzige shorts. Dat ene dat het verkeerde liedje inzet. Ze zingt een paar regels zonder iets te merken, zwijgt dan verward en blijft staan terwijl ze het juiste ritme probeert te vinden. Ze knipt met haar vingers, fronst haar wenkbrauwen en kijkt naar haar vriendinnen, twee knappe meisjes met bruin haar die eigenlijk best goed zingen, met hoge, heldere stemmen. Ze zingen tweestemmig Christina Aguilera's 'Beautiful' en hun stemgeluid vervlecht zich. De grote blonde meid doet een stap dichter naar hen toe om hen beter te kunnen horen. Ze pakt een van haar vriendinnen bij de schouder, maar wordt weggeduwd. De twee bruinharigen lijken zich niets van haar aan te trekken; ze glimlachen gewoon opgewekt en gaan door met hun armbewegingen. De blonde grote meid zet weer het verkeerde liedje in, maar zwijgt dan onverschillig en wankelt onzeker terug de schaduw in waar ze nog even blijft staan voordat ze naar de deur achter op het podium rent.

Ik sta snel op en haast me bukkend langs de rij stoelen. Ik weet nu zeker dat Helena van Fins me ziet, want die probeert me vast te grijpen en ik hoor haar sissen: 'Hé, je moet je straks na afloop bij de rector melden!' Maar ik sla haar hand weg en duik de kleedkamer in.

Ik beweeg me opnieuw door die wirwar van kleren die mensen hebben uitgegooid of snel hebben aangetrokken, en van tassen die op stapels liggen, op zoek naar haar, totaal onvoorbereid op hoe ik haar zal aantreffen. Daarna kan ik niets anders doen dan mijn armen om Linda Lindqvist heen slaan, terwijl boven de wc-pot de lampen flikkeren en zij brult dat ze toch Britneys 'I'm Not a Girl' zouden zingen. Haar warme, zwetende lijf in mijn armen houden en denken dat ze nu in zekere zin kapotgaat; iets binnen in haar komt nu naar buiten en misschien wordt ze nooit meer de oude. Maar ik zie hoe ze zich afsluit, zich hard opstelt en zegt: 'Wat kan het me ook verdommen!'

Ze staat op en loopt naar de spiegel, strijkt over haar wangen en veegt de mascara onder haar ogen weg. Ze kijkt me aan met de meest dubbelzinnige blik van de hele wereld. Ze haalt haar neus op, glimlacht naar me en zegt: 'Wat kan het me ook verdommen. Want weet je wat? *There is always Britney, bitches.*'

Achter alle ramen brandt licht, alsof er met schijnwerpers naar me gezocht wordt, en ik zie dat mijn moeder niet alleen is. Als ik naar de voordeur sjok, heb ik mijn armen om mezelf heen geslagen. Een minuut geleden heb ik Linda achtergelaten bij de deur van haar portiek en ze is met langzame passen naar hun flat gelopen, aarzelend, net als ik, in die tijdelijke vrijheid waarin je nog niet thuis bent en niemand weet waar je bent.

De deur gaat al open voordat ik het licht in het trappenhuis aan heb kunnen doen en ik hoor uit de keuken gedempte stemmen. Fatima laat me binnen. Ik heb een paar veel te kleine schoenen gejat en heb het gevoel dat mijn natte voeten verwoest zijn. Het maakt me totaal niet uit wat er gebeurt, als ik die schoenen maar kan uittrekken en droge kleren kan aandoen en gewoon warme thee mag drinken of waar de ijskristallen in mijn bloed ook maar een beetje van in beweging kunnen komen. Toch loop ik met lood in de schoenen naar boven.

Mijn moeder zit aan de keukentafel. Ze staat op wanneer ik binnenkom. Aïsha 1 en Aïsha 2 staan erbij, niet wetend wat te doen, de een bij het fornuis, de ander bij de keukentafel. Even later staan we elkaar allemaal aan te kijken. Dan vliegt mijn moeder met uitgestrekte armen op me af en ze pakt me bij mijn haren. Ik til mijn handen op om me te verdedigen en we beginnen te worstelen. Ze slaat me met beide vlakke handen en ik probeer haar op een afstand te houden. Aïsha 1 en Aïsha 2 schreeuwen door elkaar

274

heen; de een dat mijn moeder me met rust moet laten, de ander dat ik mijn moeder met rust moet laten, en Aïsha 2 sjort aan mijn moeder, terwijl Aïsha 1 aan Aïsha 2 sjort. Fatima staat er in het Arabisch bij te schreeuwen dat satan ons lichaam moet verlaten en dat we tot bezinning moeten komen. Ze rent weg om de deur dicht te doen die open is blijven staan en blijft maar preken.

Ik zie mijn moeders gezicht nu heel dichtbij. Haar op elkaar geklemde tanden en haar ogen die van waanzin glinsteren.

'Heb jij enig idee wat een ruit kost op zaterdagavond?! Nou?!' Ze schreeuwt half en ik pak haar bij haar polsen.

'Laat me los!'

'Rotkind! Rotkind! Ik vervloek de dag dat ik jullie heb gebaard!'

'Mama, hou op!'

'Ik? Moet ik ophouden? Nee, hoor. Jij moet ophouden. Jij moet ophouden met rondzwerven door de stad en God weet waar, jij moet elke dag naar school en daar blijven, en jij moet een hidjab aantrekken en jij moet gaan bidden en jij moet... ook al moet ik je doodslaan!' brult mijn moeder.

Ze duwt me van zich af en ik val op de keukenvloer.

'Het kerstfeest is verplicht!' roep ik haar na. 'Als je daar niet naartoe gaat, blijf je zitten!'

Mijn moeder komt terug. In haar hand heeft ze een zwarte lap.

'Ha!' zegt ze. 'Ik heb je klassenleraar gesproken. Jij blijft sowieso zitten. Daar helpt geen kerstfeest aan.'

Ze wikkelt de doek om haar hand.

'En bovendien,' vervolgt ze, 'feesten zijn op scholen niet verplicht. Ze kunnen je niet laten zitten omdat je niet op een kerstfeest bent geweest.'

Ze laat zich op haar knieën naast me zakken. Als op een teken schieten Aïsha 1 en Aïsha 2 toe om me bij mijn polsen te pakken. Mijn moeder wikkelt de doek om mijn hoofd. Ik heb het gevoel dat ik stik, zo stevig wikkelt ze hem om mijn hoofd terwijl ze 'sjahada' mompelt. Ik probeer me los te wringen, maar ik voel hoe de stof steeds strakker komt te zitten, alsof mijn hoofd zal imploderen. Alles wordt zwart, maar ik zie bliksemflitsen voor mijn ogen en hoor mezelf half schreeuwen.

'Hou op! Hou op! Ik ga mijn haren nooit bedekken! Ik ga nog liever dood!'

En dan wordt alles stil. Ik doe mijn ogen open. Mijn moeder zit op de grond bij me. Afgewend. Aïsha 1 en 2 laten me los. Mijn moeder verbergt haar hoofd in haar handen. Ze schokschoudert. Ze huilt zo hard dat ik naar haar toe kruip en mijn hand op haar schouder leg. Fatima staat in de deuropening.

'Kom,' zegt ze tegen Aïsha 1 en Aïsha 2. Die staan in verwarring op.

Wanneer de voordeur dichtgaat, sla ik voorzichtig mijn armen om mijn moeder heen, van achteren, maar ze blijft maar huilen. Dan sta ik op, en ik loop naar mijn kamer en haal langzaam de doek van mijn hoofd. Het raam is weer heel. Het is net of er nooit iets is gebeurd.

Later die avond lig ik onder mijn dekbed te luisteren naar haar stappen die in de hal dichterbij komen. Ze duwt de deur met haar vingertoppen open zoals ze altijd doet. Ik hoef haar niet te zien om te weten wat ze wil.

Vlak voordat ik haar voetstappen hoorde, las ik dat Britney aan drugs verslaafd en psychotisch in het gekkenhuis is opgenomen nadat ze zich met haar kinderen in de wc had opgesloten en had gedreigd hen en zichzelf om te brengen. Ik moest aan Linda denken. Dat zij dat ook zal lezen, helemaal alleen, zittend op haar bed, warm, net onder de douche vandaan, en ik wist dat het allemaal nooit beter zou worden.

Ik lig met mijn gezicht naar de muur. Het is donker. Buiten giert de wind. Mijn moeder blijft in de deuropening staan. Stilte. Dan zegt ze: 'Ik was van plan bij Samira op bezoek gaan. Ga je mee?'

Ik probeer gelijkmatig adem te halen. Niet te snikken. Ze blijft staan.

'Leila, het spijt me.'
Ik beweeg me niet. Adem gelijkmatig. Knijp mijn ogen dicht.

januari 2008

Leila

HOOFDSTUK 38

Geen Amina Wadud

Het nieuwe jaar is al begonnen als Jasmina me voor het laatst een sms'je stuurt.

'Ik weet wat er is gebeurd.kom nr winkelcentrum.'

We spreken af in dat café dat haar favoriete plek lijkt te zijn, en ik moet een paar keer om me heen kijken voordat ik haar helemaal achterin in de schaduw aan een tafel zie zitten. Ze zit er doodstil en in elkaar gekropen bij, als een verzopen katje, en ik kan zien dat ze heeft gehuild. Haar ogen zijn klein en roodomrand. Ze heeft zich niet opgemaakt.

Ik ga zitten en als ik haar aankijk, beginnen haar lippen te trillen. Maar ze vermant zich en ik ga een latte bestellen. Niet dat ik er eentje wil, maar in de tijd die het bereiden ervan kost, kan ik me voorbereiden op wat Jasmina zal gaan zeggen.

Wanneer ik aan tafel terugkom, zit zij op de nagel van haar wijsvinger te bijten. Het is de laatste. De andere zijn al afgekloven. Ze kijkt me aan en schudt haar hoofd.

'Weet je hoe vaak ik gedacht heb dat ik haar wel zover zou kunnen krijgen dat ze hem gewoon dumpte? Als ik maar de juiste dingen zei, de juiste woorden gebruikte... En toch... ik was zo idioot om het gewoon door te laten gaan. Ik heb het aangemoedigd. Ik wilde dat ze simpelweg gelukkig was. Verliefd. Ik wilde haar in alle rust verliefd laten zijn. Wilde haar dat niet afnemen. Ze was nog nooit verliefd geweest. Nog nooit. Ik dacht dat ze het niet eens kon worden.'

Ze zwijgt en ik drink akelig zoete latte, ondertussen hopend dat ik niets hoef te zeggen, want ik heb geen idee wat ze bedoelt of wat ik moet antwoorden. Maar na een poosje vertelt ze verder.

Het was al een paar maanden uit tussen hen. Samira was een hoofddoek gaan dragen en daar hadden ze ruzie over gemaakt. Daarna had hij zich niet meer laten zien. Maar op een dag had hij opeens bij hen voor de deur gestaan, gekleed in een witte *abaja* en met beginnende baardgroei. Toen ze hem had gevraagd of hij naar een verkleedfeest ging, had hij gekwetst gekeken en snel zijn witte, gehaakte kalotje afgezet. Hij had verteld dat hij een tijdje had moeten wegblijven, omdat hij zich zo niet aan zijn vrienden kon vertonen.

'Toegetakeld als de duivel zelf, vanuit hun gezichtspunt dan,' zegt Jasmina met een grimas en ze neemt een slokje koffie.

Maar hij leek het te menen, vervolgt ze, en hij had gezegd dat hij de sjahada, de geloofsbekentenis, al had afgelegd, dus dan was hij toch wel een moslim. Dat kon je alleen maar toejuichen, en bovendien had ze hem het idee zelf aan de hand gedaan, dus waarom zou ze klagen?

'Maar toch.' Ze schudt haar hoofd. 'De ene dag is die vent de grootste racist die je je kunt voorstellen, en doodsbang voor alles en iedereen. En de volgende dag komt hij aan en ziet hij eruit als een taliban. Of als iemand die aan een madrassa studeert, je weet wel. Dat kon nooit goed aflopen, dat had ik toen natuurlijk al in de gaten.'

Hij wilde trouwen. Dat was duidelijk. Niemand doet iets zo extreems als hij het niet serieus meent en Jasmina had het een goede ontwikkeling gevonden. En toen Samira thuiskwam en hem zo zag... Jasmina haalt haar schouders op.

'Het was zonneklaar dat ze het helemaal te gek vond. En ook al probeerde ze het te verbergen, ze moest lachen en haar ogen straalden helemaal.'

Jasmina zucht.

'Dus voor mij zat er niets anders op dan mijn spullen te pakken en een niet al te oncomfortabele bedbank te zoeken om op te slapen. Ze wilden het natuurlijk allemaal goed doen voordat hij bij haar introk, dus ze zijn gaan trouwen. Wist je dat?'

Ik schrik letterlijk op. De latte in een plas op tafel. Ik veeg hem op met mijn mouw.

'Nee. Hoe heeft ze dat nou kunnen doen? Zonder toestemming? Mijn vader zou toch nooit...'

Ze valt me met een geïrriteerd gezicht in de rede.

'Natuurlijk niet op de correcte manier, maar alleen voor de wet. Ze hebben zich dus geregistreerd. Alleen maar om... om te voorkomen dat later iemand iets zou kunnen beweren. Dat het niet wettig was en zo.'

'Maar de imam...'

'Ze konden niemand vinden die hen wilde huwen. Niet zonder Farids toestemming.'

Ze zucht.

'We hebben hier geen Amina Wadud.'

Ik laat mijn latte koud worden. Ik word er misselijk van.

'Maar dan zijn ze niet getrouwd,' zeg ik.

'Ze zijn in zoverre getrouwd dat...'

'Nee!'

Jasmina kijkt me ongerust aan.

'Leila, je moet me beloven dat je dit nooit aan iemand vertelt! Dat is belangrijk, begrijp je dat?'

Jasmina steekt haar hand uit om de mijne te pakken, maar ik wil niet dat ze me aanraakt. Samira zou nooit trouwen. Dat heeft ze zelf toch gezegd. Trouwen is je familie verlaten en ze zou mij nooit verlaten.

'Hij heeft haar geduwd, of niet?'

'Wie?'

'Piter.'

'Nee, Leila. Luister naar me. Dat was Heikki. Heikki, met de anderen. Ze waren erachter gekomen wat er aan de hand was en kwamen Piter zoeken. Hij was niet thuis, maar dat geloofden ze niet. En toen Samira hen niet binnen wilde laten, hebben ze haar

282

aan de kant gesmeten. Ze is gevallen...'

Jasmina onderbreekt zichzelf, maar gaat even later weer verder. Ze vertelt dat ze de flat doorzochten, maar niemand vonden en daarna de trap af liepen. Een van hen was al naar beneden gegaan om haar pols te voelen en had geconstateerd dat ze nog leefde. Dat was voor hen voldoende. Ze lieten haar daar gewoon voor oud vuil liggen. En dat was waarschijnlijk wat zij in hun ogen ook was. Nadat dit was gebeurd, was Piter bij alles en iedereen uit de buurt gebleven, maar Jasmina was hem in de moskee gaan zoeken...

Ik zit een hele tijd voorovergebogen en adem snel. Ik hoor Jasmina's ademhaling zachter worden en verdwijnen. Ik sta zo abrupt van mijn stoel op dat die omvalt. Daarna wordt alles zwart. Als ik weer begrijp waar ik ben, loop ik al buiten. Ik bevind me in de koude lucht. Ze zou het nooit, nooit hebben gedaan! Maar ergens diep vanbinnen snap ik dat als puntje bij paaltje komt, ik niets voor haar heb betekend. Niet genoeg in elk geval, en wat Jasmina vertelde, is juist wel iets wat Samira zou kunnen doen. Dus ren ik naar de metrotunnel en spring in de wagon.

Ze zit in het halfdonker met het licht uit op de bank op me te wachten en ik schrik als ik haar zie zitten.

'Waar heb je gezeten?' vraagt ze wanneer ik mijn sleutels op de kast in de hal leg.

Om tijd te winnen trek ik mijn jack zo langzaam mogelijk uit.

'Nergens,' antwoord ik en mijn moeder zucht.

'Nou, daar is je klassenleraar het in elk geval mee eens, want op school ben je niet geweest. Je bent zoveel uren afwezig geweest dat ze het niet meer bijhouden. En ze bellen alsmaar om te zeggen dat ze met je vader hebben gepraat, maar die zegt dat de politie het verkeerde telefoonnummer had, dus wie hebben ze dan eigenlijk gesproken?'

Ik slaak een diepe zucht. Ik voel hoe ik opzwel. Alles is verwrongen. Alsof ik een onhandige reus ben die probeert in een kinderstoel te gaan zitten en uit een kinderbeker te drinken. Alles loopt fout, hoe voorzichtig ik ook te werk ga.

'Ik ben bij Samira geweest,' antwoord ik.

'Zo laat nog? Lieg me niet voor.'

'Nee, niet nu, maar verder wel aldoor. En ik heb Jasmina gezien.'

Ik ga naast haar zitten, laat me tegen haar aan vallen en verberg mijn gezicht in haar wollen trui. Het stroomt er allemaal gewoon uit, alles over Samira en Jasmina en de school en Linda, en voor de verandering blijft mijn moeder zwijgend zitten en valt ze me niet in de rede. Ze slaat alleen haar arm om me heen. Precies wat ik nodig heb. Wanneer ik klaar ben, blijft ze een hele tijd met haar vingers op haar mond voor zich uit zitten staren. Dan wrijft ze over haar gezicht en zegt zuchtend: '*La ilaha illa'llah Muhammadun rasulallah.*' Ze kijkt me aan.

'Leila. Nu moet je eens even goed nadenken, want dit is belangrijk. Heeft Jasmina echt gezegd dat Samira getrouwd is?'

'Ja!'

'En dat hij moslim is?'

'Dat zei Jasmina wel.'

'La ilaha illa'llah...'

'En dat ze geen imam konden vinden die hen wilde trouwen...'

'Muhammadun rasulallah.'

'Al was dat wel wat zij het allerliefst wilde.'

'*Ja rabbi...*'

'Maar dat was toch wat jullie altijd wilden! Dat ze zou gaan trouwen! En nou heeft ze dat gedaan en nou is het ook weer niet goed! Je zegt zelf dat je het beste met een Finse moslim kunt trouwen en dat is precies wat Samira gedaan heeft. Dus waarom is het zo fout dat ze dat gewoon gedaan heeft?'

'Jij bent te jong om dat te begrijpen,' probeert mijn moeder. Maar zo gemakkelijk laat ik me niet met een kluitje in het riet sturen.

'Volgens mij begrijp ik het heel goed! Jullie willen alles bepalen, zelfs met wie ze moet trouwen. Zodat jullie de beste prijs voor haar kunnen krijgen en tegen iedereen kunnen opscheppen wat voor een goede man jullie voor haar hebben gekozen. Of dat wil papa tenminste.'

'Het gaat niet om geld. Het gaat om...' zegt mijn moeder, maar dan zwijgt ze.

Het is alsof ze echt over mijn woorden nadenkt. Ze kijkt me aan, beantwoordt mijn blik.

'Morgen gaan we naar Jasmina,' zegt ze.

'Beloof je dat?'

'*Wallahi binti.* Ik zweer het.'

HOOFDSTUK 39

Van praten en bidden wordt alles beter

Jasmina woont aan het andere einde van de stad. De huizen zijn er verwaarloosd, het is geen nieuwbouw zoals in sommige gedeeltes van de oostelijke buitenwijken, en de karaokebars en pizzatentjes wisselen elkaar af. De bomen hangen somber over balkons en daken, en lijken met hun takken over de grond te slepen. Er zijn weinig mensen op straat. Alleen in de bars pulseert licht en dreunt muziek. In een van de karaokebars krijst iemand: 'Dooris, Doooris, je hebt mijn hart gestolen...'

Een AOW'er die in de motregen zijn hond uitlaat, werpt een snelle blik op mijn moeder, maar wendt die even snel weer af. Ik buig mijn hoofd dieper naar de grond, maar verander van gedachten en kijk gewoon op. Ik laat het spaarzame licht op me vallen en richt mijn blik recht vooruit.

We staan bij Jasmina voor de deur en kloppen een hele tijd aan. In het portiek ruikt het vochtig en niet schoon. Er hangt een etensgeur; iemand kookt kool. Achter de deur klinkt geschraap en ik zie een schaduw over het spionnetje gaan. Het slot rammelt. Nasrin doet open. Zonder iets te zeggen kijkt ze ons aan. Mijn moeder maakt een lichte buiging.

'Salam aleikum,' zegt ze.

Nasrin kijkt naar de grond, maar stapt opzij om ons binnen te laten.

Ik kijk naar mijn moeder die tegenover Nasrin zit. Het is stil in de flat. Het lijkt of er verder niemand thuis is. Mijn moeder uit een paar beleefdheidsfrasen in het Arabisch, maar Nasrin schudt haar hoofd en verzoekt haar om Zweeds te praten.

'Ik ben de moeder van Samira,' zegt mijn moeder. 'Leila kent u wel, hè?'

'Jawel. Ik verwachtte jullie al,' zegt Nasrin.

Ze praat zacht en voorzichtig, met een scherp accent. Mijn moeder glimlacht naar haar en zegt dat het leuk is om haar te ontmoeten.

'Willen jullie thee?' vraagt Nasrin en mijn moeder zegt: 'Graag'.

Terwijl Jasmina's moeder water kookt, zitten wij in de kamer om ons heen te kijken. Ik voel het zo duidelijk. Haar aanwezigheid. Samira is hier geweest. In de hal zie ik drie gesloten deuren en ik vraag me af hoe Jasmina's kamer eruitziet. Daar hebben ze op haar bed gezeten, muziek gedraaid en gelachen om iets op tv. Ik zag van een afstand de schotelantenne al aan de muur hangen.

De theeglazen rinkelen op het vergulde dienblad waarmee Jasmina's moeder balancerend naar de tafel komt. Ze schenkt in, eenvoudig en ongekunsteld, zonder de bekende rituelen. Ik werp mijn moeder een steelse blik toe, maar die vertrekt geen spier.

Een lang moment van stilte. De lepeltjes klingelen tegen het glas. Ik nip van mijn thee en verbrand mijn lippen. De thee is te zoet en ik zet het glas op tafel. Nasrin haalt een bordje met biscuittjes. Ze dringt vriendelijk aan. Ik bijt in een koekje, maar laat ook dat aan zijn lot over. Het is net of ik in Dar El-Shams op de bank zit. De kussens zijn oncomfortabel, ik zweet en mijn dijbenen jeuken. Mijn moeder zegt geen woord. Ze zoekt naar een opening, maar weet niets te bedenken.

'Wonen jullie hier al lang?' vraagt ze ten slotte, om toch iets te zeggen, en Jasmina's moeder leunt op de bank achterover.

'Ja, bijna vanaf onze aankomst. We hebben eerst een paar jaar in Närpes gewoond, maar daarna zijn we hier gekomen.'

Mijn moeder humt en knikt en begint al bijna te geloven dat dit nergens toe zal leiden, maar dan vraagt Jasmina's moeder opeens: 'Hoe gaat het met Samira?'

Mijn moeder knijpt haar lippen op elkaar.

'Het is... Ja... net als eerst. We wachten er nog steeds op dat ze zal... maar de dokters zeggen dat het nog wel een tijdje kan duren.'

Ik doe een nieuwe poging met het biscuitje en schraap licht mijn keel om hun aandacht te trekken.

'Waar is Jasmina? Ik dacht dat als ze thuis is, kan ik misschien...'

Nasrin glimlacht naar me, maar die glimlach bereikt haar ogen niet.

'Heb je het dan niet gehoord?'

Ik slik een paar koppige kruimels weg en schud langzaam mijn hoofd. Er schieten miljoenen alternatieven door me heen. Jasmina in de gevangenis, Jasmina ergens dood, Jasmina...

'Jasmina is naar huis gegaan.'

Ik begin sneller te ademen.

'Naar huis?'

'Ja, naar huis in Iran. Terug naar de familie. Naar huis!'

Even blijf ik doodstil zitten en ik kijk Jasmina's moeder aan. Maar dan laat ik de fatsoensregels varen en mijn koekje op het tafelkleed vallen.

'Hoezo naar huis? Dit is haar thuis!'

Jasmina's moeder moet zich even vermannen.

'Ze wilde het zelf. Het was haar eigen voorstel. Ze gaat een poosje naar huis om onze cultuur te zien, haar wortels te vinden, misschien iemand om mee te trouwen. Ze heeft structuur nodig. Discipline.'

'Is het wel veilig voor haar om te gaan?' vraagt mijn moeder ongerust. Nasrin strijkt met haar handpalmen langs haar zwarte rok.

'Het is er nu veiliger; niet zoals toen wij vertrokken. Niet zoals tijdens de oorlog. Beter, maar niet helemaal goed.'

'Maar ze zou toch al gaan trouwen?' zeg ik zodra ik er tussen kan komen.

'Trouwen? Hier? Met haar reputatie?' Nasrin grinnikt.

'Maar het was toch al rond?! Ze had haar mahr gekregen en ze praatte over hem alsof...'

'Praatte? Over wie?' interrumpeert Nasrin me.

'Habib!'

Nasrin zwijgt even. Ze schudt haar hoofd en wendt haar blik af.

'Hij... hij was de reden dat ze moest verdwijnen. Snap je? Ze had het geld al gepakt zonder ons iets te vragen. En toen hij het geld zou krijgen, was het weg.'

'Om hoeveel geld ging het?' vraagt mijn moeder. Nasrin heeft haar ogen neergeslagen en schudt haar hoofd voordat ze antwoordt.

'Tienduizend.'

'*Ja rabbi...*' zucht mijn moeder.

Ik zwijg. En slik. Wanneer ik mijn mond weer opendoe, houdt mijn stem het nauwelijks.

'Wanneer komt ze dan terug?'

'Dat weet alleen God,' antwoordt Nasrin.

Mijn moeder is stil blijven zitten, maar nu zet ze haar theeglas op tafel en vraagt: 'Waar woont ze?'

Met een troebel wordende blik wendt Nasrin zich tot mijn moeder en antwoordt: 'In Teheran, bij het gezin van mijn zus.'

'Hamdullilah,' zegt mijn moeder en ik voel dat ik vuurrood word, maar ik zeg niets.

'Soms is het beter om weg te gaan,' zegt Jasmina's moeder en mijn moeder knikt instemmend, maar ik vlieg overeind en gooi mijn glas om. Ik sta met gebalde vuisten naar hen te kijken.

'Hoe konden jullie haar laten vertrekken! Ze zal zich daar toch nooit kunnen redden! U zegt dat ze het zelf wilde, maar ik weet dat jullie haar hebben weggestuurd omdat ze te lastig begon te worden en omdat jullie haar hier nooit van haar leven zouden kunnen uithuwelijken!' roep ik.

Jasmina's moeder krimpt op haar stoel ineen. Ze kijkt met een hulpzoekende blik naar mijn moeder, die haar hand naar mij uitsteekt, maar ik wend me af zodat ze die rottranen die ik niet kan tegenhouden niet zullen zien.

Ik veeg mijn neus af aan mijn mouw en als ik me omdraai is

Jasmina's moeder opgestaan en staat ze met haar rug naar ons toe door het raam te kijken. Ze blijft een hele poos zo staan, maar draait zich dan om en wanneer ik haar blik volg, zie ik in de boekenkast iets wat me nog niet was opgevallen. Een crucifix. Ik hou mijn adem in. Nasrin richt haar blik op de kast onder het praten.

'Het was de beste keuze. Ze had problemen gekregen. Te veel problemen. Wij zijn goede christenen,' zegt Nasrin. Mijn moeder draait zich naar haar toe alsof iemand haar een klap heeft gegeven. 'Toen ik hoorde dat ze moslim was geworden, kon ik niet... Het was beter voor haar om naar huis te gaan en dit allemaal te vergeten.'

'Moslim gewórden?' vraagt mijn moeder, maar Nasrin schudt haar hoofd.

'Ze heeft het gedaan zodat zij en Samira vriendinnen konden blijven. Ze was bang dat u... Als u het wist. Maar er speelden ook andere dingen mee. Ze wilde aan haar broers ontsnappen. Vooral aan Aharon. Jasmina maakt grappen. Ze noemt hem *"babak"*. Vadertje. Als ze moslim was, zouden ze haar met rust laten, zei ze. Maar het werd juist erger. Aharon zegt dat een vrouw net wol is. Hoe meer je haar slaat, hoe zachter ze wordt. Zo werkte dat niet met Jasmina. Toen hij hoorde dat ze moslim was geworden, toen... hij wilde het uit haar slaan, zei hij. En als hij het niet gedaan had, had ik het zelf wel gedaan. Maar ze liep weg. Ze verdween. En twee weken later kwam ze hier met hem aanzetten, met Habib. Een Iraniër. Een moslim! Ze zal wel gedacht hebben dat hij haar tegen Aharon kon beschermen. Maar we geven haar nooit aan een moslim. Nooit. We zijn trots op wie we zijn.'

'Maar ze heeft gezegd dat bewakers het hadden gedaan! Ze zei tegen mij dat bewakers haar hadden geslagen...' roep ik. Nasrin haalt haar neus op en schudt haar hoofd.

'Hoezo zou ze jou wat vertellen? Wie ben jij? Dit is een familiekwestie. Dit gebeurt binnen de familie en blijft binnen de familie.'

Mijn moeder kijkt me aan en knikt in de richting van de voordeur. Ik loop naar de hal om mijn jack te pakken.

'Ik snap dat jullie het op dit moment moeilijk hebben, en ik hoop dat jullie erop kunnen vertrouwen dat God het goed met Jasmina voor heeft. Maar zouden jullie kunnen zeggen of er een manier is waarop we haar te pakken kunnen krijgen? Het is belangrijk.'

Nasrin schudt haar hoofd.

'We hebben niets gehoord. De familie heeft niet... niemand heeft wat laten weten. Ik weet niet... niets.'

Mijn moeder zegt '*Ma'a salama*' en we vertrekken.

Mijn moeder loopt heel hard en ik ga op een holletje achter haar aan. Ze gaat helemaal op in haar eigen gedachtewereld en staart recht voor zich uit.

'Ik had het moeten weten! Christenen!'

Ze spuugt het woord uit.

'Ik had het moeten weten. Ik had immers nog nooit van hen gehoord. Dit verklaart natuurlijk een heleboel. Waarom ik nog nooit van hen had gehoord. Christenen...'

Ze wendt zich tot mij met een gevaarlijke blik in haar ogen.

'Wist jij hiervan?'

Ik schud mijn hoofd.

'Nee!'

Mijn moeder loopt zo hard verder dat ik ook een beetje moet rennen. Haar blik schiet heen en weer alsof ze iets zoekt, maar het metrostation ligt recht voor ons. We sprinten langs de karaokebars, waaruit het rinkelende geluid van glas en het geschraap van stoelen tot op straat doorklinkt. Gelach. Het intro van een tango. Daarna een trillende stem van een man van middelbare leeftijd, diep en warm: 'Aan de overkant van de zee is ergens een land...'

Mijn moeder blijft staan. Ze slaat haar hand voor haar mond. Ik bots bijna tegen haar op.

'Arme Jasmina...'

Mijn moeder gaat op de stoep voor een karaokebar zitten en bedekt haar gezicht met een punt van haar hoofddoek. Mijn mond is helemaal droog, ik ben buiten adem en loer om me heen. Het enige wat ik denk is: als ze hier nou maar geen zenuwinzinking krijgt. Niet nu.

'Mama...'

Ik begin te grienen en laat me naast haar op de stoep zakken. Algauw vermant ze zich, maar haar stem trilt als ze zegt: 'Ik weet niet hoeveel meer ik nog kan verdragen, Leila. Voordat ik... gewoon...'

Ze haalt een paar keer diep adem: 'Ik had haar moeten helpen. Ik had haar geholpen, als ik maar had geweten dat ze het thuis zo moeilijk had.'

'Niemand wist dat!' zeg ik.

'Samira wist het wel. Ben ik nou zo? Dat je aan mij niets kunt vertellen?'

'Nee, helemaal niet!'

Maar mijn moeder schudt haar hoofd en staart voor zich uit. Dan haalt ze haar mobieltje uit haar handtas.

'Nee, mama! Alsjeblieft! Niet naar de imam bellen!' barst ik uit, maar ze kijkt me met gefronste wenkbrauwen aan.

'Doe niet zo mal. Waarom zou ik de imam bellen? Het enige wat hij zegt, is dat je over dingen moet praten en moet bidden. Ik weet niet meer wat ik moet doen, dus ik bel Farid. Hij weet wel wat we hiermee aan moeten.'

Ik krimp op de stoep in elkaar en denk voor het eerst dat het misschien beter zou zijn als mijn moeder de imam belde in plaats van mijn vader, want van praten en bidden kan het in elk geval allemaal niet slechter worden.

HOOFDSTUK 40

Sjoera, beraadslaging

In ons gezin is mijn vader de enige die niet de bus neemt. Hij ís de bus. Wanneer we over de spaarzaam verlichte, ijzige parkeerplaats bij de remise glibberen, heeft hij een sigaret in zijn hand en het ochtendblad onder zijn arm en hij begroet zijn chagrijnige of opgewekte collega's wanneer ze elkaar in de schemering tegenkomen.

Binnen hangt er zoveel sigarettenrook dat je zelf niet hoeft te roken om je kick te krijgen. De volop zoemende klimaatregeling en ventilatoren hebben totaal geen effect als een stuk of twintig dampende chauffeurs achter hun krant, berlinerbol en kopje koffie zitten.

Ik sta achter mijn vader wanneer hij met een glimlach Hanna begroet, die achter de toonbank staat, en hij zijn keuze maakt uit het gebak in de vitrine. Hanna staat daar altijd al. Toen ik klein was, vond ik haar altijd oud, maar ze moet destijds enorm jong zijn geweest. De laatste jaren is haar gezicht ronder geworden en hebben de lachrimpels bij haar ooghoeken zich ingeëtst. Ik snuif de tabaksrook diep in mijn longen op, maar mijn vader beweegt zijn hand voor zijn gezicht heen en weer.

'Hoe hou je het vol? Dat snap ik echt niet,' zegt hij tegen Hanna.

'Ach. Het duurt niet lang meer. Binnenkort mag hier binnen helemaal niet meer worden gerookt. Daar hebben we al bericht over gekregen,' antwoordt Hanna.

'Als jij het maar zo lang overleeft,' zegt mijn vader hoofdschuddend terwijl hij twee kopjes koffie inschenkt.

Hij vraagt aan mij of ik iets wil, maar ik schud mijn hoofd. Hij kijkt even wat hij wil hebben en wijst dan een gesuikerde berlinerbol aan in de vorm van een big.

'Ik neem die graag,' zegt hij en achter de toonbank glimlacht Hanna breed.

'Dat is geen verrassing. Maar kijk uit dat je niet aankomt.'

Hij aait over zijn buik, waarvan mijn moeder zegt dat die per jaar een pond ronder wordt, en hij krabt in zijn nek.

'Maak je geen zorgen. Het is gewoon een grote spier,' zegt hij terwijl hij boven het bord dat zij hem aanreikt naar haar knipoogt.

Nadat hij drie suikerklontjes in zijn kopje heeft gedaan nemen we aan een van de tafels bij het raam plaats. Daar is het minder benauwd. Hij gaat tegenover Pertti zitten, die hij met een knik begroet. Pertti knikt terug. Hij leest hoofdschuddend de *Metro*.

'Waar gaat het tegenwoordig toch heen met de wereld. Binnenkort is het gevaarlijker om op een bus te rijden dan om politieagent of brandweerman te zijn. Nou is er weer iemand op zijn bek geslagen,' zegt hij. Mijn vader pakt de krant en bladert door naar het nieuws uit de hoofdstad.

'Arme donder...' mompelt hij terwijl hij het bericht doorkijkt.

Een buschauffeur is in de wijk Kampen door twee jongelui tegen het hoofd geschopt toen hij probeerde te verhinderen dat ze in de bus gingen roken en drinken. Volgens medepassagiers bleven de jongelui de chauffeur schoppen tot hij niet meer bewoog. Mijn vader kijkt Pertti over de krant heen aan.

'Er gaat geen maand voorbij of er is zulk nieuws. Binnenkort durf je 's nachts niet eens meer te stoppen om mensen te laten instappen,' zegt Pertti. 'Vorige week is er een taxichauffeur neergestoken, en een paar weken geleden werd Arska door een jonge vent met een heroïnespuit bedreigd...'

Ze schudden hun hoofd en slurpen van hun koffie. Pertti kijkt mij over de krant heen aan.

'Je hebt je dochter meegenomen naar je werk.'

'Nee. Mijn dienst zit erop. We moeten even praten.'

Pertti drinkt zijn kopje leeg en staat op. De krant ritselt als hij die opvouwt.

'Dan zal ik jullie met rust laten. Tot morgen.'

'Tot ziens.'

Daarna zijn mijn vader en ik alleen. Aan alle andere tafels zitten kerels van allerlei leeftijden, kleuren en nationaliteiten. Ik kruip met mijn koffiekopje in elkaar en knipper de tabaksrook weg die in mijn ogen schrijnt. Mijn vader slaat zijn benen over elkaar op die vrouwelijke manier waar ik zo'n hekel aan heb, maar die onder de mannen in Dar El-Shams heel gebruikelijk is en waar ze heus niet minder mannelijk om zijn. Ik wacht tot hij iets zal zeggen en dat gaat ook inderdaad gebeuren, maar voordat hij zijn mond opendoet, kijkt hij me een hele tijd aan.

Iedereen zegt dat Samira op papa lijkt. Dat ze zoveel op hem lijkt dat mijn moeder er gek van wordt. Nu zie ik het ook. Ze hebben dezelfde blik. Dezelfde oogkleur. Dezelfde glimlach om hun mondhoeken. Ik bedenk dat ik doodga als ik nu begin te grienen, dus ik bezin me. Zijn blik is teder als hij me *binti* noemt, zijn kleine meid. Hij vraagt me hoe het met me is en ik antwoord 'gewoon' en hij knikt, want hij weet precies wat dat betekent. We praten met slang vermengd Arabisch uit de Maghreb, zodat niemand ons zal verstaan; dat voelt fijner.

'Zonder jou heeft ze niemand,' zegt mijn vader.

'Ze heeft God toch,' antwoord ik en hij knikt opnieuw, maar zijn blik wordt een beetje wazig.

'Die heb jij ook, Leila,' zegt hij.

Ik schud mijn hoofd.

'Nee, mama deelt niet.'

'En je hebt mij,' voegt hij eraan toe.

We blijven zwijgend zitten en dan zegt hij het.

'Nou, wat vind jij er eigenlijk van?'

'Waarvan?'

'Van dat trouwen.'

Heel even krijg ik het ijskoud, want ik weet nog hoe Jasmina me altijd plaagde dat papa naar Dar El-Shams zou gaan en terug zou komen met de mededeling dat ik getrouwd was. Dat soort dingen gebeurde voortdurend, beweerde ze, en elke keer dat mijn vader vertelde dat hij op reis ging naar de Maghreb was ik doodsbang.

'Wist je dat Samira ging trouwen?' vraagt hij dan.

Hij drinkt voorzichtig van zijn koffie en ik ben blij dat hij me vraagt wat ik ervan vind, want dat heeft namelijk nog niemand gedaan.

'Toen Jasmina het vertelde, was het al te laat om nog iets te kunnen doen.'

'Maar wat vind je er allemaal van?'

Ik zet mijn kopje voorzichtig neer. Kijk hem recht aan.

'Gedane zaken nemen geen keer. En als ze geen keer nemen, kun je ze maar beter halal maken.'

Mijn vader kijkt me met een glimlachje aan.

'Je klinkt precies zoals je moeder wanneer je dat zegt.'

En hoewel ik het eigenlijk niet fijn vind om te klinken zoals mama, kan ik een glimlach niet onderdrukken.

'Maar...' zeg ik dan. 'Wat gebeurt er nu?'

'Maak je geen zorgen,' zegt mijn vader. 'Ik regel dit. Op z'n Maghrebs.'

HOOFDSTUK 41

Het kapsel van Britney

Het schooljaar gaat schouderophalend verder, alsof er niets is gebeurd. Het dooit en ik trek mijn capuchon diep over mijn voorhoofd, dieper dan ooit.

Het schoolgebouw tornt op tegen de wind. Binnen stinkt het naar vochtige sokken en natte broekspijpen, naar schoolmuren, misschien verborgen schimmel. Maar het stinkt vooral naar verveling, jongens met de baard in de keel en zweet. Een leraar waadt door een zee van hormonen. Die zee splijt zich onwillig.

Anna is nu officieel geaccepteerd door de meisjes helemaal vooraan in de klas. Ze is lichtblauwe oogschaduw gaan gebruiken en roze lippenstift, en ze heeft een vriendje, Mats. Hij speelt drums, maar dat verhoogt zijn status niet. Hij gaat gekleed in een goedkope spijkerbroek en een geruite flanellen bloes en heeft roos op zijn schouders, maar ze lopen hand in hand en fluisteren in elkaars oor, en vermoedelijk wekken ze jaloezie op, vooral bij diegenen die helemaal niemand hebben. Ze hebben elkaar gevonden tijdens de repetities voor het kerstfeest, wordt er verteld, en het is net of Anna weggeblazen is van de mentale kaart van types als Kriba, Maria en Micke. Maar toch kan het nog steeds gebeuren dat ze kleine aanvalletjes in haar richting doen. Iemand zegt: 'En Mats. Hebben jullie al geneukt? Ach, het is zo'n lekkertje om te neuken, die daar.'

En daarna giebelen die jongens hysterisch.

'Neuken, neuken, ah, ah, ah.'

En Mats blijft met een rood hoofd staan en glimlacht wat,

maar hij had natuurlijk kunnen weten dat het zo zou gaan toen hij een type als Anna koos, want ze zorgen er wel voor dat Anna niets vergeet. Ja, ze kan zingen en ze heeft een vriendje dat drumt, maar iedereen ziet toch wat voor iemand zij is, en dat zal ze weten ook.

De belt gaat en ik ben precies op tijd in het lokaal voordat de leraar komt, van geschiedenis deze keer. De les begint, maar er is een lege plek. Ik ga helemaal achterin zitten. Onze namen worden opgeroepen. Nog steeds geen Linda Lindqvist. Als haar naam klinkt, gaat er een golf van trage energie door de klas. Mensen gaan verzitten en draaien zich om. Ze is normaal altijd op tijd; er als de kippen bij om opmerkingen over mensen te maken of te giechelen bij hun namen. Maar vandaag geen Linda. De les wordt vervolgd. Ik kan me niet concentreren. Ik zie dat de lippen van Henry, onze leraar, bewegen en ik hoor dat hij geluid voortbrengt, maar ik begrijp niets van zijn woorden. Hij heeft het over de Franse Revolutie en Marie Antoinette, die binnenkort een kopje kleiner zal worden gemaakt, maar ik zit te luisteren of ik geluiden op de gang hoor. Niets.

Maar dan, een voetstap, een voorzichtige klop en de leraar kijkt op, mensen draaien zich om. De deur gaat open. Sebu komt binnen. Met een grijns zegt hij: 'Sorry dat ik te laat ben.'

Er wordt gesteund, iedereen draait zich weer terug, alles gaat verder. Ik ben er niet bij. Ik ben bij Linda. Ik luister gespannen of ik geluid hoor, maar het is helemaal stil op de gang. En dan, precies op het moment dat ik heb besloten om op te staan en weg te gaan, klinkt er een discreet klopje dat niet door voetstappen werd voorafgegaan. De deur gaat open. Henry kijkt weer op. De klas komt bij uit haar verdoving. Het is Linda. Iemand zegt: 'Krijg nou wat!'

Ik zucht een keer diep en voel hoe mijn ongerustheid afzakt. Maar er is iets met Linda. Er is iets niet in de haak. Ze draagt de lichtgroene trui met de capuchon die ze van Maria heeft gekregen en ze heeft de capuchon diep over haar voorhoofd getrokken.

Wanneer ze zich moeizaam een weg baant naar haar plek, is de stilte volkomen. Niemand zegt wat, Henry al helemaal niet, en Linda gaat zitten en schuift haar capuchon van haar hoofd.

Er gaat een gemurmel door de klas. Er gilt iemand. Henry staat op en stapt naar achteren; hij die alles al gezien heeft, heeft dit nog nooit gezien. Er klinken kreten: 'Kut, zeg!'

'Jemig...'

En: 'Kolere!'

Linda Lindqvists geschoren hoofd heeft plooien in de nek. Linda Lindqvists geschoren hoofd heeft wondjes van door het scheermes opengehaalde moedervlekken. Linda Lindqvist heeft met een zwarte viltstift 4 BRITNEY op haar kaalgeschoren hoofd geschreven, en Henry van geschiedenis ziet bleek en tast naar zijn bril.

'Ga naar de schoolverpleegkundige,' zegt hij. 'Ga onmiddellijk naar de schoolverpleegkundige.'

En Linda gehoorzaamt. Ze staat op om te vertrekken en iedereen zit elkaar met de hand voor de mond aan te kijken en fluistert: 'Kut, ze is totaal geflipt!'

En ik, ik spring gewoon overeind om achter haar aan te rennen. Maar ik kan haar nergens vinden.

Ze doet de deur open, met uitgelopen make-up en een wit gezicht, veel te bleek, haar kale hoofd bedekt met een gestippeld hoofddoekje.

'Hoi, plattelandsmeisje,' zeg ik. 'Is het tijd om de koeien te melken?'

'Hier worden vandaag geen koeien gemolken,' mompelt ze terwijl ze zich in de deuropening omdraait.

Aan de keukentafel zit haar moeder in een tijdschrift te bladeren, een geopend flesje bier voor zich. Ze heeft een permanentje en een grauwe huid. Op de asbak ligt een sigaret te dampen. Ik trek mijn neus op en kijk naar Linda, die al halverwege haar kamer is.

'Dag, Leila,' roept Li-Anna me na en ik mompel iets terug.

'Ze zit daar alleen maar te roken en te drinken,' zegt Linda. Ze plukt een paar kledingstukken van haar bed, schudt ze uit en vouwt ze half op, maar stopt daarmee en begint opnieuw.

Op het bed ligt een geopend tijdschrift. Ik zie Britneys kale schedel. Op een andere foto de paarse pruik die ze gebruikt.

'Ze rookte vroeger nooit, maar daar is ze nu mee begonnen, en ze ziet er verdorie uit of haar gezicht helemaal aan het smelten is,' zegt Linda. Nu weet ik niet meer over wie ze het heeft, dus ik knik alleen maar.

Ze staat me met vochtige ogen aan te kijken, een gele trui in haar hand, en de kohl is in haar ooghoeken al zacht geworden.

'Wat zeiden ze over me toen ik weg was gegaan?' vraagt ze, maar haar stem bereikt me amper.

Linda Lindqvists ster is dalende, maar dat wil ik niet zeggen, dus ik antwoord ontwijkend.

'Ach, eigenlijk niks. Het is net als anders. Je weet wel.'

Ze heeft niet de puf om me onder druk te zetten, dus blijft ze die trui maar opvouwen tot ze hem van zich af smijt en op haar bed gaat zitten. Ze gaat met gespreide vingers over haar hoofd, alsof ze die schedel, die echt erg lelijk is, wil beschermen. Ze trekt de hoofddoek van haar hoofd.

'Jezus, wat heb ik gedaan? Kut, zeg!' trilt ze, en ze spelt 'r-a-m-p' met haar fluisterende stem.

'Het groeit wel weer aan,' zeg ik. Maar ze lijkt me niet te horen. Ze blijft gewoon haar vraag herhalen en vloeken en trillen, en ik sta op om naast haar te gaan zitten.

Ze kruipt tegen me aan en ik sla mijn armen om haar heen. Met haar vingers pakt ze mijn trui stevig beet. Ik raak voorzichtig haar stekelige hoofd aan, waarvan de haartjes die opkomen zo grijs zijn als een landweg, maar wel glinsteren.

'Je ziet eruit als een kiwi,' zeg ik. En vervolgens: 'Nu kun je in elk geval gewoon uitproberen hoe allerlei kapsels je staan. Van kort tot lang.'

Een gesmoord geluid in mijn armen. Schokkende schouders.

'Ik snap gewoon niet hoe jij aldoor zo verrekte aardig kunt zijn. Als ik zo'n...'

Maar daar ga ik niet op in. Ik hou mijn armen gewoon om haar heen geslagen. Want ik ben niet aardig. Ik ben laf. Te laf om Linda los te laten en haar gewoon te laten doen wat ze wil.

HOOFDSTUK 42

Bruidegomsroof

Als ik op een avond thuiskom, zit mijn vader aan de keukentafel met mijn moeder tegenover zich. Ze leunen naar elkaar toe en praten zachtjes, ook al is er verder niemand. Wanneer ik de voordeur dichtgooi, zwijgen ze. Ik loop door naar de keuken en zie ze daar zitten. Ze kijken me aan. Hun ogen staan akelig serieus. Ik doe mijn sjaal af en bereid me voor op het ergste. Mijn vader slaat zijn ogen neer. Zijn vingertop speelt met een paar broodkruimels. Ik hang mijn jas op en pak mijn schooltas, klaar om naar mijn kamer te gaan, maar zonder me aan te kijken zegt mijn moeder: 'Kom eens even hier zitten.'

Ze trekt een stoel naar achteren en ik neem plaats. Daar zitten we dan te zwijgen, terwijl zijn knipperende ogen alleen maar op de broodkruimels op het tafelblad zijn gericht en mijn moeder haar blik naar de duisternis van de ramen laat verdwijnen. Ik ga in mijn hoofd snel allerlei mogelijkheden af: oma is dood, Samira komt nooit meer bij, Samira is bijgekomen, de rector heeft gebeld om te zeggen dat ik de school toch nooit zal afronden dus dat ik net zo goed thuis kan blijven, mijn vader is ontslagen en we moeten naar de voedselbank, mijn ouders gaan scheiden, ze sturen me naar Dar El-Shams...

'We hebben hem gevonden.'

Mijn gedachten worden onderbroken door mijn moeders stem. Ik kijk naar haar; ze heeft haar blik nog steeds op het raam gericht.

'Je vader heeft hem gevonden. Hij...'

Haar stem stokt en ze komt niet verder. Mijn vader laat zijn hoofd nog meer hangen. Ik voel me doodsbang. Papa heeft toch niet... nee, dat zou hij toch nooit doen?

Mijn vader kijkt me met bloeddoorlopen ogen aan en vertelt hoe hij op een vrijdag met Rashid naar de moskee is gegaan en na lang aarzelen eigenlijk bij de deur had willen omkeren. Maar hij had toch zijn schoenen uitgetrokken, ze bij de andere neergezet en zijn reiniging door middel van de *woedoe* verricht. Terwijl mijn vader zich waste, had hij zich voorbereid op de ontmoeting met Piter. Hij had over zijn hele lichaam getrild. Hij wist niet of hij zich zou kunnen beheersen wanneer hij Piter zag, maar toen dat gebeurde, was het wonderbaarlijk gemakkelijk. Al bijna meteen bij zijn binnenkomst had hij hem opgemerkt, maar hij was aan de andere kant in de zaal gaan zitten en had geprobeerd om zich te concentreren op de imam, die sprak over het lijden van de moslimbroeders en -zusters in Palestina. Maar dat was niet zo goed gelukt. Daarom had hij maar geluisterd naar iemand die luidruchtig in zijn telefoon praatte met zijn vrouw, die blijkbaar op de vrouwenafdeling zat, en naar een ander die op zijn mobieltje naar Sean Kings 'Beautiful Girls' zat te luisteren. De hele tijd had hij echter een prikkend en kriebelend gevoel van onbehagen in zijn lichaam gehad. Toen het tijd was voor de salat bleven de mobieltjes maar rinkelen en piepen, en af en toe rende er iemand weg omdat hij gebeld werd door een familielid uit het thuisland en dan moest je natuurlijk wel reageren. Mijn vader had geprobeerd zich aan het gebed over te geven, maar zijn ogen waren voortdurend afgedwaald naar Piter, die jongeman met dat kale hoofd, waar nu donshaar op begon te groeien. Piter had niet op- of omgekeken. Die hield zijn blik op de gebedsmat gericht. Op zijn donzige hoofd had hij een wit, gehaakt mutsje gedragen en hij had een lange, witte abaja aangehad. Mijn vader had zelf amper in de gaten wat hij deed of hij was opgestaan om zich tussen de achterwerken die de lucht in staken door een weg te banen, zonder zich erom te bekommeren of hij ook iemand aanstootte. Mensen hadden tegen hem geroepen dat hij rustig aan moest doen en Rashid was met een hand op zijn arm achter hem aangelopen. De hele gemeente had inmiddels in de gaten dat iemand het gebed verstoorde, maar mijn vader was doorgelopen naar Piter, die met gebogen hoofd stil een wens stond te prevelen in zijn geopende handen. Tijd om met zijn handpalmen over zijn gezicht te strijken zoals dat hoort wanneer je tot God bidt, kreeg hij echter niet, want mijn vader had hem al stevig bij zijn abaja gepakt. Hij had Piter voor zich uit geduwd, de mensen waren achteruitgedeinsd, en toen was er eindelijk de muur die hen tegenhield, want niemand weet hoever hij anders gegaan zou zijn. Na een poosje had mijn vader eindelijk weten uit te brengen dat Piter zijn dochter nooit had moeten aanraken, en er was een golf van instemmend gemompel door de gemeente gegaan. Iedereen leek het er over eens dat Piter Samira nooit had moeten aanraken.

'Maar dat heb je wel gedaan,' had mijn vader vervolgd.

De imam had ook geprobeerd om zich tussen de schouders en ruggen van iedereen die in de weg stond door te wringen en was op zijn tenen gaan staan om het beter te kunnen zien.

'Dus dan moet je nu ook maar met haar trouwen,' was mijn vaders eindoordeel.

HOOFDSTUK 43

Mariage maghrebin

Het enige geluid dat de stilte verbreekt, is het geluid van drup-pelend water wanneer mijn moeder de spons uitknijpt boven de waskom. Daarna voert ze hem over Samira's hals en schouders. De verpleegkundige was verbaasd geweest toen ze mijn moeder daar zag. De spons gaat over Samira's borstkas en buik. Wordt uitge-wrongen en weer bevochtigd. Mijn moeder komt immers haast nooit meer.

'Ik wil haar wassen,' had mijn moeder gezegd. Een vragende blik was de reactie geweest.

'Het is haar verjaardag. We willen die vieren met de familie.'

Maar het was Samira's verjaardag niet. De verpleegkundige was in de haast vergeten dat te controleren. Ze was hen gewoon naar Samira's kamer voorgegaan en had alles voor de wasbeurt klaar-gezet. Nu verricht mijn moeder bij Samira de *ghoesl*; ze wast haar lichaam eerst aan de rechterkant en dan aan de linkerkant, terwijl ze de sjahada en de Salat al-Djanaza uitspreekt. Het gebed voor de doden.

Mijn moeder haalt de witte jurk tevoorschijn. De jurk die ze zelf heeft gedragen tijdens haar eigen huwelijksvoltrekking in Dar El-Shams.

We hebben ons mooi aangekleed. Mijn vader draagt een pak, mijn moeder haar mooiste khimar, ik heb een glanzende doek om mijn hoofd en Piter draagt zijn gewone, witte abaja, eenzelfde als de imam draagt. Piter kijkt nerveus. In zijn stevig gebalde vuist houdt hij de ringen. Ik zit naast Samira en houdt haar hand vast.

Samira's haar is gekamd en haar krullen liggen uitgespreid op het kussen. Haar ogen zijn dicht. Haar mond hangt slap halfopen. De imam knikt naar mijn vader en zegt: '*Bismillah ar-Rahman, ar-Rahim. Alhamdulillahi idjraaran bi-ni'matihi wa-laa ilaaha illa 'llahu ikhlaasan li-wahdatijaatihi wasalla'llahu alaa muhammadin sajjidi barijatihi waäla l-asfiaa min itratihi. Ammaa badu fa-qad kaana min fadli'llahi ala l-anaami an aghnaahum bihalaali an l-haraami fa-qaala subhaanahoe wa-taäala waänkihoe l-ajaama minkum wa-ssaalihina min ibaadikum wa-imaaïkumi ij jakunoe fuqaraï jugnihimoe 'llahu min fadlihi wa'llahu wasi'un alim. Waqala rasoelu 'llahi salla 'llahu alajhi wa-sallaam, tanaakahoe wa-tanaasaloe takthuroe fa-inni ubaahi bi kumu l-umoema jawma l-qiaamati wa-law bissiqt. Wa-qaal, alnikaahu min sunnati fa-man raghiba an sunnati falajsa minni. Wa-salla 'llahu ala muhammadin wa-alihi t-taahirin.*'

Hij is Samira's *wali*, beschermer, vertegenwoordiger, en hij staat met gebogen hoofd tijdens het reciteren. Wanneer het gebed is afgelopen vraagt de imam aan Piter zijn mahr te laten zien en Piter opent zijn hand. De twee ringen glinsteren in de spaarzame verlichting. De ene is van zilver, de andere van goud. Hij schuift de zilveren ring aan zijn eigen vinger en pakt Samira's hand. Ik laat die los en Piter schuift de gouden ring aan Samira's ringvinger. Ik kijk naar de grond. Piter is bleek en zweet een beetje. Hij trouwt een lichaam, een lichaam dat hij ooit heeft begeerd. De imam neemt het over. Hij vraagt aan mijn vader Farid of hij Samira ten huwelijk schenkt aan Piter en mijn vader knikt snel. Dan vraagt de imam aan Piter of hij Samira wil huwen. Piter staart recht voor zich uit en zegt: 'Ja.'

Mijn moeder wendt zich af en veegt haar tranen weg.

'Moge God ons vergeven,' zegt ze en Piter buigt zijn hoofd.

Ik ga aan Samira's bed zitten. Ik hou haar hand vast waaraan de ring mat glimt tegen de huid van de ringvinger.

maart 2008

Leila

HOOFDSTUK 44

Hidjab

De leegte die Jasmina achterlaat. Langzaam wordt die groter. Langzaam wint die terrein. Laat alles verdwijnen in haar onbeduidendheid.

Ik pak mijn schooltas met dingen die er niet toe doen. Ik neem mijn collectie haarbanden mee, nepnagels, losse oorbellen, de stapels foto's en het onafgemaakte huiswerk Fins, de wanten en de stijgbeugel die ik ooit vond, en ik doe de ritssluiting dicht en slinger de tas over mijn schouder.

Het is al een poosje geleden dat ik dingen van de straat oppakte. Ergens ben ik er een keer mee opgehouden. Vroeger bleef ik bij freerunning wel eens midden onder een straatloop staan als ik iets zag glinsteren tussen de stenen, en degene die me achteropkwam, liep zo tegen me op of moest zich opzij werpen om een botsing te vermijden. Meestal was het Linda, die schreeuwde: 'Kun je niet uitkijken, kuthoer!'

Tegenwoordig loop ik gewoon door. Het zijn maar spullen. Spullen die iemand heeft verloren. Ze betekenen niets.

Ik doe de kastdeur open om de hoofddoek te pakken die mijn moeder me heeft gegeven toen ik vijftien werd, maar ik zeg niet 'bismillah' wanneer ik hem om mijn hoofd wikkel. Ik pak het plastic tasje dat ik op mijn bed heb gelegd en wanneer ik weer opkijk, zie ik in de spiegel dezelfde blik als die kapster Emmi had toen ze me via het glas aankeek.

'Weet je het zeker?' vroeg ze en ik knikte.

Wanneer ik mijn kamer uitkom, staat mijn moeder op me te

wachten. Haar bewegingen stokken en ze blijft roerloos staan. Haar blik blijft hangen aan mijn hidjab en haar mond gaat open. Dan slaakt ze een diepe zucht en fluistert: 'Masja'allah.'

Maar het voelt helemaal niet zoals ik me had voorgesteld dat het zou voelen en ik overhandig haar het plastic tasje. Dan vertrek ik.

Het begint al voorjaar te worden. Mijn vader is gek op deze tijd van het jaar, wanneer we uit onze winterslaap komen en als trollen met tranende ogen en snotterige neuzen tegen het zonlicht knipperen en met z'n allen op bedevaart gaan naar zee, om te kijken of het ijs al begint te kruien. Wij in onze donkere donsjacks, als kraaien afstekend tegen de met vuil bespikkelde sneeuw, zegt hij.

Ik zet koers naar het schoolgebouw, dat een doos is die de sleutel tot onze toekomst schijnt te bevatten, zoals de klassenleraar zegt, maar elk keer dat ik de deur van die doos opendoe, voel ik de windvlaag van alle ellende die om mijn hoofd vliegt en door de deuropening naar buiten zeilt. Alle bacteriën die zich tijdens eindeloze uren en dagen tussen deze muren hebben opgehoopt verspreiden zich in de ijle lucht. En elke keer dat de deur dichtgaat, blijven ze zich ophopen: de uitwasemingen van honderden lichamen van leerlingen, angst, vrees, vertwijfeling, griep, onbeantwoorde liefde, afgunst, en een enkele soa.

Ik zie hen zodra ik op het schoolplein kom. Ze hebben haar een beetje naar de zijkant geduwd en omringen haar. Kluitjes leerlingen worden aangetrokken door hun luide stemmen. Zij zit in haar versleten spijkerbroek op het asfalt en om haar heen verzamelen zich de grootste stukken ongeluk van de wereld, Kriba, Micke, Hessu, Kalle en hoe ze ook heten, en ze heeft geen lang blond haar meer waarachter ze haar gezicht kan verbergen.

'Laat zien! Af met die capuchon!' roept Kriba terwijl hij op zijn stokjes van beentjes in zijn goedkope spijkerbroek op haar afkomt.

Ze hebben altijd al om haar heen gedromd. Ze hebben altijd op haar gewacht bij haar portiek omdat zij iets had wat ze wilden hebben. En dan stond zij altijd van boven op hen neer te kijken. Ze werden altijd door het licht achter haar raam aangetrokken alsof ze zelf geen licht hadden maar noodgedwongen naar haar toe moesten komen om in haar warmte te mogen delen, al was het maar een beetje. Nu zit ze op haar billen in de sneeuwsmurrie die door haar spijkerbroek heen smelt, terwijl ze om haar heen aan haar kleren staan te sjorren en te trekken.

'Kut, laat me nou met rust!' brult ze en ze schopt naar hen, en heel even moet ik denken aan Jasmina onder de trap bij het station en er gaat een steek van gemis door me heen.

Maar dit is Linda. Ze heeft haar capuchon op haar hoofd met stekeltjes, waar mijn handen overheen zijn gegaan, en ook al groeit het haar weer aan, het gaat wel langzaam. Ze behandelen haar hardhandig, veel hardhandiger dan ze Anna ooit hebben behandeld. Iemand pakt haar bij de arm en sleept haar een stuk over het schoolplein. Micke schopt tegen haar dijbeen. Twintig meter verderop staat de leraar natuurkunde, zijn borstelige haar recht-overeind. Hij staat te kletsen met een paar van zijn beste leerlingen, degenen met de kromme ruggen, met de brillen die op hun plek worden gehouden door neuzen die op snavels lijken, en leraar en leerlingen wensen allemaal dat het schooljaar erop zou zitten zodat het leven kon beginnen. De kreten van de groep op het schoolplein klinken niet anders dan de kreten van basketbalspelers of van dertienjarigen die nog sneeuwballengevechten houden of van iedereen die elkaar sommeert 'nou eens je bek te houden' of 'gewoon zelfmoord te plegen'. Daar word je dus uiteindelijk immuun voor, want je weet werkelijk niet of het serieus is of niet, dus kun je je er maar beter helemaal niets van aantrekken. Zelfs niet omkijken. Want als het al een keer serieus zou zijn, had je toch geen zin om in te grijpen, dus kun je maar beter van niets weten.

Ik sprint op Mickes en Kriba's rug af. Ik ontwijk leerlingen die opeens in mijn baan stappen en ik spring over rugzakken die op het schoolplein zijn neergesmeten. Ik pers me gewoon door groepen heen die me er niet door willen laten en algauw ben ik bij Linda. Micke heeft haar gezicht al met sneeuw ingewreven en Linda spuugt. Haar wangen zitten onder de zwarte strepen. Haar capuchon is af gegaan en toont een hoofd dat nog steeds behoorlijk kaal is, maar waar stekeltjes op te zien zijn. Het nieuwe haar is goudblond, stevig en mooi. Niet grijs.

'Kut, nog eentje,' zegt Micke en hij pakt een handvol sneeuw.

'Hoi, lesbo, nu zijn jullie met z'n tweeën,' zegt Kriba, maar ik grijp Linda en trek haar omhoog.

We gaan met onze rug tegen elkaar aan staan en ik ruk mijn capuchon van mijn hoofd. Mijn hidjab heb ik al afgedaan zodra ik om de hoek van de flat was gekomen, en midden op mijn kaalgeschoren hoofd heb ik geschreven: 4 LINDA. Mijn haar heeft kapster Emmi netjes bij elkaar geveegd en in het plastic tasje gestopt dat ik aan mijn moeder heb gegeven voordat ik van huis ging.

Wanneer Linda en ik daar op die manier staan, is het net of we zo kunnen draaien dat we hen allemaal tegelijk zien. In hun ogen zien we angst en onzekerheid, want nu is er geen sprake van iemand in zijn eentje, maar van twee. Twee gekken van wie je echt alles kunt verwachten. Ik weet niet wie het eerst begint te lachen, Linda of ik, maar we lachen hen recht in hun gezicht uit. Micke staat nog met sneeuw in zijn hand en kijkt alsof hij niet weet wat hij daarmee moet doen, dus smijt hij die maar op de grond en schudt zijn want uit. Ik voel Linda's rug tegen de mijne. Voel dat die rechter en sterker wordt. Kriba schudt zijn hoofd. Dan lost het hechte groepje op. Het verdwijnt. De kring dunt als rook uit en verandert in individuele leerlingen die wegslenteren.

'Kut, die twee zijn helemaal ziek in hun kop,' mompelt Micke terwijl hij met Kriba wegloopt.

Linda en ik blijven achter. We laten elkaars armen los en draaien ons om, oog in oog. Zwijgend. Wat moet je zeggen? In Linda's ogen branden nog lachlichtjes. Ze giechelt. Ik glimlach. Dan zegt ze: 'Dank je wel.'

Ik kijk een andere kant op.

'Ach, het is niks.'

Ik kijk haar aan.

'Zeg...'

'Ja?'

'Misschien moet je even naar de wc gaan. Je gezicht een beetje wassen.'

Ze laat haar blik over het schoolplein gaan.

'We kunnen ook weggaan,' zegt ze. 'Gewoon ervandoor.'

Ik knik. Dat zouden we kunnen doen. Ze steekt glimlachend haar hand uit en ik pak hem. Daarna lopen we samen het schoolplein af, en ook al worden we nageroepen, we kijken niet om. We kijken niet één keer om.

augustus 2008

Leila

HOOFDSTUK 45

Mooie meisjes hoeven niet te betalen

Op een dag valt er een brief in de bus. Het is een wit envelopje dat onder de Arabische lettertekens zit die ik niet begrijp. Postzegels met geometrische patronen, ontelbare stempels, en het is onmiskenbaar dat de envelop al een aantal keren is geopend voordat hij ons adres heeft bereikt. Het adres is in het Zweeds geschreven. De brief is aan mij gericht. Met trillende vingers scheur ik de envelop open en ik vouw de brief uit die uit één velletje bestaat.

Nâderi Avenue, Teheran, 25 juli 2008

Hoi kiddo,

Groeten uit de bakermat van de westerse beschaving, tegenwoordig het land met de meeste *nose-jobs* van de wereld. Je hoeft je over mij geen zorgen te maken; met mij gaat het prima. Ik voel me hier als een vis in het water. Iedereen is net zo schijnheilig als ik. De bars zijn underground. Er wordt hasj gerookt. Overdag zit ik in Café Lorca, vlak bij het Daneshjoo Park. Drank kun je krijgen in The Armenian Club. Voor het eerst in mijn leven ben ik blij dat ik me christen kan noemen. Dit is het leven waar ik me vanaf mijn geboorte op heb voorbereid. Alles mag, als je maar niet gepakt wordt, en hier moet iedereen stiekem doen, de jongens ook, dus dat is alleen maar rechtvaardig. Je kunt zijn wie je wilt zijn. De ene dag moslim, de andere dag wat anders. Op sommige dagen loop ik in een nikab rond met een machinegeweer eronder. Ik zit erover te denken het leger in te gaan. Dit land heeft het beste vrouwenleger van de wereld. Je hebt geen idee hoe gaaf het is om te staan schieten terwijl de hete wind aan de stof van je zwarte *chador* trekt.

Maar je moet niet denken dat het leven één groot feest is. Ik heb ook zitten denken. Heel veel. Aan jou natuurlijk, maar vooral aan Samira. Je hoort het een en ander, ook hier aan het andere eind van de wereld. Het lijkt wel of het helemaal niet uitmaakt hoe ver je reist; roddels bereiken je toch wel. Nou ja, in dit geval was het mijn moeder die belde om verslag uit te brengen. Zeg maar tegen Samira dat ik blij voor haar ben. Je hebt geen idee hoeveel avonden ik aan haar bed heb gezeten en geprobeerd heb haar over te halen een reactie te geven, gewoon een teken, een trilling van haar hand zoals die ene keer, een antwoord op de vraag die ik haar altijd stelde: 'Wil je hem?'

Op een dag moest ik denken aan iets wat Samira had gezegd: het beste antwoord dat een fatsoenlijk moslimmeisje kan geven op een huwelijksaanzoek is haar stille toestemming. Toen kwam jij om de hoek kijken. We maakten immers altijd grappen dat als je echt wilt dat je ouders ergens achter komen, je het dan aan je jongere broers of zussen moet vertellen. Mijn plannetje is dus gelukt; bedankt daarvoor. Nu behoort ze aan hem toe. Dat is goed. En ze gaat ook vooruit met de revalidatie, heb ik begrepen.

Oké, ik wilde gewoon even wat van me laten horen, zodat je weet dat ik nog leef. Dat was immers nog een beetje de vraag. Zeg maar tegen Samira dat we elkaar op een dag misschien wel weer zien, misschien kunnen we samen aan de hadj deelnemen, zoals we ooit van plan waren. Nou ja, er zijn veel dingen die niet lopen zoals je je het had voorgesteld, maar daar hoeft het niet slechter van te worden.

Het beste, en denk eraan dat je niet te gehoorzaam bent.

Kusje van je moslimwijffie,

Jasmina

Ik laat het blad zakken en vouw het op. Ik slik een brok in mijn keel weg en moet een keer met mijn ogen knipperen. Dan doe ik de deur open en ga naar buiten. De nazomerwarmte slaat me tegemoet. Door Jasmina's woorden moet ik aan Samira denken.

Piter gaat elke dag met haar wandelen. Hij duwt de rolstoel langzaam door het ziekenhuispark en hoewel het niet koud is, heeft ze een deken over haar benen. Dat is om ervoor te zorgen dat je ze niet zult zien, want ze zijn zo dun. Hij bedekt haar gezicht met grote zonnebrillen. Hij kamt haar haar en vlecht het. En soms wendt ze haar gezicht naar hem toe om hem een glimlach te schenken, alsof ze hem herkent, alsof ze het begrijpt. Hij hoopt dat ze hem op een dag recht zal aankijken, zoals ze vroeger deed, en hij absoluut zeker weet dat ze weet wie hij is. Haar man.

Ik knijp mijn ogen toe tegen het verblindende licht. De wind woelt door mijn haar. Ik hou de ene kant kortgeknipt en de andere wat langer. Linda zegt dat ik eruitzie als een lesbo, maar ze zegt het op een vriendelijke manier. Zij is ook veranderd. Haar haren zijn aangegroeid en haar belangstelling om te leren lijkt daarmee ook te zijn toegenomen. We doen nu allebei een extra jaar om het gemiddelde van bijna al onze vakken op te halen, zodat we volgend jaar misschien de overstap naar het vwo kunnen maken. Linda zegt dat ze dierenarts wil worden, omdat ze een vakantiebaantje bij een kliniek voor kleine huisdieren heeft gehad, maar ik twijfel daaraan. Het enige waar ze echt goed in zou zijn, is het afmaken van de arme mormels.

Ik haast me naar de halte om de bus niet te missen. Linda zit al in het bushokje. Er zitten niet veel bekenden van ons in deze klas en dat is maar goed ook. Het is net of we allebei opnieuw hebben leren ademen. Ik ga naast Linda zitten, die een lichtblauwe pet draagt, een strakke spijkerbroek, een trui met capuchon en een Adidas-tas. Erg mooi, maar ik moet er toch een beetje om lachen. Fucking Adidas. Linda glimlacht naar me.

'Hoi,' zegt ze en ik knik naar haar.

De bus komt eraan, maar ik weet dat mijn vader niet achter het stuur zit. Toen hij begreep dat het met mijn moeder nooit meer wat zou worden, heeft hij een andere route gekozen en is hij naar Espoo verhuisd.

Op het moment dat Samira eindelijk bijkwam, gebeurde er iets met mijn moeder. Ze bleef gewoon in bed liggen en stond niet meer op. Alsof ze pas mocht rusten toen Samira dat niet meer deed. Ik begon al bijna te geloven dat ik haar zou moeten verzorgen zoals het personeel in het ziekenhuis Samira verzorgde, maar opeens op een dag, toen ik de wanhoop nabij was, kwam oma.

Nadat zij gekomen was, duurde de toestand van mijn moeder niet langer dan twee weken. Ik vermoed dat ze sneller beter wilde worden zodat oma weer zou vertrekken, maar oma en mama hebben in die tijd dat ze onder één dak woonden niet één keer ruzie gemaakt. En op een ochtend was mijn moeder weer op de been. Ze bewoog zich weliswaar trager dan eerst en ze lachte helemaal niet, maar oma dwong haar om naar de dokter te gaan en sindsdien lacht mijn moeder de hele tijd.

Ze bewaart haar pillenpotje helemaal achter in de kast zodat niemand het zal zien, want ze is er behoorlijk zeker van dat het haram is om vrolijk te lijken als je het niet echt bent. Op een avond hoorde ik haar in de woonkamer met Fatima praten. Ze vroeg zich af of ze goed had gedaan aan haar pogingen ons het geloof te laten naleven hoewel we tegenstribbelden. Fatima zei dat je dat nooit zeker weet.

'Maar soms heb ik wel het idee dat het jou misschien goed zou doen om een beetje te ontspannen.'

'Ontspannen?' vroeg mijn moeder.

'Ja, je weet wel, de boel laten gaan,' antwoordde Fatima.

Mijn moeder leek haar oren niet te kunnen geloven.

'Weet je nog dat je zei dat je moslim wilde worden omdat je innerlijke rust zocht, dezelfde innerlijke rust waarvan je zei dat ik die had?' vroeg Fatima.

'Jawel,' zei mijn moeder.

'Nou? Heb je die al gevonden?'

Daar ging mijn moeder niet op in. Ze zweeg een hele poos, maar zei toen, tamelijk chagrijnig: 'Die Moemtaz van jou gaat stiekem naar de bioscoop.'

'Dat weet ik,' zei Fatima.

'Weet je dat?'

'Ik ben een moslima, maar ik ben ook haar moeder.'

Stilte.

'Je moet hen durven loslaten,' zei Fatima toen. 'Als ze terugkomen, weet je tenminste dat je iets goed hebt gedaan.'

Hierna kreeg ik meer zakgeld en mijn moeder zat niet meer in mijn kast te rommelen. Ze zei dat ik zelf de verantwoordelijkheid voor mijn geloof moest nemen, en ik ben inderdaad wel eens met haar meegegaan naar de moskee en niet alleen om haar een plezier te doen, maar omdat ik mezelf ook een beetje zorgen maak over mijn ziel.

Linda's stem haalt me uit mijn overpeinzingen en ik kijk haar aan.

'Hoorde je dat?' vraagt Linda.

'Wat?'

'Die sirenes.'

'Nee,' zeg ik.

'Jawel, luister dan.'

'Ik hoor niks.'

'Ik zweer dat het sirenes waren,' zegt Linda.

'Dat verbeeld je je.'

'Ruik je dat?'

Linda snuift de lucht op.

'Wat?' vraag ik.

'Ik ruik brand!'

'Ik ruik niks.'

'Jawel, heel duidelijk, een brandlucht,' beweert Linda.

'Dat is de pizzeria.'

'Of dat ben jij, die probeert na te denken.'

'Ha, ha. Daar is de bus.'

'Wie rijdt er?' vraagt Linda.

'Weet ik het.'

'Ik hoop dat het Dimitri is.'

'Bah, waarom? Hij kijkt altijd zo slijmerig.'

'Nou precies daarom. Ik mag van hem gratis meerijden, want hij zegt dat mooie meisjes niet hoeven te betalen,' zegt Linda.

'Maar je hebt toch een buskaart.'

'Ja, maar toch. Hoe vaak krijg je in dit schijtgat nou iets gratis?'

'In een schijtgat krijg je waarschijnlijk altijd iets gratis, ook al wil je het niet eens hebben.'

'Getver.'

Linda geeft me een duw. De bus stopt. De deuren gaan open. Het is Dimitri niet.

'Wie rijdt er?' vraagt Linda.

'Weet ik het.'

'Ik hoop dat het Dimitri is.'

'Bah, waarom? Hij kijkt altijd zo slijmerig.'

'Nou precies daarom. Ik mag van hem gratis meerijden, want hij zegt dat mooie meisjes niet hoeven te betalen,' zegt Linda.

'Maar je hebt toch een buskaart.'

'Ja, maar toch. Hoe vaak krijg je in dit schijtgat nou iets gratis?'

'In een schijtgat krijg je waarschijnlijk altijd iets gratis, ook al wil je het niet eens hebben.'

'Getver.'

Linda geeft me een duw. De bus stopt. De deuren gaan open. Het is Dimitri niet.